KB132062

이토록 평범한 미래

이토록 평범한 미래

김연수 소설

문학동네

차례

이토록 평범한 미래

1

　　모든 게 끝났다고 말하는 사람을 볼 때마다 나는 1999년에 일
어난 일과 일어나지 않은 일을 생각한다. 초등학교 시절부터 나는
유체 이탈, 도플갱어, 예지몽, 인체자연발화, 공중 부양 등등 불가
사의한 능력이나 현상에 관심이 많았다. 당시 정기 구독하던 소년
잡지에 매달 그런 기사가 한 꼭지는 실렸기 때문이기도 했지만,
사회 전반적으로도 역술이나 점, 단학 따위가 판을 치고 있었다.
한강 다리가 무너지거나 IMF 사태로 대량 실직이 일어나는 등 예
측 불허의 현실 속에서 다들 경제적으로 힘들게 살 때라 그런 비
과학적인 말들에서 위안을 찾으려고 했던 모양이다.

사람들이 그런 말들에만 솔깃해서였겠지만, 당시 사회를 떠들썩하게 만든 예언들은 죄다 비관적이었다. 대표적인 게 바로 노스트라다무스의 예언이었다. 1999년에 지구가 멸망한다는 그의 대표적인 예언시는 그해가 다가오면서 점점 주목받기 시작했다. 하지만 그 예언이 빗나가면서 노스트라다무스는 사람들의 관심에서 멀어졌다. 그러다가 2012년 '춤추는 말의 숫자에 달린 원이 아홉 개가 되는 때, 고요한 아침으로부터 종말이 올 것'이라는 그의 예언시가 다시 주목을 받았다. 그 예언을 싸이의 〈강남스타일〉 유튜브 조회수가 십억 회가 넘어가면 지구 종말이 온다는 의미로 해석했기 때문이었는데, 예언이라는 게 이런 식으로 이현령비현령의 사후 추정이라는 걸 이보다 잘 보여주는 예는 없을 것이다.

말춤이라서 말세인가? 말장난을 하려는 게 아니다. 소설가로서 나는 예언의 내용보다는 그 형식이 언어여야만 한다는 게 더 흥미롭다. 어떤 예언가가 환상 속에서 미래의 뭔가를 봤다고 해도 그는 그것을 자신의 지식 수준에 맞춰 언어로 표현해야만 한다. 실제로 자신이 본 것을 그대로 보여준다면 모를까, 그걸 언어로 변환한 이상 그 진의는 온전히 전달되지 않는다. 게다가 번역까지 된다면 왜곡은 피할 길이 없다. 결국 예언은 그 형식 때문에 빗나갈 가능성이 많은 셈이다. 그런 점에서 잠자는 예언가 에드거 케이시는 독특하다. 그는 예언할 때면 마치 잠든 것처럼 누운 채 트랜스 상태에 들어가 마음의 눈 앞에 펼쳐진 책을 그대로 읽었다고 한다. 그래서인지 그의 예언은 이해하기 어렵지 않다. 그는 지각 변동에 대한 예언을 많이 남겼는데, 그중에서 지진으로 미국 서부 해안과 일본열도가 바닷속으로 가라앉을 것이라는 예언은 굳이 트랜스 상태에 들어가지 않고 지질학 책만 읽어도 알 수 있다. 그와 우리 사이에는 남들 눈에도 보이는 책을 읽느냐 아니냐의 차이가 있을 뿐이다.

예언이 언어의 형식으로 이뤄진다는 점은 시사하는 바가 크다. 한국의 유명한 예언가로는 권태훈이 있다. 단학의 스승이었던 그는 1999년 남북한이 통일되면서 백인 중심의 서구 문명이 끝나고 한국, 인도, 중국 등 소위 '황인종'이 이끄는 새로운 문명이 시작될 것이라고 말한 바 있다. 이른바 '황백전환기'에 대한 예언이었다. 예언의 형식이 언어이므로 어떤 입장에서 보느냐에 따라 같은 사건에 대한 예언이 이처럼 달라진다. 그래서 백인 예언가에게는 지구 종말의 해로 여겨졌던 1999년이 한국의 예언가에게는 새로운 역사가 시작되는 해로 해석될 수 있는 것이다.

예언가들이 저마다의 성장 배경과 지적 능력에 따라 1999년을 해석했듯이 우리도 각자만의 1999년을 경험했다. 내게도 1999년은 잊을 수 없는 한 해였다. 그해 여름, 외삼촌을 만나러 가는 길에 들른 교보문고에서 나는 쪽지 하나를 발견했다. 늘 가던 종교 코너에서 명상이니 깨달음이니 하는 제목이 붙은 책들을 들춰보는데, 누군가 넣어둔 책갈피처럼 뭔가가 바닥으로 떨어졌다. 펼쳐

보니 'Welcome! THE MOMENT in Seoul Center'라는 제목과 함께 "신과 채널링하는 줄리아가 7월 서울을 방문합니다. 당신의 인생에 대해 궁금한 것이 있다면 물어보세요. 신이 직접 대답합니다. 자세한 것은 아래의 전화번호로 문의하세요"라고 인쇄돼 있었다.

그때의 일을 이처럼 또렷하게 기억하는 까닭은 그해 여름부터 시작된 한 여학생과의 인연 때문이었다. 한 학기 내내 짝사랑하던 그녀에게 마침내 내 마음을 털어놓았을 때, 그녀는 고백을 받아들이는 대신 뜻밖의 제안을 내놓았다. 그때가 2학년 1학기 종강 파티가 끝난 밤이었고, 그 쪽지를 본 게 그다음 주였다. 나는 쪽지를 주머니에 넣었다. 그리고 그 여학생, 그러니까 지민을 만나 교보문고에서 나왔다. 시간이 흘러 먼 훗날이 되면 씨랜드 화재 사고와 영화 〈매트릭스〉와 신이 내놓은 몇 가지 대답과 기나긴 사랑의 시작으로 기억될 여름이 될 테지만, 그때는 여느 여름과 다를 바 없는 평범한 여름이었다.

외삼촌이 근무하던 출판사는 세종문화회관 뒤쪽 골목에 있었다. 오래전, 유명 입시학원이 있던 건물이라고 들었다. 그것 말고는 달리 기억할 만한 게 없는, 평범한 건물의 평범한 사무실이었다. 에폭시로 마감한 복도를 지나 출판사 간판이 달린 문을 열고 들어가면 오른편에 외삼촌이 일하는 작은 방이 있었다. 책상 앞에 앉아 양팔에 토시를 끼고 원고를 교정하는 외삼촌의 모습은 한쪽

눈에 루페를 끼고 시계를 고치는 장인처럼 보였다. 우리는 외삼촌이 권하는 대로 책상 앞 탁자에 앉았다.

"요새 학교는 어떻니?"

노란색 플라스틱 쟁반에서 믹스커피가 든 잔을 내려놓으며 외삼촌이 말했다. 옆에 앉은 지민과 내가 무슨 사이인지 궁금하지만 참는 눈치였다.

"지난 금요일에 종강했어요."

"벌써 종강할 때인가? 시간 참 잘 가는구나. 여름방학 계획은 세웠어?"

"글쎄요. 지금 도서관에서 하는 아르바이트를 계속하는 거 말고 별다른 계획은 없어요."

"같은 과 동기생이라고 했나요? 이름이? 아, 지민씨는 무슨 계획이 있나요?"

나는 그녀가 "조카분은 저랑 따로 할 일이 있어요"라고 말할까 봐 조마조마했다. 하지만 다행히 지민은 별로 인상적이지 않은 대답을 했다. 둘이 있을 때와 달리 모르는 사람 앞에서는 자기를 잘 드러내지 못하는 게 지민의 성격이었다.

"대학생의 여름방학은 돈 주고도 살 수 없을 정도로 귀한 것인데. 누군가를 사랑하면서 보낸다면 금상첨화겠고. 참 보기가……"

외삼촌이 뭔가 더 말하려는 걸 내가 얼른 막았다. 알든 모르든 사람들 앞에서 자기를 잘 드러내지 않는 건 나의 성격이었다.

"이 친구가 궁금해하는 게 있는데 외삼촌은 아실 것 같아 제가 데리고 왔어요."

"궁금한 게 뭔가요?"

외삼촌은 커피를 마셨다. 나도 커피를 마셨다. 그 맛은 어제 마신 것처럼 입안에 생생하게 남아 있다. 커피를 입에 머금고 나는 지민에게 고갯짓을 했다.

"얘가 그러던데 선생님은 해방 뒤에 출간된 책은 다 읽지는 못했어도 한 번씩 만져보기는 하셨다면서요. 그래서 제가 찾는 책도 만져보셨나 싶어서요."

지민이 말했다.

"제목이 뭐예요?"

"'재와 먼지'라고 하고요, 작가 이름은 지영현이에요."

외삼촌은 티스푼으로 커피를 저었다. 이미 충분히 섞었기 때문에 아무런 의미도 없는 동작이었다. 하지만 그건 옆에서 보면 두꺼운 알이 하얗게 보이는 안경을 쓴 외삼촌이, 아직은 사십대였던 외삼촌이, 평생 책만 읽은 가난뱅이 책벌레 외삼촌이, 꼼꼼한 교열자로 유명했으나 인터넷과 검색기가 교열을 대체하면서 20세기와 함께 쓸모가 사라진 외삼촌이 자기 머릿속을 뒤지기 시작했다는 뜻이었다.

"1974년인가 75년에 제1회 『여성현대』 장편소설 현상 공모에 당선된 작품, 맞죠?"

"맞을 거예요. 공모전에 뽑혀서 하룻밤 사이에 스타가 됐다는 말을 들은 적이 있어요."

"그럼 그 소설이 맞겠네. 그 소설이 왜 궁금한가요?"

"이 친구 엄마가 쓴 소설이래요. 그런데 집에 책이 한 권도 없는데다 도서관에서도 구할 수 없어서 읽어보질 못했다네요."

내가 말했다. 그러자 외삼촌은 무슨 뜻인지 알겠다는 듯이 고개를 끄덕였다.

"그렇기도 할 거야. 그 책은 출간되자마자 판매금지를 당하면서 서점에서 사라졌거든."

"그런 얘기는 한 번도 들어본 적이 없어요. 집에서는 아무도 말해주지 않았으니까. 왜 판매금지를 당한 거죠?"

지민이 물었다.

"그 소설의 기본적인 발상이 1972년 10월이 시간의 끝이라는 것이었거든요. 10월유신에 대해서는 학생도 배웠겠지요? 박정희가 국회를 해산하고 비상계엄령을 선포한 뒤 유신헌법을 만든 일 말이에요. 그때 대학교가 모두 휴교에 들어갔는데, 그런 경험들이 자연스레 소설에 녹아들었던 것 같아요. 나는 출판문화에 관심이 많아 판금된 책이라면 천금을 줘서라도 구해 읽었어요. 그 책도 출판사에 문의해서 손에 넣었죠. 첫 문장이 아직도 기억나요. '1972년 10월을 우리는 시간의 끝이라고 불렀다.' 그 말이 검열관의 비위에 거슬렸을 수도 있어요."

"그 한 문장으로 판매금지가 결정될 수 있단 말인가요?"

"군부가 판매금지를 시킬 때는 이유를 자세하게 설명하지 않아요. 그냥 어느 날 갑자기 사라져요. 그게 독재정권이 하는 일입니다. 이유는 우리가 스스로 찾아야 해요. 정권이 싫어하는 게 뭔지를. 그렇게 독재정권하의 사람들은 스스로 내적 검열관을 만들어가는 거예요. 그런 탓에 판매금지된 책을 구해 읽어보면 가끔 어리둥절할 때가 있어요. 『재와 먼지』가 대표적인 경우죠. 지민씨라고 했나요? 지민씨 엄마는 시대를 앞서가신 분이에요. 요즘으로 치자면 『재와 먼지』는 SF나 판타지라고 해야 하나, 시간여행 혹은 시간의 종말을 다룬 소설이었거든요. 당시로서는 꽤 특이한 소설이라 줄거리가 다 기억이 납니다."

외삼촌이 들려주는 줄거리를 듣고 우리는 놀랄 수밖에 없었다. 그 소설에는 미래가 없는 한 연인이 등장한다. 어느 순간 그들은 자신들이 서로 공유하는 시간의 종말이 다가오고 있다는 것을 깨닫는다. 그 시간의 종말이란 세계의 종말은 아니고, 둘의 사랑이 끝나는 순간을 뜻했다. 그런데 그때가 공교롭게도 1972년 10월이라 판매금지의 빌미가 된 모양이었다. 어쨌든 서로의 세계가 겹쳐지지 않는 각자의 삶은 아무런 의미가 없다고 생각한 두 사람은 동반자살을 선택한다. 그 직후 둘은 지금까지 살아온 인생이 눈앞으로 쭉 펼쳐지는 것을 보면서 함께 임사 체험을 하게 된다. 그것은 단순히 그동안의 삶을 지켜보기만 하는 것이 아니라 꿈을 꿀 때처럼 실제로 인생을 살아가는 것과 같았다. 다만 실제의 삶과 다른 점이 있다면 시간이 거꾸로 흘러간다는 것이었다. 동반자살을 하는 그날이 새로운 인생의 첫날이 되고, 자고 일어나면 그 전날이 찾아온다. 그제야 둘은 시간이 거꾸로 흘러가고 자신들은 날마다 어려진다는 사실을 깨닫게 된다.

"이게 뭐죠? 당황스럽네. 줄거리가 꼭 미래를 예언하는 것 같아요."

내가 말했다.

"무슨 미래를 예언해?"

외삼촌이 물었다.

"올 여름방학에 우리도 동반자살을 할 계획이거든요."

나와 외삼촌은 동시에 지민을 쳐다봤다.

2

내가 그 소설을 실제로 읽은 건 그로부터 이십 년이 지난 2019년 가을의 일이었다. 외삼촌의 영향 때문인지 나는 그 이십 년 사이 책을 좋아하던 학생에서 소설가로 변해 있었다. 그렇다보니 여러 출판사의 편집자들을 알게 되었고 간간이 그들이 편집한 책을 받고는 했다. 그렇게 받은 책 중에 『자유로운 마음』이라는 에세이가 있었다. 그 책은 대담하게도 "저는 깨달은 사람입니다"라는 문장으로 시작되었다.

저자인 김원씨는 자신을 농부라고 소개했지만, 몇 년 전까지만 해도 일인 투자자문 회사를 운영했다고 한다. 그러다가 쉰 살이 되었을 때 뜻한 바가 있어 회사를 정리하고 연고도 없는 경상도 산골로 낙향했다. 그 뜻한 바란 이번 생에 깨닫고야 말겠다는 결심인데, 사십대에 접어든 뒤 나는 주변에 의외로 그런 사람들이 많다는 사실에 놀란 적이 있다. 아마도 삶이 힘들고 이제는 무언가를 새로 시작하기도 어려운 나이라서 그런 모양이었다. 그런데 막상 낙향하고 보니 시골 생활이라는 게 쉬운 일이 아니라 가져간 좋은 책들을 들춰볼 틈도 없이 삼 년이 지나갔다고 한다.

그렇게 간신히 마을에 정착한 뒤, 하루는 시간이 생겨 서울에서 가져온 경전이니 위인의 어록 따위를 펼쳤더니 막히는 곳이 한 군데도 없어 비로소 자신이 깨달았다는 사실을 알았다는 게 그의 얘기였다.

그는 책의 서문에 이렇게 썼다.

사람들은 인생이 괴로움의 바다라고 말하지만, 우리 존재의 기본값은 행복이다. 우리 인생은 행복의 바다다. 이 바다에 파도가 일면 그 모습이 가려진다. 파도는 바다에서 비롯되지만 바다가 아니며, 결국에는 바다를 가린다. 마찬가지로 언어는 현실에서 비롯되지만 현실이 아니며, 결국에는 현실을 가린다. '정말 행복하구나'라고 말하는 그 순간부터 불안이 시작되는 경험을 한 번쯤 해봤으리라. 행복해서 행복하다고 말했는데 왜 불안해지는가? '행복'이라는 말이 실제 행복 그 자체가 아니라 이를 대신한 언어에 불과하기 때문이다. 언어는 어떻게 말하느냐에 따라 얼마든지 그 뜻이 달라질 수 있다. 인간은 살아가면서 이야기로 자신의 정체성을 만들어간다. 이야기의 형식은 언어다. 따라서 인간의 정체성역시 어떻게 말하느냐에 따라 그때그때 달라진다. 이렇듯 인간의 정체성은 허상이다. 하지만 이렇게 규정하는 것도 언어이므로 허상은 더욱 강화된다. 말로는 골백번을 더 깨달았어도 우리 인생이 이다지도 괴로운 까닭이 여기에 있다.

그 마지막 문장이 내 마음에 와서 박혔다. "말로는 골백번을 더 깨달았어도 우리 인생이 이다지도 괴로운 까닭이 여기에 있다." 『자유로운 마음』을 탐독하면서 보낸 2019년 여름은 이제 와 생각하면 코로나19 바이러스가 발생하기 전의 마지막 여름이었다. 그렇게 책을 읽다보니 저자에 대한 관심이 생겨, 책을 보내준 편집자인 허진호씨의 페이스북 계정과 연결된 김원씨의 계정을 자주 들여다보게 됐다. 그는 스스로 깨달았다고 말하는 사람치고는 현실 정치에도 관심이 많아 정국의 흐름에 대한 견해를 남겨놓기도 했는데, 다소 과격해서 댓글을 유도하려고 일부러 그러는 게 아닌가 싶을 정도였다. 그러다가 그 게시물을 봤다. 거기에는 낡은 책 사진 하나가 올라와 있었다. 날카로운 활자로 적힌 책의 제목은 '재와 먼지'. 클릭하니 다음과 같은 내용의 긴 글이 나왔다.

이십 년 전 여름, 대학원에 재학중이던 김원은 강원도 고한역에서 청량리행 기차를 기다리고 있었다. 기차 시간은 한 시간 넘게 남았는데 해가 뉘엿뉘엿 봉우리를 넘어가고 있었다. 보통 때는 역 앞 식당에서 저녁을 먹으며 시간을 보냈지만, 그날은 가보지 않은 골목으로 한번 들어가보기로 했다. 식당, 철물점, 옷가게 등을 지나쳐 그는 거리의 끝에서 헌책방을 발견했다. 찾는 손님이 많지 않은 모양인지, 안으로 들어간 그가 책을 꺼내 읽는데도 또래로 보이는 주인은 크게 눈치를 주지 않았다. 그렇게 그는 흐릿한 서점 불빛에 기대 이 책 저 책 뽑아 펼치며 시간을 때웠다. 그러나 어떤 책을 펼쳐도 글자가 눈에 들어오지 않았다. 마음 깊은 곳에서부터 온몸을 불태워버릴 듯 화가 치밀어오르고 있었기 때문이다.

그즈음 그는 카지노에 빠져 있었다. 카지노에서 그는 오십 대 오십 확률의 게임에만 참여했다. 그것도 게임을 지켜보다가 어느 한쪽이 다섯 번 연속으로 나오면 그 반대쪽을 선택해서 들어갔다. 예컨대 동전을 던져 앞면이 여섯 번 계속 나올 확률은 64분의 1, 즉 1.5퍼센트다. 뒤집어 생각하면 여섯번째에 그 반대쪽이 나올 확률은 98.5퍼센트다. 하지만 도박에서는 98.5퍼센트로도 1.5퍼센트에 지는 경우가 생긴다. 그것도 꽤 자주. 하지만 대학원생이던 그는 그래도 괜찮다고 생각했다. 그다음에 두 배의 금액을 다시 같은 쪽에 걸면 되니까. 일곱번째에 그 반대쪽이 나올 확률은 99퍼센트 이상이다. 물론 그럼에도 질 수 있다. 그래, 그게 도박이다. 그럼에도 괜찮다. 다시 두 배 올린 금액을 같은 쪽에 건다. 이제부터는 절대 질 수 없는 게임이 시작되는 셈이니까. 카지노에는 여러 변수가 있지만, 이게 그의 기본적인 전략이었다.

그런데 그날은 예상과 달리 내리 다섯 번을 져서 삼십일만원을 날렸다. 그날 그는 주사위 세 개를 던져 나온 숫자의 합이 10까지는 소小, 그 이상이면 대大로 보고 베팅을 하는 다이사이에 들어갔다. 다이사이 테이블에서 소가 다섯 번이나 나왔기 때문이었다. 그런데 그가 대에 걸기 시작한 뒤로도 소가 다섯 번 더 나와 도합 열 번이 되었다. 여기서부터 문제가 시작됐다. 그가 선택할 수 있는 건 세 가지였다. 계속 대를 선택하는 것. 흐름이 바뀌었다고 보고 소를 선택하는 것. 거기서 그만두는 것. 스스로 세운 원칙에 따르면, 최선의 선택은 거기서 그만두는 것이었다. 잃은 돈을 만회하기 위해서는 여섯번째에 삼십일만원 이상을 걸어야만 하는데 그건 그가 가진 돈의 거의 전부였다. 차선의 선택은 계속하던 대로 대에 거는 것이었다. 하지만 계속 소에 돈을 거는 사람이 있었다. 그 사람은 게임을 시작할 때의 김원만큼이나 확신에 차서 소에 돈을 걸고 있었다. 그가 연속으로 돈을 따자 하나둘씩 그를 따라갔다. 여섯번째에 이르러 김원은 심하게 흔들렸고 고민 끝에 대를 선택했다. 그리고 남은 돈을 다 잃었다.

그날 밤, 청량리로 돌아가는 기차 안에서 그는 헌책방에서 천 원에 사온 책을 읽으며 무엇이 잘못됐는지 곰곰이 생각했다. 우선 밥값도 남지 않을 정도로 가져간 돈을 다 잃어버렸다는 게 제일 큰 잘못이었다. 카지노에서 돈을 따려면 자신이 통제할 수 있는 것과 없는 것을 분명히 구분해야만 했다. 도박에서 얼마나 딸 수 있는지는 자신이 결정할 수 없지만, 얼마나 잃을지는 결정할 수 있었다. 가져간 돈을 모두 잃을 계획을 세워서는 안 됐다. 그렇게 한참을 생각하다가 생각이 막히면 그는 책 속의 문장으로 돌아갔다. 기차의 불빛은 어두웠고 눈은 침침했으며 머리는 복잡했다. 종이는 거칠었고 문장은 생경했으며 소설의 내용은 이상했다. 그러다가 그는 문득 깨달았다. 과거가 현재를 결정하는 것이 아니다. 미래가 현재를 결정하는 것이다. 계속 지는 한 다음번에 이길 확률은 거의 100퍼센트에 가까워진다. 미래를 포기하지 않는 한, 그는 결국 돈을 따게 돼 있었다. 다만 판돈이 부족했을 뿐이다.

기차 안에서 그가 읽던 소설에는 동반자살을 했다가 미래에서 과거로 진행되는 인생을 한번 더 살아가게 된 한 연인이 등장했다. 그들은 시간을 계속 거슬러올라가면 자신들이 처음 만나는 순간이 찾아오리라는 것을 알게 된다. 둘은 그 순간이 몇년 몇월 며칠이며, 그때 자신들의 마음이 얼마나 설레고 기뻤는지를 또렷하게 기억하고 있다. 두번째 삶에서는 거꾸로 그 만남을 향해 살아가면서 두 사람은 그 만남으로 인해 일어난 일들을 먼저 경험한다. 둘은 미래, 그러니까 원래대로라면 과거를 적극적으로 상상할 수 있다. 둘은 가장 좋은 게 가장 나중에 온다고 상상하는 일이 현재를 어떻게 바꿔놓는지 알게 된다. 그러면서 그들에게는 희망이 생긴다. 한번 더 살 수 있기를. 다시 둘이 만났을 때부터 시작해서 원래대로 시간이 흐르기를. 그리하여 시간의 끝에, 모든 게 끝났다고 생각하는 바로 그 순간에 이르렀을 때 이번에는 가장 좋은 미래를 상상할 수 있기를. 그렇게 시간은 거꾸로 흘러 두 사람이 처음 만났던 마지막 순간에 이르고 그들은 그 순간을 한번 더 경험한다. 그리고 놀란다. 이토록 놀랍고 설레며 기쁜 마음으로 우리는 만났던 것인가? 그 사실을 깨닫자마자 둘은 오랜 잠에서 번쩍 눈을 뜬 것처럼 서로를 바라본다. 처음 서로를 마주봤을 때와 마찬가지로. 그리고 시간은 다시 원래대로 흐르고, 이제 세번째 삶이 시작된다.

3

김원씨의 게시물을 읽은 뒤, 허진호씨에게 메일을 보내 그 책을 빌려볼 수 없겠느냐고 물었더니 한번 알아보겠다는 답장이 돌아왔다. 그리고 며칠 뒤, 김원씨에게 그 말을 전하자 자신에게는 이제 필요가 없는 책이니 주겠다고 말하더라는 메일이 왔다. 그러면서 김원씨는 출판사를 다녀가는 길에 그 책을 진호씨에게 전하고 갔다. 나는 매번 그냥 책을 받는 게 미안해 진호씨에게 식사라도 대접하고 싶다고 했다. 장소로 어디가 좋을까 하다가 광화문 뒷골목에 있는 오래된 고깃집을 떠올렸다. 외삼촌을 따라 두어 번 가본 적이 있는 곳이었다.

그날 지민이 외삼촌 앞에서 동반자살 이야기를 꺼낼 줄은 전혀 몰랐다. 대담하면서도 염세적인, 그런 모순적 태도에 많이 끌리긴 했어도. 그 말을 들은 뒤에도 외삼촌은 티스푼으로 커피만 저었다.

"지민씨는 엄마에 대한 기억이 있나요?"

한참 뒤 입을 뗀 외삼촌의 말에 지민은 고개를 저었다.

"관심을 두고 지켜본 소설의 저자이기 때문에 소설이 판금되고 몇 년 뒤에 돌아가셨다는 뉴스를 본 기억이 납니다. 사회적으로 의미가 적지 않은 죽음이었지만, 한편으로는 소설이 판금된 일이 그분에게 엄청난 고통이었겠구나는 생각도 들었어요. 작가로서 그만큼 억울한 일도 없겠죠."

그때까지 나는 지민의 엄마가 종로 한복판에서 유신체제를 비판하는 글을 배포한 일도, 정신착란으로 병동에 감금된 일도, 그리고 스스로 목숨을 끊은 일도 알지 못하고 있었다.

"저는 아빠와 그 가족들을 용서할 수 없어요. 엄마를 정신병으로 몬 사람들이에요."

"용서를 권하려는 건 아니지만, 제 말을 조금 더 들어볼 수 있나요? 곧 퇴근하니까 같이 저녁을 먹으면서 좀더 얘기해도 될까요?"

지민이 고개를 끄덕였다. 그녀는 떨고 있었다. 나는 손을 뻗어 그녀의 손을 잡았다. 그녀는 손을 빼지 않았다. 그게 시작이었다.

그렇게 이십 년 전 여름과 마찬가지로 나는 사십대 편집자를 만나러 광화문으로 향했다. 버스에서 내리니 광화문 일대는 신임 법무부장관을 수호하거나 규탄하는 두 무리의 시위대로 어수선했다. 나는 이십 년 전과 비슷한 시각에 교보문고에 들렀다. 그 시절의 교보문고는 지금보다 천장이 낮고 더 어두웠으며 책의 종수는 더 많았다. 국내에서 출간된 책은 모두 교보문고 서가에 꽂혀 있는 것 같았다. 그때와 마찬가지로 종교 코너에 가서 눈길 끄는 대로 책을 뽑아들었지만, 책장 사이에서 뭔가가 떨어지는 일은 없었다. 나는 문득 그때 이미 백발이었던 미국인 줄리아가 지금은 뭘 하고 있을지 궁금했다. 그리고 그날 밤, 줄리아가 들려주는 신의 목소리를 같이 듣던 다른 사람들은 또 어떻게 살아가고 있을지도 궁금했다.

이십 년 만에 찾아간 고깃집은 여전히 세종문화회관 뒷골목에 그대로 있었다. 그 고깃집에 대해서는 다른 기억도 있다. 중학생 때였나, 엄마를 따라 외삼촌을 만나러 서울에 온 적이 있었다. 서울 구경 가자고 해서 나선 길이었는데, 엄마는 그다음날 집으로 내려가고 나 혼자 사나흘 더 머물렀다. 그때 연락도 없이 갑자기 출판사로 찾아온 우리 앞에서도 외삼촌은 티스푼으로 커피를 열심히 저었다. 그러고 보면 엄마와 둘이서 기차여행을 한 것은 그때가 처음이었다. 아주 오랜 시간이 흐른 뒤에야 나는 그때 엄마가 이혼할 결심을 했다는 사실을 우연히 알게 됐다. 그때 나는 외삼촌이 데려간 그 고깃집에서 고기에 정신이 팔려 외삼촌과 엄마가 나누는 대화를 귀담아듣지 않았다. 그래서 외삼촌이 어떻게 엄마를 설득했는지 전혀 알지 못한다. 그렇기는 하지만, 어떻게 설득했는지 알 것 같기도 하다. 아마 지민에게 말한 것과 비슷한 이야기를 하지 않았을까?

진호씨와 식사를 마치고 광화문 네거리로 나왔을 때도 거리는 시위대로 어수선했다.

"우리는 언제까지 이럴까요?"

"다른 계기가 없다면 내년에도, 후년에도 마찬가지가 아닐까요?"

내 말에 진호씨가 대답했다.

"다른 계기라면?"

"오래전에 비트겐슈타인의 책에서 '그러나 당신은 실제로 눈을 보지는 않는다'라는 문장을 읽고 그 혜안에 놀라서 뒤로 넘어갈 뻔한 적이 있어요. 우리는 원하는 걸 다 볼 수 있지만, 그것을 보는 눈만은 볼 수가 없죠. 보이지 않는 그 눈이 우리가 무엇을 보고 무엇을 보지 않을지를 결정하지요. 그러니까 다 본다고는 하지만 사실 우리는 우리 눈의 한계를 보고 있는 셈이에요. 책을 편집하다보면 글도 마찬가지라는 생각이 들어요. 책의 모든 문장은 저자의 생각이 뻗어나갈 수 있는 한계의 한쪽에서만 나오죠. 그래서 모든 책은 저자 자신이에요. 그러니 책 속의 문장이 바뀌려면 저자가 달라져야만 해요."

"그렇다면 제가 달라져야 이런 풍경이 바뀐다는 뜻인가요?"

"그게 내 앞의 세계를 바꾸는 방법이지요. 다른 생각을 한번 해보세요. 평소 해보지 않은 걸 시도해도 좋구요. 서핑을 배우거나 봉사활동을 한다거나. 그게 아니라 결심만 해도 좋아요. 아무런 이유 없이 오늘부터 클래식 음악을 사랑하기로 결심한다거나. 아주 사소할지라도 지금까지와는 다르게 살겠다고 결심하기만 하면 눈앞의 풍경이 바뀔 거예요."

진호씨가 말했다. 그건 무척이나 놀라운 말이었다.

4

진호씨를 만나고 집으로 돌아와 아내에게 『재와 먼지』를 내밀었을 때, 그녀의 반응은 의외로 담담했다. 그사이 엄마의 자살이라는 어린 시절의 트라우마에서 어느 정도는 벗어났기 때문이었다. 그보다 지민은 카지노에 갔다가 돈을 모두 잃었다는 김원씨의 사연에 더 큰 관심을 보였다. 우리는 『재와 먼지』를 식탁에 올려놓고 맥주를 마시며 외삼촌을 만났던 1999년 여름에 대해 얘기했다. 서로 기억하지 못하는 부분을 채워가면서 이야기를 나누는 동안, 자신은 곧 죽을 사람이니 같이 죽을 생각이 아니라면 다가오지 말라는 지민의 말에 어찌할 바를 모르던 스무 해 전의 내 모습이 점점 더 또렷해졌다. 아직은 사십대였던 외삼촌은 고깃집 테이블에 마주앉은 지민에게 다음과 같은 이야기를 들려줬다고 한다.

"지민씨의 엄마가 쓴 소설은 연인이 세번째 삶을 살아가는 것으로 끝납니다. 세번째 삶은 첫번째 삶과 같은 방향으로 시간이 흐르니까 그들은 다시 한번 살아가는 셈입니다. 다른 점이 있다면 두번째 삶의 방식대로 살아간다는 것이죠. 즉 인식의 패턴이 완전히 바뀌어, 이미 일어난 일들이 아니라 앞으로 일어날 일들이 원인이 되어 현재의 일이 벌어진다고 생각하게 되는 것이죠. 그렇게 생각하면 어떤 일들이 일어날까요? 만약 지민씨와 준이 앞으로 결혼하게 된다고 칩시다. 그 일을 원인으로 지금 이렇게 두 사람이 내 앞에 앉아 있다고 생각한다면 우리는 어떻게 달라질까요?"

그 말에 나는 그런 사이가 아니라고 부정했다. 그러자 외삼촌은 사고실험을 하는 것뿐이라고 말하고는 또 물었다.

"그게 아니라 엄마의 자살이라는 과거의 불행한 일로 두 사람이 지금 이 자리에 있는 거라고 생각한다면 또 어떻게 될까요?"

"둘 다 생각일 뿐이잖아요."

지민이 말했다.

"과연 그럴까요? 앞으로 두 사람이 결혼하기 때문에 지금 여기 함께 있다고 말하면 싱거운 얘기라며 웃고 말겠지만, 어린 시절에 엄마가 불행하게 죽은 일이 원인이 되어 두 사람이 이번 여름방학에 동반자살을 결심하게 됐다는 말에도 그럴 수 있을까요? 둘 다 생각일 뿐이지만 차이는 분명합니다."

"과거는 제가 분명히 겪은 일이지만, 앞으로 이 친구와 결혼한다는 건 가능성일 뿐이잖아요."

나는 그 이야기가 기억나지 않았지만 지민은 그렇게 말했다고 한다.

"과거는 자신이 이미 겪은 일이기 때문에 충분히 상상할 수 있는데, 미래는 가능성으로만 존재할 뿐이라 조금도 상상할 수 없다는 것. 그런 생각에 인간의 비극이 깃들지요. 우리가 기억해야 하는 것은 과거가 아니라 오히려 미래입니다."

"미래를 기억한다는 게 무슨 뜻인가요?"

"그건 지민씨의 엄마가 소설에 쓴 말이에요. 소설 속 연인은 두 번의 시간여행을 통해 시간이란 없다는 사실을 알게 되지요. 시간이 없으니 과거도 없고 미래도 없어요. 오직 이 순간의 현재만 존재하죠. 그럼에도 인간은 지나온 시간에만 의미를 두고 과거에서 현재의 원인을 찾습니다. 시간이 20세기에서 21세기로 흐르든, 19세기로 흐르든 마찬가지예요. 안타까운 건 이런 멋진 소설을 쓰고서도 지민씨의 엄마가 이십 년 뒤의 지민씨를 기억하지 못했다는 사실이에요. 가장 괴로운 순간에 대학생이 된 딸을 기억할 수 있었다면 아마도 선택은 달라졌을 겁니다. 용서는 과거가 아니라 미래를 기억할 때 가능해집니다. 그러니 지금 미래를 기억해, 엄마를 불행에 빠뜨린 아버지와 그 가족들을 용서하길 바랍니다."

외삼촌을 만나고 며칠이 지난 뒤, 우리는 마지막으로 신에게 답을 듣기 위해 줄리아를 만나러 가기로 했다. 줄리아에게 동반자살에 대해 물어보자는 건 나의 아이디어였다. 고깃집에서 나와 돌아오는 길에 큰 기대 없이 주머니 속의 쪽지를 보여주며 말했는데 지민은 순순히 그러자고 했다.

며칠 후 우리가 찾아간 곳은 남산의 하얏트호텔 앞이었다. 느지막이 만나 버스를 타고 소월길로 접어들 무렵에는 이미 해가 저문 후였다. 여름밤이라 차창을 열어놓고 있었다. 나쁜 일을 하러 가는 것도 아닌데, 접신하는 미국인을 만나러 간다고 생각하니 조금은 흥분됐다. 차창 밖으로 내다보이는 용산구와 한강과 그 너머의 불빛들이 마치 보석을 뿌려놓은 것처럼 아름다웠다. 그때 나는 그렇게 생각했던 것 같다. 지금의 세상이 내게는 가장 선명하다고.

하얏트호텔 앞에는 택시들이 줄지어 서 있었고, 공중전화 부스 근처에서는 수상한 차림새의 여자들이 담배를 피우고 있었다. 거기서 쪽지에 적힌 번호로 전화를 거니 이름과 위치를 확인하고는 사람을 보낼 테니 호텔 옆으로 난 내리막길을 따라 걸어오라고 말했다. 우리는 손을 맞잡고 그 길을 따라 걸어갔다. 대부분의 말은 듣고 나면 흔적도 없이 사라지는데, 어떤 말들은 씨앗처럼 우리 마음에 자리잡는다. "만약 지민씨와 준이 앞으로 결혼하게 된다고 칩시다"라던 외삼촌의 말이 그랬다. 그뒤로 어찌된 일인지 우리는 그 말을 곧이곧대로 믿는 사람들처럼 행동했다. 안 보면 보고 싶고, 만나면 헤어지기 싫었다. 날마다 서로를 안고 만졌다. 버스를 기다리던 정류장에서, 칸막이가 쳐진 카페의 구석자리나 사람 없는 동시 상영관에서. 서로에게서 떨어지는 순간을 참지 못했기에 그 여름, 우리의 일부는 언제나 맞닿아 있었다. 그러므로 그녀가 죽기를 결심했다면 나도 그녀를 따라갔을 것이다.

이십 년 뒤의 지민, 지금의 그녀는 그런 내 말에 웃음을 터뜨리며 맥주를 마셨다.

"정말?"

"물론이지. 그렇지만 그때 줄리아가 말했잖아. 죽어서는 안 된다고."

"그런 말을 들으려고 그 밤에 남산 꼭대기까지 올라갔다니."

"하지만 그건 신의 말이었으니까."

"어쩌면 그건 신의 말이 아니었을 수도 있어."

"그럼 누구의 말이었다는 거야?"

다음 이야기는 지민이 이어갔다. 우리가 얼마간 걸어내려갔을 때, 어떤 남자가 아래쪽에서 우리를 향해 손을 흔들었다. 그를 따라 도착한 곳은 널찍한 마당이 있는 이층짜리 단독주택이었다. 거기가 'THE MOMENT'의 한국 지부가 있는 곳이라고 했다. 본래는 외국계 은행의 서울 지사에서 일하는 미국인의 숙소였는데, 그는 이층의 작은 방만 사용하기로 하고 일층 전체를 한국 지부를 위해 내놓았다고 했다. 걸어가는 동안 그런 설명을 들려주길래 지민은 그 남자가 한국 지부에서 일하는 사람이라고 생각했으나 그 역시 쪽지를 보고 신의 대답을 듣기 위해 찾아온 사람 중 하나였다.

"아까 김원이라는 사람 이야기를 했잖아. 둘 중 하나를 계속 선택하는 도박에서는 지면 질수록 그다음에 이길 확률이 100퍼센트에 수렴한다면서. 그 남자도 비슷한 이야기를 했어. 약간 안됐다는 듯이 우리를 바라보면서. 지금 일층 큰방에는 되는 일이 하나도 없는 인생들이 모여 있어요. 두 분 다 학생인 것 같은데 어쩌다가 이런 곳까지 오게 됐는지는 모르겠지만, 메이저리그 투수가 한 말 중에 이런 게 있어요. 이기면 조금 배울 수 있지만 지면 모든 걸 배울 수 있다. 지기만 하는 인생도 나쁘지 않아요. 중간에 선택을 바꾸지만 않는다면."

"그런 말을 했어?"

나는 전혀 기억나지 않았다.

"다른 말도 했어. 폴 발레리의 말이라면서. 우리는 뒷걸음질로 미래에 들어선다. 그때 그 남자도 대학원생이라고 했는데, 김원이라는 사람 아니었나 몰라. 그렇게 방에 들어가서 줄리아에게 하는 질문들을 들어보니 정말 다들 실패한 인생들뿐이었지. 그런데 그거 기억나? 줄리아를 통해 들어온 신이 자신이 어떤 존재인지 말한 것."

"뭐라고 했는데?"

"신은 그냥 붙인 이름일 뿐, 우리는 신이 아닙니다. 우리는 물질적인 몸이 없는 집단적 의식으로, 미래에서 왔습니다."

"그래, 맞다. 그랬지. 신이 아니라 미래의 통합된 마음이라고 부르는 게 더 낫다고 했지."

"그때는 줄리아라는 영매를 통해 귀신인지 영혼인지 알 수 없는 어떤 존재가 들어왔다고 생각했는데, 그게 아닐 수도 있겠다는 생각이 막 들었어."

"그게 아니라면?"

내가 물었다.

"그때 우리가 신에게 한 질문 기억나? 두 가지였어. 지구는 멸망합니까? 이건 자기 질문. 제가 계속 살아야 할 이유가 있을까요? 이건 내 질문. 거기에 대한 신의 대답은 다음과 같았지. 지구는 멸망하지 않는다. 그리고 두 사람은 결혼할 것이다. 그러니 죽어서는 안 된다."

"잊을 수 없는 순간이었지."

"그때 그 말 믿었어?"

지민이 내게 물었다.

"당연히, 믿었지."

"난 안 믿었어."

지민이 나를 가만히 쳐다봤다. 그 눈을 바라보다가 내가 말했다.

"사실은 나도 안 믿었어. 그런 놀라운 말을 어떻게 믿겠어?"

우리는 웃었다.

"그러게. 그런데 살아보니까 그건 놀라운 말이 아니라 너무나 평범한 말이더라. 지구는 멸망하지 않았고 우리는 죽지 않고 결혼해 지금 이렇게 맥주를 마시고 있잖아. 줄리아는 그냥 이 사실을 말한 거야. 다만 이십 년 빨리 말했을 뿐. 그 시차가 평범한 말을 신의 말처럼 들리게 한 거야. 소설에 미래를 기억하라고 쓴 엄마는 왜 죽었을까? 그게 늘 궁금했는데, 이제는 알 것 같아. 엄마도 이토록 평범한 미래를 상상할 수 있었다면 좋았을 텐데."

1999년 여름, 1학기 종강 파티가 끝나고 지민이 내게 자신은 곧 죽을 사람이라고 말할 때만 해도 나 역시 이런 미래를 상상하지 못했다. 어릴 때 내가 상상한 미래는 지구 멸망이나 대지진, 변이 바이러스의 유행이나 제3차세계대전 같은 끔찍한 것 아니면 우주여행과 자기부상열차, 인공지능 등의 낙관적인 것이었다. 하지만 이제는 안다. 우리가 계속 지는 한이 있더라도 선택해야만 하는 건 이토록 평범한 미래라는 것을. 그리고 포기하지 않는 한 그 미래가 다가올 확률은 100퍼센트에 수렴한다는 것을. 1999년에 내게는 일어난 일과 일어나지 않은 일이 있었다. 미래를 기억하지 않았다면 일어나지 않았을 일과 일어날 일이었을지도 모르겠다.

난주의 바다 앞에서

1

　며칠 전 도착한 메일에는 바람에 대한 언급이 있었다. 강연 전
날에는 바람이 많이 불어 배가 결항될 수 있으니 하루 더 일찍 섬
으로 들어와달라는 것이었다. 정현은 섬 생활에 대해 아는 바가
많지 않았다. 그래서 메일 속 바람의 의미를 이해하지 못했다. 요
청받은 대로 그는 강연일보다 이틀 먼저 출발했다. 지금 생각하면
다행이었다. 그날은 12월 중순이었지만 온화하고 맑은 하늘이 펼
쳐져 있었다. 바람은 상쾌하다고 느껴질 정도였다.
　섬의 선착장에서는 강연을 요청한 김선생이 정현을 기다리고
있었다. 인사를 나눈 뒤, 두 사람은 숙소까지 타고 갈 자동차가 있

는 주차장으로 걸어갔다.

"배 타고 오느라 힘드셨지요?"

운전해서 주차장을 빠져나오며 김선생이 말했다.

"바람이 많이 불 거라고 해서 조금 긴장했는데 배가 심하게 흔들리지는 않았습니다. 날씨도 아주 좋았구요."

"지금은 날씨가 좋지만 내일부터는 나빠진다고 하네요. 묵으실 곳은 여기서 조금 떨어져 있어요. 마을 뒷산 너머에 있는 펜션이에요."

출발하고 얼마 지나지 않아 김선생이 누군가를 발견하고 차를 멈췄다. 차창을 내린 그녀는 멀리 집 앞에 서 있는 한 여자를 향해 손을 흔들며 "내일모레 세시예요. 꼭 오세요"라고 외쳤다. 정현도 그 여자를 쳐다봤다. 마스크를 쓰지 않은 맨얼굴이었다. 김선생을 알아봤는지 그녀가 자동차 쪽을 향해 손을 흔들었다. "잊지 마세요"라고 김선생이 한번 더 확인했다. 그러고는 차창을 올리며 정현에게 말했다.

"선생님이 오신다고 저분이 아주 좋아하셨거든요."

"저분 성함이 어떻게 되시나요?"

정현이 물었다.

"손유미 선생님이라고 해요. 왜 그러시나요?"

"아, 혹시 제가 아는 분인가 싶었는데 아니네요."

얼굴을 자세히 알아보기에는 조금 멀리 있었는데도 자신 쪽을 향해 손을 흔드는 그 모습 때문에 오랫동안 잊고 지냈던 기억 하나가 정현에게 불쑥 떠올랐던 것이다.

"사실 저분도 소설을 쓰세요."

"그래요? 소설가이신가요? 몰라뵀네요."

깜짝 놀라며 정현이 물었다.

"모르시는 게 당연해요. 아직 정식으로 출판된 책은 한 권도 없으니까요."

김선생은 오르막으로 막 접어든 차를 다시 세우더니 뒷좌석에 있는 책 두 권을 집어 그에게 건넸다.

"저희 학교에서 만든 책이에요. 한 권은 시집입니다. 전교생에게 시를 쓰게 해 매년 시집을 묶어 내거든요. 또 한 권은 학생들이 이 섬에 사는 어르신들을 인터뷰해서 펴낸 책이고요. 그 책들을 만드는 김에 아까 그분이 쓴 소설도 책으로 만들어 주민들끼리 나눠 읽었어요. 거기 인터뷰 책에 그분 이야기도 나와요. 그런데 재미있는 게 뭔지 아세요?"

그가 책을 넘겨가며 내용을 살펴보는 동안, 김선생은 다시 차를 출발시켰다. 지대가 높아지면서 바다가 보이는가 싶더니 길이 가팔라졌다.

"뭔가요?"

"그 소설이 연쇄살인범이 등장하는 추리소설이라는 점이에요. 추리소설을 쓴다고 하면 어쩐지 무서운 상상만 할 것 같지만, 실

제로는 마을 돌봄 센터에서 일하시는 분이에요. 낮에는 어르신들
과 아이들을 돌보고, 밤에는 그런 추리소설을 쓰고 있었다니 멋있
지 않나요?"

"그럼 여기 섬마을이 배경인 건가요?"

정현이 물었다.

"배경은 서울인데, 연쇄살인마를 뒤쫓는 난주라는 형사가 여기
출신으로 돼 있어요. 이 섬 이야기가 많이 나와 주민들도 좋아하
세요."

"원래 소설을 쓰시던 분인 모양이죠?"

"아니에요. 서울에 사실 때는 평범한 주부였는데, 인터뷰를 보
면 이 섬에 정착하고 난 뒤에야 비로소 소설을 쓸 수 있게 됐다고
말씀하시더라구요. 추리소설을 쓰는 게 어릴 때부터의 소원이었
대요."

"그럼 이 섬에 와서 꿈을 이룬 셈이네요."

"그런 셈이죠."

두 사람이 얘기하는 동안, 자동차는 도로의 가장 높은 곳을 넘
어갔다. 그 너머는 다시 바다로 향하는 내리막길로 멀리까지 시야
가 트여 있었다. 언덕 아래로 해안과 바다와 구름과 하늘이 아름
답게 펼쳐졌다. 숙소는 그 길의 왼편에 있었다. 주변에 다른 건물
은 보이지 않았다. 머무는 동안 조용히 지낼 수 있겠다고 그는 생
각했다.

2

남해의 한 섬에 있는 중학교에서 강연을 해달라는 요청이 들어온 건 반년 전인 2020년 여름의 일이었다. 그때까지는 이름만 들어봤을 뿐, 정현은 그 섬이 정확히 어디에 있는지조차 알지 못했다. 도착해보니 섬은 하나가 아니었다. 중학교가 있는 남쪽 섬 말고도 북쪽에 섬이 하나 더 있고 두 섬은 다리로 연결돼 있었다. 그 두 개의 섬을 합쳐 '추자'라고 불렀다. 정현이 머문 숙소의 창으로 멀리 북쪽 섬의 번화한 항구가 보였다. 밤에 보이는 불빛은 그것뿐이었다. 첫날 밤, 정현은 어둠 속에서 반짝이는 먼 항구의 불빛을 아련하게 바라봤다. 그때까지만 해도 섬의 밤은 고요했다. 그 고요한 밤, 그는 김선생에게 문자를 보내 손유미씨가 언제, 어떻게 섬으로 들어와 살게 됐는지를 물었다. 그러자 자신도 이 년 임기로 들어왔기 때문에 잘 알지 못한다는 답이 돌아왔다. 제대로 된 답변을 내놓지 못했다고 생각했는지 그녀는 "아이들이 인터뷰를 상세하게 했으니 자세한 건 『우리들의 역사』를 봐주세요.^^"라는 메시지를 덧붙였다. 『우리들의 역사』는 학생들이 만들었다는 인터뷰 책이었다. 정현은 그 책에서 손유미씨에 대한 부분을 찾아 읽으며 첫날 밤을 보냈다.

그러나 둘째 날 밤은 달랐다. 낮부터 바람이 세차게 불고 어두컴컴해지더니 저녁 무렵에는 눈발이 흩날리기 시작했다. 바다에서 밤새 바람이 불어왔는데, 덜컹거리는 문을 열고 나가보면 바람의 반은 눈송이들이었다. 날아오는 눈을 맞고 선 언덕의 나무들이 기이하고도 무서운 소리를 냈다. 겨울의 언덕으로 불어오는 눈보라 때문에 정현은 밖으로 나갈 엄두를 내지 못하고 밤새 방에 갇혀 있었다. 언제부터인가 그는 세상을 거울이라고 생각해왔다. 자신의 내면에 어떤 문제가 생긴다면, 자신이 바라보는 세상의 모습도 어딘가 뒤틀릴 수밖에 없다는 것이다. 그것은 지극히 주관적인 믿음에 가까웠지만, 그는 늘 눈앞에 펼쳐진 세계의 모습을 통해 지금 자신의 내적 상태를 점검하곤 했다. 거리의 풍경을 면밀히 살펴보거나 들리는 소리에 자세히 귀를 기울이는 건 그의 오랜 습관이었다.

그러므로 자연이 무섭게 느껴진다면, 그것은 자신의 내부에 두려움이 있다는 뜻이었다. 나는 지금 이 눈보라의 무엇을 두려워하고 있는 것일까? 어둠이 내린 밤, 보이는 거라고는 그저 자신의 모습뿐인 칠흑 같은 창을 바라보며 그는 생각했다. 아마도, 그 의미 없음을 두려워하는 것이리라. 의미 없는 것들의 무자비함을. 이 무자비함의 그물에서 벗어나려면 사람은 자기 내면에 의미를 세워 자연을 해석해야만 한다. 그간 그가 읽은 시와 소설들은, 그리고 어느 순간부터 저도 모르게 쓰기 시작한 글들은 모두 그런 노력의 결과물들이었다. 아무런 의미가 없어 무자비할 수밖에 없는 자연에 맞서기 위해 상징을 부여하고 이야기를 만드는 것, 그게 바로 정현이 평생 몰두해온 일이었다.

또한 그건 중학생들에게서 당신은 어떤 삶을 살았느냐는 질문을 받고 그에 대한 대답을 내놓아야만 했던 섬 주민들의 일이기도 했다. 인터뷰 속에서 어떤 사람은 자신의 치부를 숨김없이 드러냈고, 어떤 사람은 이제 와 그런 이야기를 하면 무엇 하겠느냐며 입을 다물었다. 자연을 닮아 인생의 나날로도 아무런 의미가 없는 비와 눈과 바람 같은 일들이 느닷없이 벌어지곤 했다. 그때마다 그들은 그럴듯한 이야기를 짜려는 소설가나 숨겨진 의미를 알아내 불가해한 것들을 상징으로 만들려는 시인처럼 자신의 인생사를 설명했다. 그건 손유미씨도 마찬가지였다. 정현은 손유미씨의 인터뷰를 읽으며 그녀가 맞닥뜨린, 거대한 푸른 벽과 같은 바다의 의미를 이해했고, 그녀가 그 바다 너머의 삶으로 나아갔음을 알게 됐다. 그녀는 중학생들에게 그 초월을 '세컨드 윈드'라는 체육 용어로 설명하고 있었다. 중학생들은 요즘 아이들답게 포털사이트의 지식백과에서 찾아낸 그 용어에 대한 설명을 인터뷰 옆에 붙여놓았다.

세컨드 윈드
요약: 운동하는 중에 고통이 줄어들고 운동을 계속하고 싶은 의욕이 생기는 상태.
제2차 정상상태라고도 한다. 운동 초반에는 호흡곤란, 가슴 통

증, 두통 등 고통으로 인해 운동을 중지하고 싶은 느낌이 드는데 이 시점을 사점死點, dead point이라고 한다. 이 사점이 지나면 고통이 줄어들고 호흡이 순조로우며 운동을 계속할 의욕이 생기는데, 이 상태를 세컨드 윈드라고 한다. 숨막힘이 없어지고, 호흡이 깊어지며, 심장박동수도 안정되고, 부정맥도 없어지게 되어 힘차게 운동할 수 있게 된다. 속도가 빠를수록 일찍 나타난다. 이는 환기와 깊은 관계가 있는 것으로 누구나 운동하는 중에 경험하는 것이다.

대개 운동 초기의 호흡곤란으로부터 환기가 적응되고, 운동 초기에 산소 부족으로 생성된 락트산이 혈액의 흐름 증가 등으로 인해 산화되고 땀과 소변을 통해 제거되며 호흡근이 적응하여 운동 초기의 피로에서 회복되기 때문에 일어난다. 또 한 가지는 초조·공포 등이 증가했다가 운동이 지속되는 동안 이런 현상들이 해소되므로 세컨드 윈드가 촉진된다.

3

셋째 날 아침, 창밖을 보니 세상이 온통 하얀색으로 덮여 있었다. 땅바닥뿐만 아니라 풍경도 전부 하얀색이었다. 완성한 풍경화 위에 흰 크레파스를 죽죽 그어대는 심술쟁이 아이처럼 자연은 항구와 바다를 시야에서 지워버렸다. 그럼에도 정현은 그 하얀 풍경을 한참 쳐다봤다. 눈 내리는 풍경을 바라보며 오전을 보낸 뒤, 그는 첫날 차를 타고 올라온 도로를 따라 학교까지 걸어갔다. 그가 묵는 펜션에서 봉우리만 넘어가면 학교가 나왔지만, 쌓인 눈 탓에 산길로 걸어갈 수는 없었다.

강연장인 도서실에 전교생이 앉아 있었으나 전교생이라고 해봐야 스무 명 남짓이었기 때문에 교실 하나를 다 채울 수도 없었다. 뒤쪽의 빈자리에는 교사와 학부모와 주민 들이 앉아 있었다. 아이들의 볼이 발그스레했다. 눈 구경하기 힘든 남쪽 고장이라 아침부터 아이들이 운동장에 모여 눈사람을 만들고 눈싸움을 했다고 김 선생이 정현에게 설명했다. 학교는 산중턱에 있어 교실 창으로 선착장과 방파제와 바다가 한눈에 들어왔다.

눈을 밟으며 학교까지 걸어온 그에게는 도서실 안이 적당히 따뜻했지만, 아침부터 뛰어논 학생들은 노곤했으리라. 강연을 시작하고 얼마 지나지 않아 꾸벅꾸벅 조는 아이들이 보였다. 그는 강연 내용을 정리한 자료까지 프로젝트 화면에 띄워놓았지만 준비한 강연을 그쯤에서 그만하기로 했다. 아이들이 졸아서만은 아니었다. 갑자기 어떤 시가 생각났기 때문이었다.

정현이 아이들에게 말했다.

"제가 여러분 나이였을 때만 해도 21세기가 되면 세끼 식사 대신에 알약처럼 생긴 캡슐을 먹고, 귀찮은 집안일은 인공지능 로봇

이 해결해주는 세상에서 살 줄 알았습니다. 하지만 세상은 우리가 생각하는 것만큼 쉽게 바뀌지 않네요. 아직도 꼬박꼬박 세끼 밥을 챙겨 먹어야 하고, 그러자면 돈을 벌어야 하고, 게다가 이제는 이렇게 마스크까지 쓰고 다녀야만 하니까요. 여러분이 살아갈 미래는 좀더 나아지기를 바라겠습니다. 하지만 나이가 들면 힘든 일이 생길 때도 있을 거예요. 저도 그랬으니까요. 힘들어서 죽고 싶다는 생각이 들 때, 오늘이 생각나면 좋겠습니다. 코로나가 유행해서 사람들이 마스크를 쓰고 다니던 그해 겨울, 섬에 눈이 펑펑 내리던 날 서울에서 온 소설가가 이런 시를 읽어주었었지, 하고 기억해준다면 제가 무척 기쁠 겁니다."

그리고 그는 일본 시인 미야자와 겐지의 「비에도 지지 않고」를 읽기 시작했다.

비에도 지지 않고
바람에도 지지 않고
눈에도 여름 더위에도 지지 않는
건강한 몸을 가지고
욕심은 없고
절대로 화내지 않고
언제나 조용히 웃고 있는
하루에 현미 네 홉과

된장과 약간의 야채를 먹고

......

　그러면서 그는 중학생들을, 그 뒤에 앉은 어른들을, 그리고 창 너머 눈 내리는 풍경과 그 하얀 풍경 너머의 바다를 바라봤다. 그 가 낭독을 마치자 사람들이 박수를 쳤다. 하지만 그것으로 강연 시간을 다 채울 수는 없었기에 이번에는 미야자와 겐지가 쓴 짧은 이야기인 「목련」을 기억하는 대로 들려주기로 했다. 그 이야기는 다음과 같았다.

　주인공은 료안. 료안은 산골짜기를 홀로 건너가고 있었다. 봉 우리에는 새까맣고 탐욕스러운 바위가 차가운 안개를 뱉어내고도 시치미를 떼고 있어 힘들게 올라가도 기댈 데 없이 쓸쓸했다. 험 준하게 파인 길을 따라 걷느라 힘이 든 료안이 스르르 잠이 들었 을 때, 누군가 그의 귀에다 대고 이렇게 외쳤다.
　'이것이 너의 세계야. 너에게 딱 어울리는 세계야. 그보다 더 진 실은, 이것이 네 안의 풍경이야.'
　료안은 꾸벅꾸벅 졸면서 그 말에 동의했다. 그리고 그렇기 때문 에 어쩔 수가 없는 것이라고 대답했다.
　다시 눈을 뜨고 가파른 절벽을 기어올라 정상에 섰을 때, 골짜 기의 안개가 모두 걷혔다. 그 모습을 지켜보던 료안은 깜짝 놀라고 말았다. 자신은 분명 험난하고 지독한 곳을 건너왔다고 생각했는데, 돌아보니 거기에는 새하얀 목련이 가득했기 때문이었다.

그 순간, 안개 속에서 료안에게 외쳤던 목소리의 주인공이 나타났다. 그는 자신 또한 료안이라고 말했는데, 료안은 이미 그 사실을 알고 있었다. 두 사람은 웃으며 자신들이 서 있는 고원의 평평함에 대해 얘기했다.

"이곳은 정말로 평평하군요."

"네, 평평합니다. 하지만 이 평평함은 험준함에 대한 평평함입니다. 진정한 평평함은 아닙니다."

"그렇습니다. 내가 험준한 산골짜기를 건너왔기 때문에 평평한 것입니다."

그 평평함을 안 뒤에 료안은 자신이 지나온 골짜기에 목련이 가득한 것을 다시 보았다. 그 사람은 목련나무를 가리키더니 그게 바로 '부처의 선'이라고 말했다.

그리고 이야기는 다음과 같은, 료안의 말인지 그 사람의 말인지, 혹은 두 사람 모두의 말인지 알 수 없는 말로 끝난다.

"그렇습니다. 또한, 우리들의 선입니다. 부처의 선은 절대입니다. 그것은 목련나무에도 나타나며, 험준한 봉우리의 차가운 바위에도 나타납니다. 골짜기의 어두운 밀림과 강이 계속 흘러 범람하는 곳의 혁명이나 기근, 역병도 모두 부처의 선입니다. 하지만 이곳에서는 목련나무가 부처의 선이며 또한 우리들의 선입니다."

학생들과 마찬가지로 뒤편에 앉은 어른들도 모두 마스크를 쓰고 있어 그들의 생김새는 반만 알 수 있었다. 그들의 눈에 비친 정현의 모습도 마찬가지였을 것이다. 반쪽의 만남. 그렇기에 강연이 끝나고 학생들이 도서실을 빠져나간 뒤, 남은 어른들과 인사를 나누면서도 그는 거기에 손유미씨가 와 있는지 알아채지 못했다. 한 여성이 그에게 다가오기 전까지는 말이다.

"질문 하나 해도 될까요?"

뒤로 묶은 그녀의 머리칼이 희끗희끗했다.

"말씀해보시지요."

"「비에도 지지 않고」를 아이들에게 읽어준 이유는 잘 알겠는데, 「목련」은 왜 들려주신 건가요? 말씀하신 대로 정말 시간이 남아서는 아니겠지요?"

"미야자와 겐지가 쓴 이야기 중에 제가 가장 좋아하는 것이거든요. 그런데 제가 「비에도 지지 않고」를 들려준 이유는 어떻게 그리 잘 아시나요?"

"질문은 제가 먼저 했어요. 대답은 아직 못 들었구요. 그 이야기를 좋아하는 이유를 물어봐도 될까요?"

그녀가 정현의 눈을 가만히 쳐다봤다. 그때 비로소 정현에게 확신이 들었다.

"오래전에, 어떤 사람을 원망한 적이 있었거든요. 제 안에 미움이 가득해지니까 온 세상이 다 싫어지더라구요. 그때 「목련」을 읽고 그 사람을 그만 원망하기로 했지요."

"혹시 저 기억하시겠어요?"

그녀가 마스크를 벗으며 말했고, 정현은 그 맨얼굴을 대면했다.

"그럼요. 며칠 전에 봤잖아요. 김선생님이 모는 차에 타고 있었거든요."

그러자 그녀는 약간 실망하는 듯했다.

"저도 봤어요. 그날 배로 오신다고 해서 일부러 나가봤으니까."

그러고는 뭔가 얘기하려고 하는데, 정현이 먼저 말했다.

"소설을 쓰신다고 김선생님이 말하던데요. 그것도 추리소설을."

'추리소설'을 강조하면서 정현이 말했다.

"안 그래도 보여주려고 여기 가져왔어요."

그녀가 들고 온 책을 정현에게 내밀었다. 별다른 기교 없이 만든 표지에는 '새 바람은 그대 쪽으로'라고 적혀 있었다.

"그럼 이제 꿈을 이룬 건가? 맨날 추리소설 쓰는 게 꿈이라고 했잖아."

그 책을 받으며 정현이 말했다. 느닷없이 튀어나온 반말에 시간은 순식간에 삼십여 년 전으로 되돌아갔고, 그는 어떤 현기증마저 느꼈다. 그건 손유미씨도 마찬가지였는지 그녀의 눈동자가 커졌다.

그때 짐을 챙겨오겠다며 교무실에 갔던 김선생이 들어왔다.

"다 끝났어요. 이제 저녁 먹으러 가요."

정현이 돌아보니 김선생이 약간은 호기심을 품은 표정으로 두 사람을 쳐다보고 있었다.

"이분도 같이 식사하면 어떨까요? 어때? 우리랑 같이 밥 먹을 시간 있어?"

정현이 그새 마스크를 다시 쓴 손유미씨에게 물었다. 그러자 김선생이 두 사람에게 물었다.

"두 분은 아시는 사이인가요?"

손유미씨가 머뭇거리는 사이에 정현이 고개를 끄덕였다.

4

세 사람은 차를 타고 다리 건너 북쪽 섬에 있는 식당으로 향했다. 김선생은 다소 들뜬 목소리로, 대학 시절 같은 동아리에서 친구로 지냈던 두 남녀가 삼십여 년이 지나 남해의 한 섬에서 우연히 재회할 확률이 얼마나 될까를 상상하면 어쩐지 가슴이 두근거린다고 말하며, 그럼 왜 첫날 손유미씨를 봤을 때 아는 사람이라고 말하지 않았느냐고 정현에게 물었다. 그건 이름 때문이었다. 대학 시절, 손유미씨의 이름은 은정이었다. '통계학과 은정이'를 그는 그때까지도 기억하고 있었다. 철저하게 계획대로 살아온 자신과는 다른 유형의 사람들을 만나 견문을 넓히고 싶어 문학 동아리에 들어왔다고 말해 동아리 사람들이 "우리가 뭐가 어때서?"라고 반발했던 일도 떠올랐고, 자기는 동아리 사람들처럼 까탈스럽지 않아 순문학은 어렵겠고 추리소설은 꼭 한번 쓰고 싶다고 말한 일도 생각났다. 말은 그렇게 했지만, 정현이 기억하는 은정은 이야기를 참 재미있게 하는 친구였다. 은정의 말을 듣고 있으면 시간이 어떻게 지나가는지 모를 정도였다. 그때는 그저 은정이 이야기를 재밌게 해서 그렇다고 생각했지만, 이제는 어떤 사람과 함께 있을 때 시간이 빨리 지나간다는 게 무슨 뜻인지 잘 안다.

정현이 제대하고 돌아왔을 때, 은정은 이미 졸업한 뒤였다. 그때는 그녀에 대한 원망이 거의 사라졌을 때였고, 애써 소식을 알려고 하지도 않았다. 스무 살 무렵의 많은 일들은 그렇게 망각 속으로 사라졌다. 그래서였겠지만 은정은, 그러니까 손유미씨는 둘의 과거를 궁금해하는 김선생에게 같은 동아리 친구 그 이상도 그 이하도 아니었다고 단언했다. 그러면서 그 근거로 정현이 중학교에 강연하러 온다는 소식에도 아는 사람이라고 말하지 못했다는 사실을 들었다. 괜히 알은척했다가 자신을 기억하지 못하면 어쩌나 싶었다는 것이다. 정현은 서운한 마음이 없지는 않았지만, 그럴 정도로 서로 알고 지내던 시절은, 어쩌면 그보다는 더 각별하게 지냈던 나날은 지금으로부터 너무나 멀리 떨어져 있다고 생각하며 그녀의 말에 이따금 고개를 끄덕였다. 무슨 이유에서인가 개명해야만 했던 것처럼, 손유미씨가 자신이 알던 은정과는 많이 다른 사람이 돼 있다는 사실쯤은 그도 인정할 수 있었다.

도로에는 눈이 녹아 있었다. 두 개의 섬을 모두 합쳐도 그다지 크지 않으므로 자동차를 타고 가면 식당까지는 금방이었다. 다리를 지나 바다를 건너갈 때는 작은 차체를 날려버릴 듯 세찬 바람이 불어왔다. 그렇게 도착한 식당에서 세 사람은 삼치회를 먹었다. 전날부터 들어오는 여객선이 없어 항구는 한산했고, 식당에는 그들뿐이었다. 공통된 대화 주제가 없어 세 사람은 음식에 대한 이야기를 주고받았다. 섬에서는 가을부터 겨울이 끝날 때까지 두툼하고 기름진 삼치회를 먹을 수 있다고 했다. 삼치회는 양념장에 푹 찍어 파김치와 함께 김에 싸서 먹어야 한다고도 했다. 그렇게 섬에서 맛볼 수 있는 신선한 해산물들, 예컨대 보말이나 한치 등으로 만든 음식 이야기로 이어진 대화는 이윽고 이 섬에서는 먹을 수 없는 음식들로 옮겨갔다. 에그타르트, 평양냉면, 치아바타 등등. 당연하겠지만 정현 앞에서 두 사람이 토로하는 섬 생활의 불편함은 음식에 국한되지 않았다. 일례로 치과 치료를 받으려면 매번 두 시간씩 배를 타고 제주시까지 나가야만 했다. "그렇다면 좋은 점은 없습니까?"라고 정현이 묻자 손유미씨는 매일 바닷가를 산책할 수 있는 것이라고 대답했고, 김선생이 섬과 섬 사이로 물드는 노을이라고 맞장구를 쳤다. 두 사람이 때로는 맞장구를 치고, 때로는 말을 보태면서 주고받는 섬 생활의 이모저모에 대해 들으며 정현은 조금씩 취해갔다.

그렇게 대화는 아무렇게나 흘러 두 사람이 아직까지 섬에 확진 자가 한 명도 나오지 않았다는 사실에 불안 반 안심 반의 심정을 토로할 즈음, 정현이 손유미씨, 아니, 오래전의 친구 은정에게 물었다.

"어떻게 하다가 이 섬에서 혼자 살게 된 거야?"

"어떻게 한 게 아니라 아무것도 하지 못한 거야. 그랬더니 이 섬에서 혼자 살게 됐네."

씁쓸한 표정으로 은정이 말했다. 정현과 김선생은 은정이 이야 기를 이어나갈 때까지 기다렸다.

"누구에게나 인생의 계획 같은 게 있잖아. 거창하게 꿈이라거나 소원이라고 말하지 않아도 되는, 말하자면 새해가 밝았을 때 수첩에다가 끼적이는 것들. 살을 빼겠다거나 달리기를 하겠다거나 가족들을 친절하게 대하겠다거나 하는. 이를 악물고 참아야만 하거나 아무리 힘든 일이 있어도 반드시 해내고야 말겠다는 맹세 같은 게 전혀 불필요한, 말 그대로 평범한 계획. 우리가 마지막으로 본 게 언제였을까? 스물한 살? 스물두 살? 그때만 해도 내겐 그런 계획이 있었어. 평범한 사람들이 가진 평범한 계획. 좋은 회 사에 취직하고, 성격 좋고 바르게 사는 사람을 만나 연애해서 결혼하고, 아이를 낳아 별 탈 없이 기르고…… 퇴근길에는 친구와 맛있는 안주에 술을 마시며 옛 추억을 얘기하고, 여름이면 가족들과 외국에 여행을 가는 삶. 새로 개봉한 영화를 보러 극장에 가고 서점에 들러 신간을 사서 돌아오는 삶. 그다지 큰 노력을 하지 않아도 그 정도 삶은 살 수 있을 줄 알았지. 그래서 그때는 네가 하는 말들이 다 부담스럽게 들렸나봐. 그때 나는 현실적인 사람이었거든. 내게는 그 정도면 충분하다고 생각했어. 그 너머의 삶 같은 건 꿈꿔본 적도 없어. 그랬는데……"

"그랬는데?"

"여기 섬에 살고 난 뒤로 네 생각을 몇 번 했었어. 너한테 무례했던 것 같아서."

"넌 나한테 무례한 사람이 될 수가 없었는데."

정현이 말했다.

"뭐, 그렇다면 다행이고. 어쨌든 그때는 돈 잘 벌고 평범한 사람이 좋았거든. 나도 별다른 일 없이 할머니로 늙어갈 거라고 생각했고. 그랬는데……"

은정이 다시 '그랬는데……'라고 말했고, 그러고는 자리에서 일어나 밖으로 나가버렸다. 놀란 정현이 유리문 쪽으로 가서 살펴보니 그녀는 가로등 불빛이 흔들리는 포구의 물결을 바라보며 서 있었다. 우는 것이리라고 그는 짐작했다. 자리에 돌아온 그에게 김선생이 빠르게 전한 이야기는, 그리고 손유미씨가 인터뷰에서 학생들에게 말한 이야기는 다음과 같았다. 은정의 아들이 아홉 살이 되던 해, 아이의 몸속에서 악성종양이 발견됐다. 그리고 은정을 둘러싼 세상은 빛을 잃었다. 어릴 때부터 몸이 허약하고 병

치레가 심해 귀찮을 정도로 자신에게 엉겨붙었는데도 아이의 몸 속에 그런 끔찍한 게 자라고 있다는 걸 까맣게 몰랐다는 것, 그 사실 때문에 그녀는 말할 수 없는 죄책감을 가졌다. 더 미안한 것은 종양을 발견한 뒤에도 그녀가 할 수 있는 일이 하나도 없었다는 점이었다. 섣불리 희망을 가질 수도, 그렇다고 무기력하게 절망할 수도 없는 진퇴양난의 상황 속에서 일희일비하는 동안 검게 물든 삶은 느리고 더디게 흘러갔다. 그렇게 오 년의 투병 과정이 지났다. 그리고 아이는 죽었다. 아이가 사라지고 나니 그 오 년이라는 시간이, 아니, 자신의 삶에 아이가 존재했던 십사 년이라는 시간이 너무나 허망하고 원통했다. 아이의 물건과 추억이 남아 있는 집에서는 하룻밤도 잠들 수 없었기 때문에 남편이 이사갈 집을 마련할 때까지 그녀는 친정과 친구 집을 전전했다. 하지만 곧 자신이 그들에게 성가신 짐짝이 됐다는 느낌을 떨칠 수 없어 그녀는 어떤 기억이나 추억도 없는 낯선 지방으로 차를 몰고 가 아무 곳에서나 잠들었다. 모텔 주인들은 그런 그녀를 수상히 여겼고, 개중에는 자살할 것 같다며 경찰에 신고하는 사람도 있었다. 그렇게 찾아간 곳 중 하나가 완도였다. 그 너머는 바다라 더이상 갈 곳이 없었다. 그 바다 앞에서 울고 또 울고 난 뒤에야 그녀는 새집으로 들어갈 수 있었다. 그러나 어떻게 해도 이전의 삶으로는 돌아갈 수 없었다. 그 사실을 깨달은 순간, 그녀는 남편에게 이혼을 하자고 말했다. 서로에게 깊은 상처를 남기며 기억하고 싶지 않은 수많은 밤들과 몇 번의 계절을 보내고서야 비로소 그녀는 혼자가 됐고, 이십대 초반에 세운 그녀의 인생 계획은 최종적으로 폐기됐다. 그녀가 다시 완도를 찾은 건 그즈음의 일이었다.

"그때 섬으로 가는 배가 보였대요. 그래서 거기가 끝이 아니구나 싶어 그 배에 올라탔다네요."

김선생의 말에 정현이 대답했다.

"끝까지 가려고 했던 모양이군요."

다시 자리로 돌아온 은정은 한결 차분해진 표정이었다. 몇 번 헛기침을 하더니 그녀는 김선생에게 자신들이 얼마나 달랐는지, 또 정현이 얼마나 괴짜였는지 생각이 났다고 말했다.

"그때는 이 친구가 동양 챔피언이 관장이던 복싱 체육관에 다녔어요. 복싱을 좋아했거든요. 제가 왜 좋아했다고 말하는지 아시겠어요? 좋아할 뿐이지, 잘하지는 못했거든요. 한번은 시합에 나간다고 해서 응원하러 갔는데, 뭐 신인왕까지는 바라지 않더라도 많이 안 맞았으면 싶었지요. 그런데 1라운드가 시작되자마자 일방적으로 얻어맞더니 KO패를 당한 거예요. 차마 볼 수가 없었어요. 그렇게 시합이 끝나고 친구들이랑 다 함께 장충동 어딘가의 술집에 갔는데, 이 친구가 부은 눈을 뜨지도 못하면서 아까 그 시를 소리 내서 읊어대는 거예요. 그래서 '비에도 바람에도 지지 않았는지는 모르겠지만 실컷 얻어맞고 경기에 진 건 맞는 것 같은데 뭐가 좋아서 그리 싱글벙글이야?' 그랬더니 '상대 선수보다 연습

량도 경험도 다 부족한데 어쩌겠니? 얻어맞고 쓰러져봐야 내가 어떤 인간인지 알지' 이러더라구요. '인생 참 힘들게 사네'라고 말했더니 '은정아, 인생 별거 아니다. 버틸 때까지 버텨보다가 넘어지면 그만이야. 지금은 그거 연습하는 중이야. 얼른 소주나 줘'라고 대답하더라니까요."

"얼른 소주나 줘."

정현이 은정에게 말했다. 삼십여 년 전처럼. 정현의 잔에 소주를 따르면서 은정은 말을 이었다.

"얻어맞아 팅팅 부은 얼굴이 미워서 내가 '이딴 짓 하지 말고, 하던 대로 글이나 열심히 써'라고 말했어요. 그랬더니 '글쓴다고 인생이 가만히 놔둘 것 같니?'라면서 흘겨보더라구요. 그래서 내가 '그래도 일방적으로 얻어맞는 것보다는 낫잖아. 해도 안 되는 일, 질 게 뻔한 일을 왜 하고 있어?'라고 했더니 이렇게 대답했어요. '버티고 버티다가 넘어지긴 다 마찬가지야. 근데 넘어진다고 끝이 아니야. 그다음이 있어. 너도 KO를 당해 링 바닥에 누워 있어보면 알게 될 거야. 그렇게 넘어져 있으면 조금 전이랑 공기가 달라졌다는 사실이 온몸으로 느껴져. 세상이 뒤로 쑥 물러나면서 나를 응원하던 사람들의 실망감이 고스란히 전해지고, 이 세상에 나 혼자만 있는 것 같은 기분이 들지. 바로 그때 바람이 불어와. 나한테로.' 무슨 바람이냐고 물었더니 '세컨드 윈드'라고 하더라구요. 동양 챔피언에게 들은 말을 그대로 흉내내서 젠체하는 거였는데, 나중에 그 '두번째 바람'이라는 말이 두고두고 생각이 나더군요. 그래서 지금까지도 이렇게 기억하고 있지요."

맞다. 그랬다. 그랬던 적이 있었다. 정현은 혼자서 중얼거렸다.

5

다음날 아침 낯선 번호로 전화가 걸려왔을 때, 정현은 손유미 씨가 쓴 『새 바람은 그대 쪽으로』를 읽고 있었다. 받아보니 결항을 알리는 선사의 안내 전화였다. 다음날은 출항이 되느냐는 물음에 전화 속 목소리는 당일 아침이 되어봐야 알 수 있다는 답만 내놓았다. 섬에 머무는 날이 하루가 될지 이틀이 될지 알 수 없었다. 전화를 끊고 읽던 부분을 마저 읽은 뒤, 그는 기왕 발이 묶였으니 전날 밤 은정이 말한 정난주의 바다에 가봐야겠다고 생각했다. 술을 곁들인 저녁식사를 마친 세 사람은 식당 앞에 세워둔 자동차 대신 마지막 버스를 타고 남쪽 섬으로 내려왔다. 김선생이 숙소로 돌아간 뒤, 두 사람은 선착장이 있는 쪽으로 잠시 걸었다. 정현의 숙소로 돌아가려면 그 길을 따라 언덕을 넘어가면 됐는데, 어쩐지 아쉬움이 남아 둘은 은정의 집으로 가서 이야기를 더 나누기로 했다. 정난주의 바다에 대해 들은 건 그 자리에서였다.

그건 동화 같은 이야기였다. 정난주는 조선시대 명문가에서 태어났다. 다산 정약용과 『자산어보』를 쓴 정약전이 그녀의 삼촌들이었고, 고모부 이승훈은 북경에 가서 서양인 신부에게 세례를 받은 조선 최초의 천주교인이었다. 열여덟 살에 그녀는 두 살 어린 소년과 결혼했다. 그녀의 삼촌에게서 글을 배운 소년은 어려서부터 총명해 열여섯 살에 장원급제를 하고 정조 임금에게 직접 격려를 받은 천재였다. 명문가의 딸과 신동 소년의 혼인을 부러워하지 않을 사람은 아무도 없었으리라. 이 이야기는 마침내 두 사람의 아이가 태어나는 것에서 절정을 이뤘다.

"이 이야기 들어본 적 있어?"

은정이 물었다.

"자세히는 알지 못하고 있다가 『우리들의 역사』에서 읽었어."

정현이 대답했다.

"나는 섬에 와서 정난주의 바다를 보고 난 뒤에야 이 이야기를 처음 알게 됐어."

"그 바다가 그렇게 무서웠어?"

은정은 손유미라는 새 이름으로 학생들과 한 인터뷰에서 그 바다를 처음 봤을 때 자신은 너무나 무서웠다고 말했다. 그 바다는 정난주에게도, 그리고 은정에게도 죽음을 뜻했으니까. 정난주의 평탄한 삶은 정조가 갑자기 죽고 정권이 교체되면서 끝났다. 새 집권 세력은 천주교 탄압을 빌미로 반대파 제거에 나섰고, 그녀가 아는 많은 사람들이 그 그물에 걸렸다. 특히 그녀의 남편은 가장 흉악한 반역자가 됐다. 자신의 스승을 비롯해 어른들과 친구들이 처형되는 것을 지켜본 그가 동굴 속으로 피신해 외국 군대의 파병을 요청하는 편지를 북경의 주교에게 보내려다가 검거됐기 때문이었다. 어두운 동굴 속, 그 마음을 정현이 어떻게 이해할 수 있겠는가. 그러면서도 그런 편지를 쓰는 젊은 심정을 알 것도 같았다. 그리고 그게 얼마나 무책임한 일이며, 또한 그로 인해 얼마나 많은 사람들의 인생이 바뀌게 될지도. 그 일로 그는 사지가 찢기는 극형을 당했고, 남은 가족들은 모두 관아의 노비가 됐다. 정난주와 갓 태어난 아들의 운명도 마찬가지였다. 그들은 그때 한 번 죽었다. 그렇다면 삶은 그렇게 끝났어야만 옳았다. 하지만 그들에게는 두번째 삶이 기다리고 있었다.

"응, 나는 그 바다가 그렇게 무섭더라고."

그 바다를 보기 위해 정현은 펜션을 나섰다. 올레길 표시를 따라가면 된다고 했기에 그는 산길을 걸어갔다. 뭉게구름이 떠 있는 화창한 날이었다. 시야도 좋아 남해의 먼 섬들이 다 눈에 들어왔다. 이처럼 맑고 화창한데 왜 배가 뜨지 않는 것인지 그로서는 이해할 수 없었지만, 오히려 잘됐다고 생각했다. 예초리 포구를 지나자 다시 산길이 시작됐다. 시멘트로 포장된 길을 따라 걸어가니 '아기 황경한과 눈물의 십자가'라고 제목을 붙인 안내판이 멀리 남해의 섬들을 배경으로 서 있었다. 정현은 안내판에 적힌 이야기를 읽었다. 그건 전날 밤, 은정이 자신에게 들려준 이야기와 거의 비슷했다. 한 가지 부분만 제외하고. 그건 은정이 지어낸 이야기일까, 아니면 다르게 전해오는 이야기를 섬 주민에게 들은 것일까? 궁금해하며 정현은 오른쪽으로 놓인 계단을 따라 해안으로 내려가기 시작했다.

　다른 부분이란 다음과 같았다. 안내판에는 "남편이 순교한 후 두 살배기 아들 황경한과 함께 제주도로 유배 가던 정난주는 배가 추자도를 지날 때 아들이 평생 죄인으로 살 것을 염려하여 경한을 섬 동쪽 갯바위에 내려놓고 떠났다"라고 돼 있었고, 나중에 정현이 찾아본 자료에도 모두 그렇게 나와 있었다. 하지만 은정에게 들은 이야기는 조금 달랐다. 엄마는 대정현의 관비로, 아들은 추자도의 관노로 삼는다는 처분이 있었으므로 아들이 죽었다고 둘러대며 갯바위에 버려두고 떠난들 관에서는 아이를 찾아내 다시 노비로 삼을 게 분명했다. 이를 피하자면 아들이 죽었다는 확실한 증거, 그러니까 아이의 시신이 필요했으나 압송되는 바다 위에서 그건 결코 구할 수 없었다. 그렇다면 자신의 시신이라도 있어야겠다고 정난주는 생각했다. 어미가 아들을 품고 바다로 뛰어들어 그 어미의 시신만 인양했다고 보고한다면, 자신의 시신을 확인한 이상 관리들도 더는 문제삼지 않을 테니까. 사공들을 금품으로 회유한 그녀는 갯바위에 아들을 내려놓고 하느님께 아이를 보살펴달라는 마지막 기도를 올린 뒤, 바다로 뛰어들었다. 정현이 막 지나온 포구에 배가 닿기 직전의 일이었다.

눈물의 십자가로 내려가는 계단은 가팔랐다. 조금 내려가니 멀리 바위 위에 서 있는 십자가가 눈에 들어왔다. 위에서 내려다보고 있어서겠지만, 십자가는 바다라는 거대한 푸른 벽의 맨 아래에 피어난 풀잎처럼 보였다. 거기가 바로 정난주가 포대에 싸인 갓난아이를 내려놓고 간 곳이었다. 십자가를 향해 아래로 아래로 내려갈수록 그 푸른 벽은 더욱 높아졌다. 이백 년 전 정난주가 그랬던 것처럼, 은정 역시 그 푸른 벽 앞에서 절망을 느꼈다. 은정은 내려가고 또 내려갔다. 그렇게 바닥까지 내려갔을 때, 바람이 불어왔고 무슨 일인가 일어났다. 이제 더는 은정이 아닌 손유미씨는 그때 무슨 일이 일어났는지 정현에게 이렇게 설명했다.

"도저히 넘어가지 못할 푸른 벽에 가로막혀 그 바다로 몸을 던진 정난주는 아래로 아래로 떨어지기만 했어. 그렇게 모든 것이 끝나는가 싶었는데, 하느님이 그런 그녀를 건져올렸지. 죽은 줄로만 알았던 자신이 아직 살아 있다는 것을 안 그녀는 하느님을 원망해. 사랑하는 가족과 지인들이, 죄 없는 사람들이 형장에서 죽어가는 동안에도 한 번도 모습을 드러내거나 그들을 구해주지 않았던 하느님이 왜 정작 죽겠다고 바다로 뛰어든 자신을 살려냈는지 그녀는 이해하기 힘들었어. 하지만 그녀는 곧 마음을 고쳐먹고 기도해. '저를 죽여주십시오, 하느님. 저는 죽어야만 합니다. 제가 죽어야 제 아들이 살 수 있습니다.' 그러자 하느님은 그녀에게 올바르게 기도하는 법을 가르쳐. 따라 해보라시며, '제가 살아야 제

아들이 살 수 있습니다'라고 말해보라시며. 정난주가 머뭇거리며 그래도 되느냐고 묻자, 하느님은 그래야 된다고 말씀하셔. 그녀는 이제 막 말을 배우는 아이처럼 더듬더듬 그 말을 따라 해. '제가 살아야 제 아들이 살 수 있습니다'라고. 그 모습을 보고 하느님은 흡족해하셨지. 그녀의 기도는 받아들여져. 대정읍으로 압송돼 관비가 된 그녀는, 그럼에도 삼십칠 년을 더 살아 할머니로 죽고, 그러는 동안 그녀의 아들은 얼마든지 살 수 있었지. 그 하루하루는 늘 새 바람이 그녀 쪽으로 불어오는 나날이었다고 해."

* 미야자와 겐지의 「목련」 번역은 『미야자와 겐지 전집 2』(박정임 옮김, 너머, 2018) 중 「목련」을 바탕으로 재구성했다.

진주의 결말

1

    유진주에 대한 방송이 끝나고 다음날 새벽, 내게 메일 한 통이 도착했다. 그 메일에는 제목도, 상투적인 안부 인사도 없었다. 수업중인 교실 문을 불쑥 열고는 자기 할말만 전한 뒤 돌아서는 교감처럼 메일은 독백과도 같은 문장들을 쏟아내고 있었다.

    제주는 아직 여름이에요. 온몸을 감싸는 습한 공기 속으로 들어가고 나서야 저는 제가 지금까지 잘 관리된 공조 시스템 안에 있었다는 사실을 깨달았어요. 공항 버스정류장 안내판에는 오후 다섯시에 터미널에서 출발한 버스가 십 분 뒤 도착할 예정이라고 표시돼 있었습니다. 저는 그 버스를 기다렸다가 기사에게 모슬포에 가는 게 맞는지 확인하고 올라탔습니다. 언제쯤 도착할지 물어봤더니 한 시간 남짓 걸린다고 말하더군요. 제주시를 벗어나 오르막으로 접어들자 바다와 건물들이 멀리 물러서면서 한결 여유로운 풍경이 펼쳐지기 시작했어요. 저는 한 번도 모슬포에 가본 적이 없었어요. 아빠는 그곳을 '못살포'라고 불렀지요. 사람 살 곳이 못 되어서 그런 별명이 붙었다고, 제주의 택시 기사가 말한 적이 있다고 했어요. 오래전, 그러니까 제가 태어나기도 더 전의 일이에요.

한참을 달리자 어느 봉우리 아래 대정고등학교 간판이 보였고, 거기서부터 읍내인 것 같았다고 그녀는 썼다. 해가 저물 무렵이라 주변이 노르스름하게 물들었기 때문인지 빛바랜 옛 사진 속으로 들어간 것 같은 비현실적인 느낌이 그녀에게 들었다. 그녀는 대정읍사무소 근처에서 내렸다. 그제야 그녀는 자기 앞에 "감당할 수 없을 정도로 막막한 자유"가 펼쳐졌다는 사실을 실감했다. "모든 것을 불태우고 온 제게 돌아갈 곳은 없어요. 저는 이제 온전히 자유로워요"라고 그녀는 썼다.

그 막막한 자유 속에서 그녀는 끊임없이 어떤 이야기를 만들었다. 그녀는 예약한 호텔까지 한 시간 넘게 캐리어를 끌고 걸어가느라 생각밖에는 할 수 없었기 때문이라고 말했다. 그 말이 이상

하긴 했지만 나는 계속 읽었다. 그것은 지방 소도시의 버스정류장에서 발견된 빨간색 슈트 케이스에 대한 이야기였다. 주인 없는 그 슈트 케이스 안에는 책 한 권이 들어 있었다. 이야기 속에 들어간 그녀가 책을 펼쳐보니 거기에는 전염병의 유행, 세계대전의 발발, 글로벌 경제의 붕괴, 지진과 자연재해 등 이미 일어났거나 앞으로 일어날 세계사적인 재앙들의 목록이 기록돼 있었다. 그리고 책의 맨 앞에는 '시간여행자를 위한 가이드북'이라는 제목이 붙어 있었고, 다음 페이지에는 "누구도 여기 기록된 사건들이 일어나는 것을 막으려고 해서는 안 된다"는 경고문이 인쇄돼 있었다.

이야기 속의 그녀는 의문이 들었다. 일어날 일들은 일어나게 돼 있다면, 이 책을 들고 시간여행을 하는 게 무슨 의미가 있을까? 거기에 대한 답변도 책에 적혀 있었다. 시간여행자는 어떤 사건을 지켜보고 어떤 사건을 외면할지 결정할 수 있다. 어쨌든 일어날 일은 일어나고 결말은 똑같다. 다만 어떤 징검다리를 거쳐 그 결말에 이를지는 각자가 선택할 수 있다. 시간여행자는 관찰할 사건을 스스로 결정함으로써 자신의 기억을 수정할 기회를 가질 수 있다. 기억이 수정되면 우주의 운행에는 전혀 영향을 끼치지 않고 자신의 미래를 바꿀 수 있다.

그런 이야기를 지어내면서 그녀는 모슬포의 거리를 걸어갔다. 나도 두어 번 모슬포를 지나간 적이 있었다. 마음먹고 걷자면 시내 어느 곳이든 삼십 분이면 걸어갈 수 있을 정도의 소읍이었다.

그러나 그녀는 내가 기억하는 모슬포보다 더 큰 곳을 걷는 사람처럼 메일에 썼다. 걷는 동안 그녀는 자신이 점점 과거로 돌아가고 있다고 생각했다. 점점 더 작아지고 있다고도 생각했다. 그래서 세계는 점점 커지고 있는 듯하다고. 부모를 모두 잃고 혼자 남게 된 후로 그녀는 마음의 크기를 좀체 가늠할 수 없었다. 커졌다가 작아지기를 불규칙적으로 반복하는데, 그 이치를 따지기도 어려웠다.

그녀는 하모리 어촌계의 마을 어장이니 환경을 훼손하지 말아달라는 안내판을 지나 길게 뻗은 검은 해변을 따라 걸었다. 그다음은 어선들이 정박해 있는 방파제 안쪽의, 어떤 인기척도 없이 그물 따위만 널려 있는 포구를 걸었다. 조금 더 가니 어부로 일하는 듯한 동남아인들이 창고 건물에서 나와 자기네들 말을 하면서 지나갔다. 그 풍경들은 수도권에서만 생활한 그녀에게 이국적으로 다가왔지만, 동시에 그녀는 과연 이곳에 호텔이 있을지 불안하기도 했다. 다음은 빈 매대만 횅뎅그렁하게 줄지어 선 오일장 시장이었고, 그다음은 담장 너머로 마당이 훤히 보이는 지붕 낮은 집들의 골목길이었다. 풍경은 다음에서 그다음으로, 쉬지 않고 꾸준히 흘러갔다.

그렇게 한참을 더 걸어간 뒤에야 그녀가 예약한 신축 비즈니스 호텔이 나타났다. 호텔에 들어간 그녀는 제일 먼저 QR코드를 기기에 인식시켰다. 호텔의 이름과 인식 시간이 자신의 핸드폰 화면에 뜨는 것을 그녀는 무심히 바라봤다.

　그리고 밤에 티브이를 켰다가 〈사건의 결말〉에 출연하신 선생님이 저에 대해 말하는 것을 봤어요. 선생님을 좋아하는 저로서는 '성덕'이라도 된 듯한 기분이었습니다. 선생님이 유튜브 채널 〈오분의 기적〉에 출연해서 들려주신 달 이야기는 얼마나 많이 봤는지, 하신 말씀을 다 외울 정도예요. 우리가 달까지 갈 수는 없지만 갈 수 있다는 듯이 걸어갈 수는 있다. 달이 어디에 있는지 찾을 수만 있다면. 마찬가지로 우리는 달까지 걸어가는 것처럼 살아갈 수 있다. 희망의 방향만 찾을 수 있다면. 꽉 막힌 어둠 속에서 살아가던 제게 그 말씀들은 큰 힘이 되었습니다. 그런 선생님이 제가 쓴 일기며 낙서를 꼼꼼하게 읽으셨다니. 제가 집에 불을 지른 일과 우리를 기억할까 말까 싶은 이웃들이 한 말들을 토대로 아빠와 제가 보낸 육 년의 삶을, 아니, 그 이전의 모든 인생을 손금 들여다보듯이 하나의 이야기로 꿰뚫어보시다니. 그런데 선생님, 선생님이 말하는 게 분명 제 마음일 텐데도 전혀 제 마음 같지가 않았어요. 아빠를 죽일 수밖에 없는 상황으로 제가 몰리고 있었다는 게 선생님의 전제인데, 그것부터가 잘못됐습니다. 그러니 그다음의 분석도 죄다 틀릴 수밖에 없는 것이지요. 저는 선생님이 말씀하신 수동적인 희생자가 아니에요. 생각해보세요, 선생님. 저도 달을 향해 서 있고, 선생님도 또 저의 이웃들도 달을 향해 서 있어요.

모두가 각자의 달을 향해 서 있는 거예요. 그렇다면 달은 몇 개인 가요? 저마다 각자의 달을 보고 있는 거라면 그건 아마도 달이 아 닐 거예요. 선생님이 제가 집에 불을 지른 이유를 설명하시는 부 분에서 저는 저의 달과 선생님의 달이 완전히 다른 달이라는 것 을 알게 됐어요. 제가 공책에 아빠가 죽었으면 좋겠다고 쓴 건 사 실이에요. 아빠의 죽음에 죄책감을 느끼는 것도 맞아요. 그렇지만 저는 아빠를 사랑했어요. 아빠가 죽지 않기를 바랐어요. 지금도 아빠에게는 죄송한 마음뿐이에요. 세상이 저에 대해 뭐라고 말한 대도 저는 개의치 않습니다. 아빠와 저, 우리 둘이서 살아가는 동 안 누구도 우리를 신경쓰지 않았으니까요. 그러나 사람의 마음을 연구한다는 선생님에게만은, 제게 용기를 주셨던 선생님에게만은 제 진심을 인정받고 싶습니다. 비록 방향이 많이 빗나갔지만, 그 럼에도 누군가가 제 마음을 읽으려고 그토록 애쓴다는 사실에 깊 은 감명을 받았으니까요.

그녀는 교묘한 방식으로 나를 비난하고 조롱하고 있었다. 자신 이 피해자의 죽음을 바랐다고 인정하면서도 피해자를 사랑했다 고 말하고, 내가 자기 마음을 읽어내려고 그렇게 애썼음에도 분석 은 완전히 빗나갔다고 말하고 있었다. 나는 그녀가 메일에 남긴 '진심'이라는 단어를 한참 바라봤다. 이 사람은 왜 내게 이런 메일 을 쓴 것일까? 나를 좋아한다는 말은 거짓일 것이다. 어쩌면 자신의 마음을 읽은 나에 대한 분노가 이 메일을 쓰게 만든 동기일지도 모른다. 그게 아니라면, 티브이 화면에 등장할 때 내 얼굴 하단에 '범죄심리학과 교수'라는 소개가 나오니 범죄자인 자신의 마음을 누구보다 잘 이해해주리라는 순진한 기대가 있었던 것일지도 모른다. 혹은 나를 이용해 방송 제작진이나 수사팀에 영향을 끼치려는 것일 수도. 그 어떤 경우든 내게 '진심'이라는 단어를 사용한 건 썩 훌륭한 일이 아니다.

나는 인간에게 숨겨진 진심이 따로 있으리라고 생각하지 않는다. 그녀가 유죄이든 무죄이든 상관없이 말이다. 나는 성직자가 아니라 심리학자다. 말하자면 예수의 상처 속으로 손가락을 집어넣은 도마의 후예란 말이다. 나는 내가 직접 확인한 것만 믿는다. 타인에게 들은 말이나 제3자의 의견, 반대 증거가 존재하는 주장을 사실로 받아들이지 않는다. 하물며 경찰이 용의자로 지목한 사람의 마음에서 진심을 따로 분리해야 할 필요성을 느끼지 않는다.

세상 사람들은 부활한 구세주를 몰라본 도마를 질타하겠지만, 기독교에서 그는 뜻밖의 대접을 받고 있다. 도마가 없었더라면 예수의 부활은 증명받지 못했으리라. 그러니까 도마의 의심은 예수의 신성을 확인하는 도구였다. 그렇다면 나의 의심은 사람들이 흔히 진심이라고 말하는 그 마음의 무게를 재는 저울이다. 용의자들, 피해자들, 증인들, 구경꾼들, 또 역사의 영웅들과 악당들, 배신자들, 매국노들과 애국자들, 부자들과 가난뱅이들, 친구들과 가족들 등등…… 나는 가능한 거의 모든 인간들의 진심을 나의 저울에 올려본다. 이 저울의 반대편에는 사실의 세계가 놓여 있다.

지금까지 나의 저울은 누군가가 주장하는 진심 쪽으로 기울어진 적이 한 번도 없었다. 나는 인간을 연민한다. 모든 인간은 언젠가 죽을 수밖에 없는 존재다. 그 자명한 사실을 부정하기 위해 인간들은 쉬지 않고 헛된 이야기를 만든다. 그 임시방편의 이야기에 진심 같은 게 있을 리 만무하다. 유진주가 보낸 메일에도 진심 같은 건 없다. 다만 진실은 있다. 지금 그녀가 모슬포에 있다는 사실이다. 다 읽은 뒤 나는 메일을 〈사건의 결말〉의 강PD에게 전달했다. 우리는 강PD의 준비가 끝나는 대로 유진주를 만나러 제주행 비행기에 오르기로 했다.

2

유진주를 다룬 회차를 나도 본방송으로 시청했다. 그녀 못지않게 나에게도 불만족스러운 방송이었다. 시작은 사이렌을 울리며 빠른 속도로 종합병원 응급실로 향하는 119 구급차와 산소마스크를 쓴 채 신음하는 대역 배우의 얼굴 클로즈업을 교차편집한 영상이었다. 그리고 카메라는 패닝하면서 스튜디오의 정면으로 와 진행자의 얼굴을 잡았다. 그는 유진주가 아버지와 함께 살았던 빌라

내부를 재현한 세트에서 그녀에 대해 말하기 시작했다.

"여기, 이웃들에게는 홀아버지에 대한 효심이 남다른 딸로 알려진 삼십대 후반의 독신 여성이 있습니다. 방 두 개짜리 좁은 빌라에서 치매에 걸린 아버지를 모시고 살면서도 그녀의 표정에서는 조금도 힘든 기색을 찾아볼 수 없었습니다. 아니, 아버지의 병세가 더 심해질수록 오히려 그녀의 표정은 점점 더 밝아졌다고 이웃들은 증언하고 있습니다. 그런데, 그녀의 표정이 점점 더 밝아질 수 있었던 것은 힘든 상황 속에서도 스스로 더 힘을 냈기 때문일까요, 아니면 곧 있을 파국을 충분히 예측할 수 있었기 때문일까요?"

진행자를 클로즈업하고 있던 화면이 그녀를 연기한 대역의 얼굴로 대체됐다. 단발머리에 짙은 눈썹, 턱이 가느스름한 얼굴이 화면을 꽉 채웠다. 제작진의 의도는 분명했다. 응급실에 도착했을 때 그녀의 아버지는 이미 사망한 상태였다. 사망진단 뒤 그의 몸에서 피멍과 갈비뼈 골절을 발견한 응급실 직원들은 신고 의무에 따라 그녀를 노인 학대 혐의로 경찰에 신고했다. 출동한 경찰은 응급실에서 핸드폰으로 유튜브를 보고 있던 그녀를 체포했다. 그러나 그녀가 혐의를 완강히 부인하고 증거 불충분으로 검찰이 구속영장을 반려하면서 그녀는 불구속 상태로 존속상해치사 혐의에 대해 조사를 받게 됐다. 검찰은 욕실에서 아버지가 갑자기 쓰러지면서 심정지가 왔고, 이후 인공호흡과 가슴 압박을 하는 과정에서 갈비뼈 골절이 일어났다는 그녀의 주장을 일부 받아들였다. 복강 내 출혈에 대해서도 검찰은 보완 조사를 지시했다.

내게 유진주의 심리 분석을 요청할 때까지만 해도 강PD는 초고령 사회에서의 노인 돌봄 문제가 가져온 빛과 그늘을 다룰 예정이라고 설명했다. 하지만 실제 방영된 내용을 보면 그 문제는 말미에 잠깐 언급됐을 뿐이고, 대부분의 분량이 치매에 걸린 아버지를 학대해 죽음에 이르게 하고 방화까지 저지른 패륜아로 유진주를 묘사하는 데 할애되어 있었다. 워낙에도 강력범죄들을 선정적으로 편집해 인기를 끄는 흥미 위주의 시사 프로그램이라 이 문제에 진중하게 접근하리라는 기대는 없었다. 강PD가 공익적 의도로 이 주제를 선택했다고 해도 제작 과정에서 캐릭터를 중심에 둔 스토리텔링으로 방향이 바뀔 가능성은 충분했다. 화면 구성 역시 설정 숏과 미디엄숏으로 상황의 성격을 제시한 뒤 바로 인물 클로즈업을 통해 확대된 이미지를 보여줌으로써 시청자들에게 은연중에 제작진이 설정한 유진주의 캐릭터를 주입시키고 있었다. 덕분에 노인 돌봄 문제에만 초점을 맞출 것으로 예상하고 부녀간의 관계에도 주목해야 한다고 말하는 나의 인터뷰는 겉도는 감이 있었다. 프로그램은 유진주를 능동적인 범죄자로 묘사하고 있었는데, 나는 그녀를 수동적인 희생자로 봤던 것이다. 방송을 본 유진주가 자기 마음 같지 않다고 말한 부분도 이 지점인 것 같았다.

경찰이 그녀의 집에서 압수한 물품 중 유진주와 아버지가 찍은 사진들과 그녀가 쓴 일기, 메모, 시, 그리고 주요 인터뷰 동영상 등을 저장한 태블릿 피시를 강PD가 내게 퀵서비스로 보낸 건 방송 예정일 사흘 전이었다. 그리고 이틀 뒤 전화를 걸어와 자료를 다 살펴봤느냐고 물었다. 유진주에 대한 인터뷰가 가능하냐는 의미였다. 나는 방영을 연기하는 게 나을 것이라고 대답했다. 방송 직전에야 엄청난 분량의 자료를 보내놓고서는 늘 그런 식으로 재촉하는 게 조금은 얄미워서 그랬던 것인데, 안 그래도 방영이 연기됐다고 강PD가 말했다. 이유를 물었더니 유진주가 살던 빌라에 방화로 추정되는 화재가 일어난데다 용의자인 유진주가 도주했기 때문에 보충 취재가 불가피해졌다는 것이었다.

"경찰이 이미 압수 수색을 마친 집인데, 왜 불을 질렀을까요? 증거인멸을 위한 불은 아닐 텐데요."

"사실만 놓고 보자면 이제는 그 집보다 그 불이 유진주에게는 더 중요하게 됐다는 뜻이지요. 그녀에게는 그 불이 필요했던 것으로 보이고요. 다시 집으로 돌아가진 않겠군요."

"덕분에 방화 혐의가 추가됐어요. 인명 피해가 없어 다행이긴 하지만 존속상해치사에 현주건조물방화까지 추가됐으니 유진주는 중범죄 용의자가 된 셈이에요."

"우선 사실관계부터 확인하죠. 불을 지른 사람이 유진주라는 건 확인됐나요?"

"그거야 시시티브이에 다 찍혔으니까요. 검정 모자를 눌러쓰고 마스크를 끼고 있었지만, 식별에는 큰 무리가 없다고 하네요. 아직 자료는 다 안 보신 건가요?"

"다 봤습니다."

"그럼 이 방화를 어떻게 이해하면 좋을까요? 물론 정식 인터뷰는 다시 하겠지만, 일단 방향부터 잡아보죠."

하지만 나는 내 말이 녹음되고 있다는 것을 알고 있었다.

"그 불은 심리적인 정화의 의미를 가지는 것으로 보입니다."

"심리적인 정화라는 걸 어떻게 이해하면 됩니까?"

"억압된 감정의 표출이랄까요? 지금까지 유진주는 직접적으로 감정을 드러낸 적이 한 번도 없어요. 아버지가 죽었는데도 응급실에서 유튜브를 보고 있었다고 하잖아요. 이상하죠? 자기기만에, 그러니까 스스로를 속이는 데 아주 능한 사람이라는 걸 알 수 있지요. 열 살 때 어머니가 교통사고로 갑작스레 죽고, 그뒤로 홀아버지 밑에서 자란 게 성격 형성에 큰 영향을 끼친 것으로 보입니다. 컴퓨터로 쓴 글 말고 노트에 쓴 글들을 보면 특이한 점을 발견할 수 있어요. 자기가 쓴 글 위에 줄을 쭉쭉 그어서 지운 흔적이 많다는 점입니다. 어떤 페이지는 한 면 전체가 새카맣게 줄이 그어져 있어 뭐라고 썼는지 읽을 수 없을 정도예요. 하지만 읽을 수 있는 글들을 보면 대부분이 아버지에 대한 분노와 저주, 세상에 대한 원망 같은 부정적인 내용들입니다. 이런 사실들로 미뤄볼 때 유진주는 오랜 기간 자신의 감정을 억누르면서 살아온 것 같아요.

하지만 감정은 스프링과 같습니다. 억눌렀던 것들은 반드시 행위로 돌아오게 돼 있어요. 유진주가 억눌러온 감정이 방화라는 형태로 돌아온 거죠."

"그럼 아버지를 죽인 것 역시 같은 맥락에서 봐야 하는 건가요?"

"그렇죠. 이런 경우에는 돌발적으로 폭행이 이뤄집니다. 오랜 세월 동안 쌓인 감정이 마그마가 터지듯 일시에 분출되기 때문에 동기는 아주 사소한 경우가 많습니다. 친족 간의 가정폭력에서 흔히 발견되는 양상이죠. 사별한 뒤 그녀의 아버지는 재혼을 포기하고 외동딸인 그녀를 홀로 키웠다지요? 보내주신 자료를 보면 유진주의 친구들은 그녀가 이십대 초반에 딱 한 번 연애한 적이 있었으나 아버지의 반대로 헤어졌다고 증언하고 있거든요. 그뒤로 유진주는 애인을 사귀는 것은 물론이거니와 사회적 교류도 포기하고 아버지와 둘이서 고립된 생활을 했습니다. 그동안 자존감은 바닥이었을 거예요."

"그게 살인의 동기가 될 수 있을까요?"

"말씀드렸다시피 이런 살인은 화산 폭발 같은 거예요. 자잘한 것들이 쌓이고 쌓이다가 임계점을 넘기면 터집니다. 애인과의 교제를 반대했다고 아버지를 죽이는 딸은 세상에 없을 거예요. 하지만 에너지가 축적된 상황에서는 그런 동기만으로도 충분히 가능하죠. 아버지의 치매 증세가 심해진 뒤로 오히려 유진주의 표정이 밝아졌다는 이웃의 증언까지 감안하면 벌써 오래전부터 이번 일을 계획했던 것으로 보여요. 다만 유진주는 엄한 아버지의 영향권에 있던 수동적인 희생자이기 때문에 돌발 상황에 편승해 폭행이 이뤄진 것으로 보입니다."

"돌발 상황이라는 건 뭔가요? 선생님은 유진주의 주장대로 아버지가 정말 욕실에서 미끄러졌다고 생각하십니까?"

"부검의의 소견을 부정하면서까지 제 논리를 펼칠 생각은 없어요. 갈비뼈 골절이야 심폐소생 과정에서 생긴 것으로 설명할 수 있다손 치더라도 복강 내 출혈은 외력의 존재를 여실히 보여주고 있으니까요. 그런데 저는 돌발 상황을 단순히 심근경색이나 낙상 같은 것에만 국한시켜서 보지 않습니다."

"그렇다면?"

"그래서 저는 이번 방화에 주목하고 싶습니다. 유진주는 매우 수동적인 희생자로서 살아가다가 어떤 일을 계기로 아버지를 공격한 것 같아요. 방화는 그 일을 지우고자 하는 무의식적인 욕망에서 비롯된 것 같고요."

"다시 억압된 감정의 표출로 돌아가는 것 같군요."

"그렇죠."

"그렇다면 가능성은 이제 딱 하나가 남습니다만, 거기까지는 가고 싶지 않은데 이제 어떻게 하죠?"

강PD가 말했다.

여기까지가 방송에서 내가 유진주에 대해 말한, 그녀에게 다 틀렸다는 평가를 받은 내용이다.

3

마지막으로 남는 가능성은 언제나 끔찍한 것이다. 범죄심리학자로서 나는 늘 끔찍하게 끝나는 이야기만을 상상한다. 여관 종업원으로 일하면서 자신에게 반말을 했다는 이유로 처음 보는 투숙객을 토막 내 죽이고, 마약에 취해 환청으로 비웃음을 듣고 귀갓길의 여학생을 난도질한다. 자신을 만나주지 않는다는 이유로 얼굴 정도나 알 뿐인 여자의 가족들을 그녀가 보는 앞에서 살해하고, 평범한 사람들이 평생 모은 투자금으로 억대의 외제차를 몰고 다니며 결혼 사기를 저지른다. 매주 〈사건의 결말〉에서 방영되는 이야기들은 설정 숏과 미디엄숏, 클로즈업을 오가며 우리 인생 역시 언제라도 이런 결말을 맞이할 수 있으리라는 암시를 시청자들에게 심어준다.

유진주에게 남은 마지막 가능성이란 어머니가 교통사고로 사망하고 아버지와의 고립된 삶이 계속되는 동안, 어느 시점에 이르러 그녀가 성적으로 아버지의 배우자 역할을 대신했을 수도 있었으리라는 것이었다. 그런 생각을 하는 나의 머릿속으로 유진주가 메일에 쓴 문장이 지나갔다. "선생님이 말하는 게 분명 제 마음일 텐데도 전혀 제 마음 같지가 않았어요. 아빠를 죽일 수밖에 없는 상황으로 제가 몰리고 있었다는 게 선생님의 전제인데, 그것부터가 잘못됐습니다. 그러니 그다음의 분석도 죄다 틀릴 수밖에 없는 것이지요."

유진주에게서 두번째 메일이 온 것은 그다음날 새벽이었다. 그녀는 언제 경찰이 들이닥칠지 모르는 상황임에도 제주를 떠나지 못하고 있다고 썼다. 그래서 모슬포 거리 구석구석을 다니다가 첫날 자신이 얼마나 길을 돌아왔는지를 깨닫고 헛웃음이 나왔다고 했다. 그러다가 어떤 초등학교 앞 작은 서점에 붙어 있는 포스터를 봤다. 그날 저녁 한 소설가의 강연회가 열린다는 내용이었다. 그녀는 근처 식당에서 저녁으로 밀면을 먹은 뒤, 동네를 한 바퀴 돌다가 다시 그 서점으로 갔다. 해가 뉘엿뉘엿 서쪽으로 넘어가고 있었다. 강연을 들으러 온 사람들은 대부분 도시에서 살다가 대안의 삶을 찾아 대정읍 인근으로 귀농한 중년여성들로 낮에는 농사일을, 밤에는 독서 모임을 한다고 했다. 낮에 일하다가 왔으면 지칠 법도 한데 모두들 기운이 넘치는지 서점 안이 시끌벅적했다. 서울에서 왔다는 소설가는 최근 출간한 자기 책과 관련해 여러 이야기를 들려줬는데, 그중에서 모든 글'쓰기'는 글'짓기'라고 말하는 부분이 그녀의 귀에 쏙 들어왔다.

엄마가 사고로 돌아가시고 난 뒤 제 머릿속에는 낯선 생각들이 불쑥불쑥 떠오르기 시작했어요. 길을 걷다가도, 또 밥을 먹다가도. 도대체 어디서 오는 것인지 알 수 없는, 두렵고 끔찍한 생각들이었습니다. 그러다가 그 생각들을 공책에 받아 적기 시작했어요. 그러지 않으면 그 말들이 하루종일 머릿속을 맴돌았기 때문에 시끄러워서 견딜 수가 없었거든요. 그렇게 적어대는 분량이 상당하고 또 내용도 이상해서 그걸 본 친구들은 대놓고 저를 미친 애 취급했지요. 학교에서 저는 따돌림을 당할 수밖에 없었습니다. 엄마 없는 아이. 하루종일 괴상한 글을 쓰는 아이.

제가 공책에 받아 적은 끔찍한 글을 읽고 난 뒤에도 저를 이해해준 사람은 아빠뿐이었어요. 사람의 마음을 연구한다는 선생님도 저를 이해하려고 애썼을 뿐이지 이해하진 못하셨잖아요. 누군가를 이해하려 한다고 말할 때 선생님은 정말로 상대를 이해하려고 하는 것인가요, 아니면 상대를 이해하지 못하는 자기 자신을 이해하려고 하는 것인가요? 그동안 제가 만난 대부분의 사람들은 상대를 이해하지 못하는 자기 자신을 이해하려고 애를 쓰는 것이면서 그게 타인을 이해하는 것이라고 여기는 경우가 많았습니다. 그러니 이상한 글을 써대는 저를 보고는 이상한 애야, 라고 간단하게 이해해버렸겠지요.

아빠는 제가 쓴 문장들에 줄을 그으면서 말했습니다. 너는 어떤 생각이든 할 수 있어. 하지만 이건 네가 아니야. 너는 이 생각들에 줄을 긋는 사람이야. 네 머릿속에 어떤 생각이 떠오르든 겁먹지 말고 가만히 지켜봐. 그다음에 너는 그 생각에 줄을 그어 지울 수 있어. 지금은 공책에 써서 지우지만, 나중에는 머릿속에서부터 지울 수 있어. 어떤 생각을 지우고 어떤 생각을 남길지는 네가 선택하는 거야. 마음껏 생각하고 그중에서 가장 좋은 생각을 선택하면 되는 거야. 그리고 그게 너의 미래가 될 거야. 그 소설가가 "모든 글'쓰기'는 글'짓기'입니다"라고 말했을 때, 저는 아빠의 그 말을 떠올렸어요. 그렇게 수많은 생각들을 받아 적고 또 지워가면서 십대를 보냈습니다. 차츰 저는 제 머리를 라디오 같은 것이라고 생각하게 됐어요. 끌 수 없는 라디오 같은 것 말이에요. 거기에서는 온갖 방송들이 흘러나오니까 마음에 드는 방송을 찾아 들으면 되는 것이죠. 어쩌면 이건 선생님의 달 이야기와 같은 얘기일 수도 있어요.

그러니까 선생님은 제가 무슨 말을 하는지 잘 아실 거예요. 인간 안에는 수많은 이야기들이 존재하잖아요. 모든 게 잘될 거라는 희망에 부풀어 잠들었다가도 침대에서 일어나기도 싫을 정도로 끔찍한 아침을 맞이하기도 해요. 인간의 실존은 앞뒤가 맞지 않는 비논리적인 이야기예요. 그럼에도 저는 그중에서 가장 좋은 생각들만 선택해왔습니다. 선생님이 방송에서 저더러 자기기만이라고, 스스로를 속이는 데 아주 능한 사람이라고 했을 때 놀란 까닭이 거기에 있습니다. 맞아요, 저는 스스로를 속이는 사람입니다.

하지만 다른 사람들이 생각하는 저 역시 기만이기는 마찬가지입니다. 그들도 저의 수많은 모습 중에서 자기들 입맛에 맞는 것들만 모아 저라는 이미지를 만들었으니까요. 그렇게 만들어진 이야기는 논리적으로 앞뒤가 척척 맞겠지만, 바로 그런 이유로 그것은 기만입니다. 실제의 제 삶은 앞뒤가 척척 맞아떨어지지 않거든요. 제가 선택한 제가 그럴싸한 이야기였듯이 선생님이 분석한 저 역시 또다른 그럴싸한 이야기겠지요. 〈사건의 결말〉 제작진이 편집한 저 역시 하나의 이야기이고요. 그러나 아시겠지만, 저는 그 어떤 이야기도 아니에요. 저는 혼돈 그 자체입니다. 카오스 그 자체예요. 저뿐만 아니라 모든 사람이 그렇습니다.

저는 아빠의 혼돈과 카오스를 육 년간이나 옆에서 지켜봤습니다. 치매 증세가 심해진 마지막 일 년 동안, 아빠는 자신의 생각에 줄을 그을 줄 모르는 사람, 자신의 이야기를 가지지 못하는 존재였습니다. 아빠는 막 태어난 아이였고 갓 결혼한 신랑이었으며 더없이 자상한 아빠였어요. 저를 전혀 알아보지 못하는 마음과 그토록 사랑하는 딸임을 알아보는 마음이 아빠에게는 모두 같은 마음이었습니다. 저는 그런 아빠를 제가 만든 이야기로 바라보고 싶지 않았습니다. 치매에 걸린 불쌍한 노인이라는 이야기로 말이죠. 그래놓고서 아빠를 이해했다고 말하고 싶지 않았어요. 저는 그 혼돈 속으로, 그 카오스 속으로 뛰어들고 싶었습니다.

그건 얼마나 고통스러운 일이었게요. 저는 아빠의 손에 연필을 쥐여주면서 말했습니다. 머릿속에 생각나는 것은 다 쓰라고. 아빠는 저를 보고 되물었죠. 왜 그래? 하기 싫어. 처음에는 그렇게 저항했지만, 계속 다그치면 결국 몇 문장을 쓰게 됐죠. 저는 그 문장들에 줄을 그으며 아빠와 똑같이 말했습니다. 아빠는 어떤 생각이든 할 수 있어. 하지만 이건 아빠가 아니야. 아빠는 이 생각들에 줄을 긋는 사람이야. 그러면 아빠는 엄마를 막 잃고 난 열 살 무렵의 저처럼 그게 무슨 말인지 몰라 눈만 껌뻑거릴 뿐이었습니다.

소설가의 말을 듣는데 아빠의 그 눈빛이 생각났습니다. 그래서 고단하나 건강해 보이는 주경야독의 얼굴들과 저처럼 우연히 찾아온 관광객들 사이에 앉아 눈물을 흘렸습니다. 마지막 순간까지 아빠의 생각들에 우리가 줄을 그을 수 있었다면 얼마나 좋았을까요? 혼돈과 카오스의 상태로라도 제 곁에 아빠가 남아 있는 게 더 좋은 것이라는 사실을 우리가 알 수 있었다면? 제가 우는 게 보였는지 소설가는 문득 말을 멈추고 저를 쳐다보더군요. 눈이 마주친 김에 제가 손을 들었어요.

질문이 있습니다.

뭔가요?

아까 타인을 이해하려고 애쓸 때 우리 인생은 살아볼 만한 값어치를 가진다고 말씀하셨는데, 누군가를 이해하는 게 정말 가능하기는 할까요?

4

공항에서 만난 강PD가 유진주 아버지의 복강 내 출혈에 대한 새로운 사실을 말했을 때, 나는 내가 완전히 틀렸다는 것을 최종적으로 확인했다. 그가 B형간염 보균자였다는 사실이 밝혀지며 그 출혈이 외력이 아니라 간암에 의한 것일 수 있다는 소견이 나온 것이다. 그렇게 되면 방화 혐의에 대해서만 처벌이 있을 테고, 정상참작의 여지도 없지 않을 것이었다. 경찰은 그녀를 체포하는 대신 전화로 조사 날짜를 조정했다고 했다. 나는 허점이 많은 유진주의 이야기에는 굴하지 않았지만 경찰이 찾아낸 새 증거 앞에서는 맥이 풀렸다. 내가 제주행을 포기하려고 하자 강PD가 말했다.

"저도 유진주씨하고 통화했는데, 내심 우리를 기다리고 있던데요. 육 년 동안 아버지를 간병하면서 토요일마다 〈사건의 결말〉을 보는 게 낙이었다고 하더라고요. 더구나 선생님을 무척 존경한다고도 하네요. 가서 한번 만나볼 필요도 있을 것 같아요. 제 생각에는 뭔가 더 있는 것 같아요. 선생님에게는 자기 진심을 말할 수 있다고 했거든요. 그러니 선생님이 꼭 가셔야 해요."

"하고 싶은 이야기가 더 남아 있다는 건가요? 진심인지 뭔지, 마음대로 말하라고 해요. 증거들이 다 여기 있는데 거기 가서 이야기를 듣는 게 무슨 소용이 있을까요?"

내가 말했다.

"그 증거들에 따르면 선생님의 이야기도 틀린 게 되지 않나요? 그럼 유진주씨의 진심이 옳다고 인정하시는 건가요?"

내가 제주까지 가게 된 것은 오로지 강PD의 그 말 때문이었다. 나의 이야기는 얼마든지 틀릴 수 있지만, 그게 유진주의 진심이 옳다는 결론으로 이어지면 안 될 일이었다. 그렇게 우리는 제주로 향했다. 공항에서 빌린 렌터카를 타고 그녀가 묵고 있다는 모슬포의 호텔에 도착했을 때는 오후 한시가 조금 지난 무렵이었다. 일층 커피숍에 앉아 있던 그녀가 우리를 보고 알은척을 했다. 인사를 나누고 맞은편 자리에 앉자마자 그녀는 갈 곳이 있다며 짐을 챙겼다. 어디를 가느냐니까 일단 차에 타자고 말했다. 차 안에서 그녀는 강PD에게 내비게이션으로 '바람의 박물관'을 검색해보라고 했다. 내비게이션 화면에 안덕면의 중산간이 표시됐다.

거기까지 가는 동안 우리는 그녀에게서 '바람의 박물관'에 대한 설명을 들을 수 있었다. 원래는 호텔이 있던 자리인데 시설 노후화로 문을 닫자 일본 자본이 그 부지를 사들여 고급 주택단지를 지었다고 했다. 그러고 나서 호텔 시설 중 일부를 리모델링해 박물관으로 만들었다고. 박물관 관람은 사전 예약제로 운영되고 있었다. 허용된 인원은 극히 소수인데 인기가 많아 최소한 석 달 전에는 예약해야만 볼 수 있다고 했다.

"그렇다면 이미 석 달 전에 예약했다는 뜻이겠군요. 그때는 이런 상황을 전혀 예상하지 못했을 텐데, 어떻게 여기까지 와서 관람을 할 생각을 다 하셨을까요?"

내가 그녀에게 물었다.

"전혀 예상하지 못했죠. 그러니까 아버지와 저, 두 사람 이름으로 예약했겠죠."

"그럼 두 사람밖에 못 들어가겠네요."

강PD가 말했다.

"전 선생님이랑 들어가고 싶어요. 들려드리고 싶은 얘기가 있으니까요."

유진주가 말했다. 그럼에도 나는 의문이 풀리지 않았다.

"아버님이 살아 계셨더라도 진주씨를 못 알아볼 정도로 증세가 심하셨을 텐데, 여기까지 오실 수 있었을까요?"

조수석에서 고개를 살짝 돌려 뒷좌석에 앉은 유진주의 눈을 바라봤다. 그녀는 마스크를 벗지 않고 있었다.

"말씀드렸잖아요. 저는 항상 달을 생각하고, 방향을 생각한다고. 그때도 달의 방향을 생각했을 뿐이에요."

그리고 유진주는 계속 말했다.

"방송에서는 엄마가 죽은 뒤 제가 그 역할을 대신한 것처럼 묘사했더군요. 그런 성적 억압으로 억눌렸던 감정이 폭발한 제가 치매에 걸려 무력해진 아빠를 죽인 것이라고 말이죠."

감정이 격해졌는지 그녀가 목소리를 높였다.

"하지만 실제로 엄마 역할을 한 건 제가 아니라 아빠였어요. 아빠는 저를 뒷바라지하기 위해 일찌감치 남자로서의 삶도 포기했으니까요. 제가 결혼하지 않고 치매에 걸린 아빠를 모신 건 그 사실을 잘 알고 있었기 때문이에요. 아빠가 자기 인생의 일부를 제게 주신 것처럼 저도 제 인생의 일부를 돌려드리고 싶었어요."

"그럼 방송에서 추정한 것처럼 부녀 사이에 다른 일은 전혀 없었다는 뜻인가요?"

내가 물었다.

"끝까지 잔인하시군요."

강PD가 운전하는 렌터카는 간선도로에서 벗어나 중산간으로 이어지는 2차선 도로를 따라 올라가기 시작했다. 그때 그녀가 말했다.

"있었어요, 몇 번. 마지막 밤들에."

도롯가에서 억새들이 물결치듯 바람에 흔들리고 있었다. 하늘은 더없이 푸르렀다.

"저는 소리치며 아빠를 뿌리쳤어요. 아빠, 저는 엄마가 아니에요. 아빠 딸이에요. 엄마는 죽었어요. 그러면 아빠는 배터리가 나간 로봇처럼 멍하니 저를 쳐다보고만 있었어요. 제가 너무나 단호하게 아니라고 말하니까 생각이 거기서 멈춰버렸던 거죠. 그러면 또 마음이 좋지 않아서 엄마 사진이 든 앨범을 가져왔어요. 아빠가 특히 좋아하는 엄마 사진이 있거든요. 그 사진을 보여주면서 말했지요. 엄마는 이 사람이에요. 엄마는 죽었어요. 그제야 아빠는 무슨 말인지 알아듣고 울었지요. 그렇게 우는 것도 치매에는 좋지 않아서 저는 얼른 화제를 돌렸어요. 여긴 어디예요? 엄마랑 어디 간 거예요? 어릴 때부터 수없이 물어봤기 때문에 저는 답을 다 알고 있었어요. 그때를 떠올리는 것만으로도 아빠는 슬픈 마음이 온데간데없이 사라진 듯 보였죠. 그러면 저는 손에 연필을 쥐여주면서 써보라고 권했어요."

그녀가 가방 속에서 꺼내 보여준 노트에는 문장들이 삐뚤빼뚤 적혀 있었다. 이혜선. 신혼여행. 풍림호텔 606호. 바람이 돌멩이보다 더 흔하다.

"그때만 해도 뭘 적은 거냐고 물으면 아빠의 대답을 들을 수 있었어요. 엄마랑 신혼여행으로 풍림호텔에 갔는데, 그때가 당신 인생에서 제일 행복한 순간이었다고 아빠는 말했죠. 원피스를 입은 엄마가 얼마나 아름다웠는지, 당신이 얼마나 힘이 셌는지, 그리고 또 바람은 얼마나 불었는지. 그 이야기를 할 때의 아빠는 멀쩡한 사람 같았어요. 너무나 멀쩡해서 눈물이 나올 것만 같았어요. 그래서 풍림호텔에 가면 아빠의 병이 낫지 않을까, 우리가 옛날로 돌아갈 수 있지 않을까, 그런 생각이 들었어요. 마지막 밤들에 아빠의 상태는 급속히 나빠졌지만, 여러분이 생각하는 일은 일어나지 않았어요. 대신 아빠는 십 분마다 제 이름을 부르며 제가 옆에 있는지 확인했어요. 풍림호텔이 지금 우리가 가고 있는 박물관으로 바뀌었다는 사실을 알아낸 건 그즈음의 일이었어요. 이젠 돌아갈 곳이 없구나, 아빠에게 남은 건 나뿐이구나, 그런 생각이 들었죠."

그녀가 말했다.

5

그녀는 존속상해치사죄는 무혐의 처분을 받았고 재판까지 간
현주건조물방화죄는 오랫동안 간병했던 아버지를 갑작스레 잃은
충격으로 심신미약 상태였던 점이 감경 사유가 돼 징역 일 년 육
개월에 집행유예 이 년을 선고받았다. 그렇게 치매에 걸린 아버지
를 죽이고 공동주택에 불을 지른 악녀 유진주의 이미지는 급속히
우리의 기억에서 잊혔다. 그뒤로도 〈사건의 결말〉은 또다른 악인
들의 얼굴을 찾아 화면 가득히 클로즈업을 했다. 잊을 만하면 제
작진이 인터뷰를 위해 내 연구실로 찾아와 카메라를 설치했다. 그
럴 때면 나는 환기를 위해 창문을 열고 연구실 앞 화단의 나무들
을 바라보곤 했다. 그럴 때면 멀리서부터, 내가 알지 못하는 아주
먼 곳으로부터 바람이 불어오곤 했다. 그럴 때면 유진주와 함께
들어갔던 바람의 박물관이 생각나곤 했다.

바람의 박물관에 가려면 근처 호텔 주차장에서 셔틀버스를 타
야 했다. 안내 직원에게 예약자 이름을 확인받은 뒤 다른 관람객
들도 모두 탑승하자 버스는 출발했다. 관람 인원은 열 명 한정이

었다. 그렇게 하루 두 번, 사유지라 출입이 금지된 주택단지 안에 있는 바람의 박물관을 관람할 수 있었다. 바람의 박물관은 언덕 위에 있었다. 버스에서 내려보니 왜 바람의 박물관이라는 이름을 붙였는지 이해가 됐다. 제주 남쪽 바다가 한눈에 들어오는 곳이었다. 거기가 바로 풍림호텔이 있던 자리였다. 그녀 아버지의 말처럼 바람이 흔하다못해 쉴새없이 몰아치고 있었다. 박물관은 총 세 개의 건축물로 이루어져 있었다. 안내 직원은 그중 평범한 목조건물처럼 보이는 곳으로 관람객들을 이끌며 리모델링을 담당한 건축가의 의도를 설명하기 시작했다.

"첫번째 건물에 들어가서는 바람소리를 들으면서 청각적인 부분에 집중해 명상하시면 됩니다. 건물의 벽면을 보시면 안쪽으로는 철골로 건물의 형태를 고정시켰고요. 바깥쪽은 일본 적송 널판을 세로로 덧대어 만들었어요. 그리고 나무판 사이사이 일 센티미터 정도 틈을 내 빛도 들어오고 바람도 들어오게 했습니다. 바람이 그 틈들을 통과하면서 소리를 내는데, 그 소리를 듣기 위해 만든 틈이라고 보시면 돼요. 오늘은 바람이 좀 세게 불기 때문에 들어가시면 아마 꽤 큰 바람소리가 들리실 텐데, 건축가는 그 바람소리가 활시위를 놓을 때 나는 소리처럼 들린다고 해서……"

건물 가까이 걸어갔을 때, 내가 질문을 던졌다.

"집에 불을 지른 이유는 뭔가요?"

그녀는 고개를 저었다. 무슨 의미인지 알기 어려웠다.

"그때 저는 숨이 턱턱 막히는, 아무런 희망의 빛도 들어오지 않는 꽉 막힌 삶을 살고 있었어요. 아빠는 점점 퇴행하고 있었지요. 수시로 제게서 죽은 엄마의 모습을 봤고, 풍림호텔의 바람소리가 들린다고 했어요. 방금 제게 하신 질문은 엄마가 죽은 뒤, 그리고 아빠가 치매에 걸린 뒤 제가 저 자신에게 수없이 던졌던 질문들과 같은 것이에요. 엄마는 왜 죽었을까? 아빠가 치매에 걸린 이유는 뭘까? 그러면 수많은 답들이 줄줄이 떠올랐는데, 그건 마치 머릿속에 떠오르는 나쁜 생각들 같았어요. 아빠 말대로 내가 아닌 생각들, 그냥 줄을 그어 지우면 되는 생각들. 어느 날 느닷없이 일어나는 재앙은 그런 생각 같은 것이죠. 그렇다면 그건 누구의 생각일까? 어쩌면 신이 아닐까? 그렇다면 신은 왜 이런 나쁜 생각들을 지우지 않는 걸까요? 왜 앞뒤도 맞지 않는 이런 일들을 그대로 실행하는 것일까요? 마치 치매에 걸린 사람처럼 말이에요."

앞쪽에서부터 사람들이 직원을 따라 박물관 안으로 들어가고 있었다.

"그 집에서 살 때, 이 이야기에도 결말이 있었으면 좋겠다고 생각했어요. 하지만 아빠가 죽어야만 끝나는 그 이야기에서 저는 어떤 결말도 찾을 수가 없었어요. 아빠가 죽는다는 결말도 안 되고, 아빠가 죽지 않는다는 결말도 안 되니까요. 그러다가 어느 날, 제가 전혀 상상하지 못한 방식으로 이야기가 끝나버렸어요. 무슨 일이 일어난 것인지 도무지 이해할 수 없었어요. 그때 유튜브에서 본 선생님의 말씀이 떠올랐어요. 우리가 달까지 갈 수는 없지만 갈 수 있다는 듯이 걸어갈 수는 있다고, 마찬가지로 그렇게 살아갈 수 있다고 하셨잖아요. 달을 향해 걷는 것처럼 희망의 방향만 찾을 수 있다면, 이라고. 그래서 저는 치매에 걸려 우연히 떠오른 생각을 의심조차 하지 않고 그대로 믿는 아빠의 마음을, 마치 치매에 걸린 것처럼 사전 경고도 없이 사람들의 운명을 바꾸는 신의 마음을 이해한 사람처럼 살아보기로 한 거예요. 그래서 불을 질렀습니다. 거기에는 아무런 이유도 없었어요. 이해만 있었죠. 소방관들이 우리집의 유리창을 깨는 걸 보고 제 속이 얼마나 시원했게요, 가슴이 얼마나 벅차올랐게요. 저는 비로소 자유를 얻었거든요. 그 순간 전 모든 이야기로부터 자유로워진 거예요."

그리고 우리도 박물관 안으로 들어갔다. 건물 안으로 바람이 새어들고 있었다. 분명 건물 내부로 들어갔는데도 어디 안에 있다는 느낌이 전혀 들지 않았다. 거기서 그녀의 이야기는 끝났다. 그다음은 없었다. 내 귀로는 바람소리만 들려올 뿐이었다.

바얀자그에서 그가 본 것

1

다시, 깨어날 때는 귀부터 깨어난다. 죽을 때 마지막으로 청력이 사라지듯이. 어둠 속 저 멀리에서 사람들의 웅성거림이 들리면서 그의 의식이 돌아왔다. 의미를 알아들을 수 없는, 낯선 언어였다. 눈을 살짝 뜨자 하얀 커튼이 보였다. 몸을 돌리니 창문 너머 나뭇잎 사이로 쏟아지는 빛줄기가 눈에 들어왔다. 하오의 빛은 말그대로 쏟아지고 있었다. 그때까지도 그는 그곳이 몽골의 울란바토르라는 사실을 알아차리지 못하고 있었다. 왜 거기까지 가게 됐느냐고 묻는다면, 티브이 여행 프로그램에 진행자로 참여했기 때문이라고 그는 대답할 것이다. 그러나 진실은 한층 더 깊은 곳에

숨어 있는 법이다. 방송국 관계자들을 만나 출연 제의를 받고 돌아가는 차 안에서 어떤 말을 떠올리지 않았다면, 그가 거기까지 가는 일은 없었을 것이다.

오래전에 아내에게서 사막의 모래 폭풍에 대한 이야기를 들은 적이 있었다. 그가 떠올린 것은 그 이야기에 나오는 어떤 말이었다. 그 이야기가 『인도방랑』이라는 책에 있다는 사실은 확실히 기억났지만 무슨 말인지는 떠오르지 않았다. 그는 그 말을 찾아 아내가 남기고 간 서가를 샅샅이 뒤졌다. 그와 아내는 방 하나를 서재로 사용했는데, 그곳은 사실상 아내의 공간이었다. 틈만 나면 책을 펼쳐 읽던 사람이라 서재는 방대하고 복잡했다. 수천 권에 달하는 책이 서가에 빼곡하게 꽂혀 있었고, 또 바닥에도 쌓여 있었다. 언젠가 "죽는다는 것은 더이상 모차르트의 음악을 듣지 못한다는 것"이라는 문장을 읽은 적이 있었다. 아내에게 죽음이란 더이상 신간을 읽지 못한다는 뜻이었다. 그녀가 더이상 읽지 못할 책들이 거기 켜켜이 쌓여 있었다.

이참에 서가도 정리해보자며 며칠을 매달렸지만, 결국 정리도 못하고 책도 찾지 못한 채 서재는 더 어지러워지기만 했다. 그 책에 대해 이야기한 것도 꽤 오래전이니 책이 없어졌을 수도 있겠다고 생각하고 그는 인터넷으로 『인도방랑』을 주문했다. 책은 어떻게든 구했지만 서가 정리는? 어떤 책을 남기고 어떤 책을 버릴지를 결정하는 건 거의 불가능하다는 것을 깨달았다는 게 소득이

랄까. 거기 쌓이거나 꽂힌 책들은, 모두 남길 수 없다면 모두 버릴 수밖에 없는 운명 공동체였다.

며칠 뒤 책이 배송됐다. 목차에 「모래 폭풍」이라는 챕터가 있어 그 이야기를 금방 찾을 수 있었다. "열풍을 피하기 위해 닫아건 버스 유리창 너머로 태양에 직사된 흰 모래언덕이 눈부셨다"라고 글은 시작됐다. 그리고 결말 부분에 이르러 아내가 말한 인도말이 '캇땀 호 가야'라고 나와 있었다. 거기 적힌 대로, 언젠가의 그녀처럼 "캇땀 호 가야"라고 읊조리는데 어딘가 좀 이상했다. 하지만 그때는 왜 이상한지 알지 못했다.

아내의 옛 책을 찾은 건 한 달 뒤, 제작팀과 함께 몽골로 떠날 무렵이었다. 책이 두툼하게 부풀어올랐고 페이지가 바랬지만, 새 책보다 정이 가는 건 어쩔 수 없었다. 다 꾸린 여행 가방에 그 책을 밀어넣었다. 정미가 죽은 뒤로 마음의 가장자리는 매 순간 조금씩 시간에 쓸려 과거로 떨어지고 있었다.

2

달란자드가드공항은 그들이 울란바토르공항에서 탄 국내선 비행기만큼이나 작았다. 제작팀이 화물로 부친 장비가 나오기를 기다리는 동안, 먼저 짐을 찾은 그는 건물 밖으로 나갔다. 생각보다

덥지 않았다. 문 앞에 서 있던 몽골인들이 들고 있던 종이를 그를 향해 흔들었다. 뜻밖의, 열렬한 손놀림이었다. 대부분 숙소를 예약한 손님들을 마중나온 사람들이었다. 종이에는 숙소명과 이름 등이 영어로 적혀 있었다. 공항을 빠져나온 여행객들은 종이를 하나하나 살펴보다가 제 이름을 발견하면 환한 표정을 지었다. 갈 곳을 찾은 이들은 준비된 차에 올라타고 주차장을 빠져나갔다. 그는 자동차들이 떠난 도로와 그 너머의 모래언덕과 선명한 하늘을 차례로 바라봤다. 거기가 바로 사막으로 들어가는 입구였다. 볕은 따가웠고 공기는 건조했으며 바람은 한 점도 없었다. 언제쯤 바람이 불까? 그는 한 손을 치켜들고 바람이 이는지 확인했다.

"차 오려면 멀었대요. 더우니까 안으로 들어와서 기다리래요."

커다란 하얀색 천 모자를 쓴 몽골인 코디네이터가 대합실 문을 열고 그에게 외쳤다. 인천공항에서 첫인사를 나눌 때, 그녀는 자신을 자르갈이라 불러달라고 했다. 원래 이름은 그보다 더 길었지만, 입에 붙지 않아 금방 잊어버렸다.

"괜찮아요. 전 여기가 좋아요."

그는 마치 손차양을 만들기 위해 손을 들었다는 듯 볕을 가렸다. 자르갈이 그의 옆으로 오더니 마찬가지로 이마에 손을 댔다. 그녀는 모자를 쓰고 있었으므로 하지 않아도 될, 그러니까 오로지 그를 따라 하는 동작이었다.

"저기 뭐가 있나요?"

"보시다시피 구름뿐."

"그럼 구름을 보고 계셨던 건가요?"

"그냥…… 사막이 이런 것인가 싶어서. 저기서부터가 사막이지요?"

그가 손을 내려 건너편을 가리켰다.

"제 고향은 울란바토르입니다. 고비사막은 저도 처음이라 잘은 몰라요."

손을 내리며 자르갈이 말했다.

"사실은 바람을 찾고 있었어요."

그가 말했다.

"제 눈에는 전혀 안 보이는데요?"

"안 보이는 것이라 찾고 있었지요. 이렇게."

그가 다시 손을 치켜들었다. 자르갈도 따라 했다.

"캇땀 호 가야."

그가 말했다. 자르갈은 고개를 흔들었다.

"몰라요. 저는 아직 모르는 한국말이 많아요."

"모르는 게 당연하죠. 이건 한국말이 아니니까. 인도말이에요."

"인도말, 할 줄 아세요? 무슨 뜻입니까?"

"자르갈은 무슨 뜻인가요?"

"자르갈은 몽골말로 '행복'이라는 뜻입니다."

"좋은 이름이네요."

"좋은 이름입니까?"

"말은 잊어버려도 그 뜻은 오래 기억할 테니까. '캇땀 호 가야'라는 말은 생각이 안 났는데, 그 뜻은 기억하고 있었던 것처럼요. '캇땀 호 가야'는 인도말로 '다 끝났어'라는 뜻입니다. 인도에서는 모래 폭풍이 지나가고 나면 그 말을 한다네요. 그래서 언젠가 사막에 가면 나도 그 말을 해봐야지 생각했거든요."

그냥 서로 궁금한 것을 묻고 아는 만큼 대답했을 뿐인데, 어쩐지 그 대화가 서글프게 들린다고 그는 생각했다. 자르갈. 캇땀 호 가야. 이제 그렇게 된 거야? 그는 중얼거렸다. 그러자 자신에게 말을 거는 줄 알았는지 자르갈이 "예?" 하고 물었다. 그는 아무것도 아니라며 얼버무렸다. 자신이 "자르갈, 캇땀 호 가야"라고 외친대도 그게 무슨 뜻인지 알아들을 수 있는 사람이 이제는 단 한 사람도 없다, 라고 그는 생각했다.

일행을 픽업하러 오기로 한 숙소의 사장은 약속 시간이 한참 지난 뒤에야 차를 몰고 공항에 나타났다. 완충장치가 고장났는지 길에 굴러다니는 작은 돌멩이의 존재까지도 엉덩이로 고스란히 전달되는 낡은 스타렉스였다. 덜컹거리는 차를 타고 그들은 초원으로 난 비포장길을 따라 고비사막 한가운데에 있는 호텔까지 갔다. 거기서 호텔이란 식당과 샤워장이 딸린 게르 캠프, 즉 몽골식 천막집을 뜻했다.

그날, 게르 캠프에서 그는 이걸 보러 여기까지 온 것인가 싶은 하늘을 봤다. 하늘은 시시각각 그 모습을 바꿨다. 그것은 조금의 멈춤도 허용하지 않는, 오직 변화할 뿐인 하늘이었다. 붉은색인가 싶으면 푸른색이었고, 여기까지인가 싶으면 무한히 뻗어나갔다. 하늘의 모양과 크기에 따라 시야는 더 넓어졌다. 그는 자신의 시야가 이토록 광대한가 싶어 놀랐다. 그건 공간적인 광대함만이 아니었다. 고비사막에서 보는 하늘에는 시간적인 광대함도 담겨 있었다. 밤이 되자 어둠 속에서 고대의 하늘이 모습을 드러냈다. 선사시대, 혹은 아직 인간이 지구에 나타나기 이전의 원시적인 하늘. 별들만이 가득한 하늘. 광활하게 펼쳐진 공간처럼 시간 역시 계속 뻗어나갔다. 과거로, 더 먼 과거로, 시간이 시작되던 그 순간까지. 그렇게 시간은 쌓이고 또 쌓여 한없이 깊어졌다. 그는 비행기를 타고 오는 동안, 사막을 이해하기 위해 읽은 책에서 본 '깊은 시간deep time'이라는 말을 떠올렸다. 그 깊은 시간이 그의 눈앞에 펼쳐져 있었다.

3

"밤의 세계는 하나의 세계로, 밤은 밤 그 자체로 하나의 우주다. 인간은 백오십 리 높이의 대기권에 짓눌려 그 육체적 기관이 저녁이면 피로하게 된다. 피로해진 인간은 누워 휴식한다. 육체의 눈이 감기는 바로 그 순간, 생각보다 그리 무기력하지 않은 머릿속에서 또하나의 다른 눈이 열린다. 미지의 세계가 나타나는 것이다. 모르고 지내던 세계의 어두운 사물들이 인간의 이웃이 된다"라고 빅토르 위고는 『바다의 일꾼들』에서 썼다. 과거의 아름다움이 우리에게 익숙한 아름다움, 무엇인지 그 정체를 잘 알고 있는 아름다움이라면 미래의 아름다움은 한 번도 경험해보지 못한 아름다움, 지금까지의 상식으로는 모순이라고밖에 말할 수 없는 아름다움, 그러니까 우리를 두렵게 만드는 아름다움이다. 이 미래의, 두렵지만 우리를 매혹시키는 아름다움이 그 모습을 드러내는 건 우리에게 밤이 찾아와 피로해진 우리 육체가 잠들 때다. 과거라는 이름의 유령들은 잠든 우리 곁을 지키지만, 이제 우리는 거기에 없다. 우리는 다른 곳에서 깨어난다.

깨어나기 위해서는 바람이 필요하다. 새로운 바람은 새로운 감각을 불러온다. 그 감각을 통해 우리의 몸과 세계는 동시에 새로 태어난다. 미래의 바람은 우리를 오싹하면서도 시원하게 만든다. 붉은 천이 나부끼듯 노을빛이 넘실거리던 바얀자그의 일몰 속에서 그는 그런 바람을 맞고 있었다. 지평선으로 떨어지기 직전의 태양은 더이상 붉어질 수 없을 때까지 붉어졌고, 그 빛을 받은 바얀자그의 모든 것들, 바위와 모래와 절벽과 관목 들은 거기 있는 사람들에게 어딘가 다른 시간, 다른 장소에 와 있는 듯한 착각을 불러일으켰다.

일순간 달라진 풍경에 그들은 멍해졌다. 해는 시시각각 저물고 있었다. 그들은 해가 지기 전에 노을 풍경을 촬영해야만 했다. 카메라에 담아야 할 것은 노을에 물드는 바얀자그와 절벽 아래의 초원 풍경, 그리고 계곡 밑에 산재한 공룡의 화석들이었다. 절벽 위에서 노을 풍경을 촬영하고 아래로 내려가려고 보니 급경사의 비탈길뿐이었다.

"괜찮아요. 땅이 물러서 발이 빠져요. 미끄러지지 않아요."

먼저 내려가 주변을 살피고 온 피디가 말했다.

그 말에 용기를 낸 그가 절벽 아래로 발을 내디뎠다. 피디가 말한 대로 발이 붉은 흙 속으로 푹푹 빠졌다. 카메라 감독은 사십오도는 족히 넘을 듯한 경사면이 마치 평지라도 되는 양 성큼성큼 뛰어갔다. 해가 저물고 있어 다들 서두르고 있었다. 그도 걸음을 빨리했다.

먼저 내려간 카메라 감독은 지는 해를 등지고 서 있었다. 그가 카메라 앞에 서자 피디가 뭔가를 내밀었다. 돌멩이로밖에 보이지 않았는데 피디는 공룡의 뼈가 광물화된 것이라고 말하며 촬영할 장면에 대해 설명했다.

잠시 후 피디의 큐 사인이 떨어지자 그가 카메라 렌즈를 향해 생각을 정리해 말했다.

"시간은 여기에도 흔적을 남겨놓았습니다. 이것은 공룡의 뼈입니다. 원래는 하얀 뼈였을 텐데, 부드러운 진흙에 파묻혀 몇천만 년이 지나는 동안 모래가 스며들면서 이렇게 돌멩이처럼 변했습니다."

그때 피디가 그에게 뒤돌아보라는 신호를 줬다. 촬영 내내 두 눈을 크게 뜨고 태양과 마주할 수밖에 없었던 그는 조금 비틀거리며 돌아섰다. 노을을 등지고 선 그는 눈을 감고 컷 사인이 들리기만을 기다렸다. 감은 눈 속에서 지는 해의 잔상이 하얀 원처럼 떠다녔다. 이윽고 피디가 "컷!"이라고 외쳤고, 그제야 그는 눈을 뜨고 자신 앞에 펼쳐진 풍경을 볼 수 있었다. 미처 예상하지 못한 그 섬뜩한 광경은 빅토르 위고의 문장과 닮아 있었다.

"이를 응시하는 우리 앞에는 우리의 삶과는 다른 삶이, 우리 자신들 그리고 다른 것으로 이뤄져 있는 또다른 삶이 응집되고 해체된다. 완전히 통찰하는 견자도 아니지만, 그렇다고 완전히 무의식적이지도 않은 잠자는 사람은 이상한 동물, 기이한 식물, 끔찍하기도 하고 기분좋기도 한 유령들, 유충들, 가면들, 형상들, 히드라, 혼란, 달이 없는 달빛, 경이로움의 어두운 해체, 커지고 작아지며 동요하는 두꺼운 층, 어둠 속에서 떠다니는 형태들, 우리가 몽상이라고 부르는, 보이지 않는 실재에 접근할 수 있는 통로라 할 수 있는 이 모든 신비를 언뜻 본다. 꿈은 밤의 수족관이다."

4

 거리는 다가오는 크리스마스와 연말연시 대목을 맞아 화려한 조명과 흥겨운 음악으로 사람들을 유혹하려는 가게들 덕분에 떠들썩했다. 삼십여 년 전 겨울, 그는 블랙 사바스의 시끄러운 음악을 듣고 있던 신입생이었다. 수업을 마치고 집으로 가던 길에 그는 같은 과 여자 선배 서너 명이 교문 앞에 서 있는 모습을 봤다. 모임이 있는 모양이었다. 그들을 지나쳐 걸어가는데 어떤 기척이 느껴졌다. 이어폰에서 흘러나오는 시끄러운 음악소리 너머에서 또다른 소리가 들리는 듯했다.

 돌아보니 그중 한 선배가 손짓을 하며 알은체를 하고 있었다. 입학하고 나서 한두 번 밥을 얻어먹은 적이 있는 선배였다. 그녀가 뭐라고 입술을 달싹거렸는데 무슨 말인지 알 수 없었다. 그의 귀로 들리는 것은 여전히 블랙 사바스의 노래, 오지 오즈번이 아니라 '디오 이어스The Dio Years' 시절 로니 제임스 디오가 부른 노래였다. 그는 외투 주머니 속 카세트 플레이어의 스톱 버튼을 눌러 노래를 껐다.

 과선배인 정미가 몇 번이고 불렀던 건 그의 이름이었다. 그녀는 두 검지로 양쪽 귀를 가리키며 뭐라고 말했다. 멀리 있어 여전히 소리가 들리지 않았지만 정미의 의도를 알아채고 그는 고개를 끄덕였다. 음악을 듣느냐는 물음이었다. 학년 초에 함께 점심을 먹고 학교 뒤 언덕에 있는 약수터까지 산책을 한 적이 있었다. 그때 서로 좋아하는 것들에 대해 알게 됐다. 정미는 이야기를 좋아했다. 이야기라면 그게 소설이든 영화든 연극이든 다 본다고 했다. 반면에 그는 음악을 좋아했다. 음악에는 말로 채울 수 없는 충만함이 있었다. 두 학기가 지나는 동안에도 정미는 그 말을 기억하고 있었던 것이다.

자신들은 시험이 모두 끝나 술 마시러 가려고 모였는데 같이 가겠느냐고 정미가 물었다. 그녀들만의 종강 파티라도 하는 모양이라고 생각하며 좋다고 말하자 다들 움직이기 시작했다. '이게 뭐지? 그럼 지금까지 나를 기다렸던 건가?' 하는 의문이 들었지만 그는 선뜻 물어보지 못했다. 그녀들은 교문에서 그다지 멀지 않은 골목 안쪽의 춘천닭갈빗집으로 향했다. 무쇠 불판을 놓을 수 있는 둥근 화구가 가운데 놓인 드럼통 모양의 테이블이 가게 양쪽으로 줄지어 있었다. 벽에는 꽃무늬가 또렷한 한지를 발라놓았는데, 누군가의 이름과 날짜가 아니면 너무 유치하거나 너무 진지한 낙서들이 빼곡하게 적혀 있었다. 거기 구석자리에 앉은 지 삼십 분도 지나지 않아 그는 그 자리에 따라온 것을 후회했다. 자신을 왜 불렀는지도 알 것 같아 정미에게 새삼 화가 났다.

그 자리는 그녀들만의 종강 파티 같은 게 아니었다. 그날 저녁 그녀들은 실연에 괴로워하는 친구를 위로하고 그녀의 남자친구를 성토하기 위해 시험이 끝나자마자 교문 앞에서 만날 약속을 했던 것이다. 그녀와 남자친구는 학과 내의 누구도 눈치채지 못하게 연애를 했고 헤어진 뒤에야 그 사실이 알려졌다. 그는 그 남자친구가 자신의 가장 친한 동기생이라는 사실에 조금은 충격을 받았다. 하지만 이 자리에서 그 사실을 처음 알았는데 옆에서 듣기 민망할 정도로, 마치 자신에게 들으라는 듯이 돌아가며 그 친구를 비난하는 말들을 듣고 있자니 심사가 불편해지지 않을 수 없었다. 타인의 연애 문제에 끼어들고 싶은 생각은 없었지만, 가만히 듣고만 있을 수는 없어 그는 이렇게 말했다.

"연애하다가 헤어지는 게 이렇게까지 욕먹을 일인가요?"

"헤어지려면 잘 헤어져야지."

선배 중 한 명이 말했다.

"서로 싫어져서 헤어지는데, 어떻게 헤어져야 잘 헤어지는 건가요?"

그가 물었다.

"간단해. 헤어질 때는 헤어지는 일에만 집중할 것. 사랑할 때 그랬듯이."

"'진짜' 여자친구가 여기 있는데, 양다리를 걸치면 안 되지."

두어 명이 한꺼번에 말했다. 그제야 그는 이야기가 어떻게 돌아가는지 알게 됐다. 그에게도 친구의 행동이 미심쩍은 순간이 있었다. 그러니까 그해 찬바람이 불어오기 시작할 무렵, 그는 대학로의 한 호프집에서 그 친구와 술을 마신 적이 있었다. 카운터에서 생맥주와 안주를 사오는 셀프 호프집이었다. 조금 있으니 어떤 여자애가 가게 안으로 들어왔고, 친구가 반색하며 손을 흔들었다. 친구는 옆자리에 앉는 그 여자애를 가리키며 자신의 새 여자친구라고 소개했다. 그 친구가 자기 여자친구를 소개한 건 그게 처음이었다. 그런데 왜 '새' 여자친구라고 말했는지, 그리고 '새' 여자친구가 너무나 어려 보이는 것이 마음에 걸렸었다.

"넌 알고 있었어?"

누군가 그에게 물었다.

"몰랐어요. 제가 어떻게 알겠어요?"

"너한테는 자기가 좋아하는 애를 보여줬다고 하던데?"

어두운 표정의 선배, 그러니까 말없이 앉아 있던 '진짜' 여자친구가 그에게 물었다.

"아니, 제가 몰랐다는 건 걔가 선배랑……"

"그건 우리도 몰랐어."

다른 선배가 그의 말을 잘랐다. 그리고 아무도 몰랐다고, 둘이 사귀는 줄도 몰랐고, 그렇게 순진한 얼굴로 양다리를 걸치고 있는 줄도 몰랐고, 그 사실을 알고 혼자 끙끙대느라 장학생으로 입학한 그녀가 기말고사를 완전히 망쳐버린 줄도 몰랐다고 말했다.

"그애가 고등학생이라는 것도 몰랐어? 이건 너무나 중요한 문제야."

어두운 표정의 선배가 다시 물었다. 물론 그는 그 사실도 몰랐지만 자신들이 참견할 일은 아니라고 생각했다.

"그게 그렇게 중요한 문제인가요?"

그녀는 굳은 표정으로 고개를 끄덕였다. 그 표정을 바라보다가 그가 대답했다.

"몰랐어요."

"거짓말!"

그녀가 말했다. 거짓말이 아니었지만 그는 잠자코 있었다. 수레에 실린, 물을 가득 채운 커다란 통이 흔들리는 것처럼 마음이 무겁게 흔들렸다. 아무도 몰래 양다리를 걸쳤다는 그 친구에게 희미하나마 배신감을 느꼈지만, 그게 그의 마음을 흔든 것은 아니었다. 그건 그녀의 표정 때문이었다. 그 순간 그녀의 표정은 더할 나위 없이 진지했다. 스스로의 인생 앞에서 우리 모두는 그처럼 진지한 표정이리라. 그걸 두고 괜찮아진다느니, 좀 있으면 나아진다느니 같은 말을 하는 건 아무 소용이 없다. 어떤 말로도 우리는 위로받을 수 없다. 그게 이십대 초반에 그가 가진 견해였다.

그때까지 말이 없던 정미가 입을 열었다.

"며칠 전에 내가 어떤 글을 읽었는데, 모래 폭풍에 대한 이야기였어."

그 무렵 정미는 언젠가 세상의 모든 것은 이야기로 바뀔 것이고, 그때가 되면 서로 이해하지 못할 것은 하나도 없게 되리라고 믿는 이야기 중독자였다.

5

그보다 앞서 바얀자그를 찾은 사람은 당연히 수없이 많았다. 지구가 생긴 이래 사람의 발길이 한 번도 닿지 않았던 이 태고의 땅을 깨운 사람은 미국인 로이 채프먼 앤드루스였다. 그는 포유류가 중생대 백악기에 중앙아시아에서 기원했다는 가설을 증명하기 위해 아시아 탐사대를 꾸려 1921년부터 만리장성 밖 몽골의 사막지대를 탐사했다. 낙타를 이용하지 않으면 살아 돌아오기 힘들다는 현지인들의 경고에도 아랑곳하지 않고 닷지 자동차와 풀턴 트럭을 앞세운 대규모 탐사대를 성공적으로 이끈 사실에서 알 수 있다시피 그는 저돌적인 모험가였다. 그런 그에게도 고비사막으로 가는 길은 녹록지 않았다. 가장 힘들었던 건 그를 미 제국주의의 스파이라고 의심하는 중국과 소련 정보기관의 시선이었다.

자는 동안 장화에 들어가 똬리를 트는 살모사도, 밤이면 어디선가 시커멓게 몰려드는 마적떼도, 그와 비슷하게 무리 지어 달려들어 살을 뜯어먹는 들개들도 이겨냈던 앤드루스지만 민족과 이념의 구획 짓기만은 견뎌낼 수가 없었다. 결국 그는 몽골에 사회주의 정권이 들어선 뒤, 고생물학계의 에덴동산이라 불리던 고비사막에서 영영 쫓겨나고 말았다. 바얀자그로 가는 길은 그의 마지막 탐험이었다. 처음 본 바얀자그에 완전히 압도된 그는 바얀자그에

'불타는 절벽'이라는 이름을 붙였다.

중세의 성처럼 생긴 그 붉은 절벽에서 탐사대는 인류의 기원을 증명할 만한 화석을 찾아다녔다. 그러다가 뜻밖의 일이 일어났다. 오랜 여정으로 기력이 쇠했던지 탐사대원 하나가 발을 헛디뎌 절벽 아래로 굴러떨어진 것이었다. 그렇게 굴러떨어진 곳에서 그는 바게트빵처럼 생긴 것을 발견했다. 바얀자그의 절벽은 발이 푹푹 빠질 정도로 무른 사암이다. 그건 그 지역이 고생대에는 바닷속이었다는 뜻이다. 시간이 흐르며 땅이 융기하고 바닷물이 빠지고 나자 퇴적층이 대기에 노출된 것이다. 흙의 입자가 고운 사암은 바람에도 쉽게 부서지고 잘 날렸다. 한번 바람이 불면 모래 폭풍이 대지의 모든 것들을 집어삼켰다. 그게 무슨 의미인지 알게 되기까지는 다시 일억 년 정도가 더 필요했다.

그 일억 년 동안 수많은 생명이 그 모래 폭풍에 파묻혔다. 절벽 아래로 굴러떨어졌던 탐사대원이 발견한 바게트빵 같은 것도 그중 하나였다. 그가 발견한 것은 공룡의 알이었다. 오랫동안 봉인됐던 중생대의 비밀이 풀리는 순간이었다. 피디가 내민 공룡의 뼈를 보고 그가 돌멩이라고 생각했듯이 탐사대도 처음에는 그게 화석이라고 생각하지 않았다. 당시만 해도 공룡이 어떤 식으로 새끼를 낳는지 알려져 있지 않았다. 그게 공룡의 알이라는 것을 확인한 뒤, 앤드루스는 탐사대가 도착한 곳이 인류가 생겨나기도 훨씬 이전의 시간이 쌓인 곳이라는 사실을 알게 됐다. 그곳에는 인류의 시작 이전의 시간, 그것도 무한에 가까운 시간이 쌓여 있었다. 그는 비로소 시간을 중층적으로 바라볼 수 있게 됐다.

앤드루스와 마찬가지로 그도 모래 폭풍이 쌓은 성채인 바얀자그에 서 있었다. 그렇게 공룡들이 멸종하고 신생대가 시작된 뒤로 시간은 마치 조각가처럼 비바람을 도구 삼아 언덕처럼 쌓인 퇴적층의 구석구석을 깎으며 바얀자그의 모양을 만들어나갔다. 그러면서 파묻혀 있던 화석들이 바닥으로 널브러졌다.

어떤 화석은 둥글고, 어떤 화석은 길쭉했다.

어떤 화석은 타조알보다 작고, 어떤 화석은 너럭바위처럼 길고 컸다.

지구의 나이 사십육억 년을 일 년으로 치면 한 달은 약 사억 년, 하루는 천삼백만 년, 한 시간은 오십오만 년이 된다. 그런 식으로 따져보면 공룡은 12월 11일에 나타나 16일에 사라졌고, 인류는 12월 31일 저녁 여덟시에 처음 등장해 열한시 삼십분이 되어서야 농사를 짓기 시작한다. 그리고 현대문명은 자정 이 초 전에 시작됐다. 그제야 그는 자신이 바얀자그에서 본 것의 의미를 알게 됐다. 그건 시간의 폭풍이 휩쓸고 지나간 자리에 부서진 돌처럼 흩어져 내린, 깊은 시간의 눈으로 보면 죽은 지 얼마 지나지 않은 공룡의 사체였다.

6

"후지와라 신야라는 사람이 쓴 『인도방랑』이란 책이 있어. 읽어본 적 있어?"

그의 눈을 보며 정미가 말했다. 다들 고개를 저었다.

"며칠 전에 대청소하느라 온갖 물건들을 다 꺼내다가 그 책을 발견한 거야. 책 밑에 찍힌 도장을 보니 대학 입학하고 처음 서울 올라왔을 때 교보문고에서 산 책이라는 건 분명히 알겠는데 읽은 기억이 하나도 안 나는 거야. 그래서 다시 펼쳐봤지. 그렇게 읽기 시작해서 앉은자리에서 반이나 넘게 읽었어. 청소한답시고 창문을 열어둔 탓에 점점 추워지더라고. 그러면 창문을 닫으면 될 텐데, 바보처럼 스웨터를 꺼내 입으면서까지 계속 읽은 거야. 그렇게 한참을 읽는데 갑자기 알겠더라고. 아, 이 책 확실히 읽었구나. 그래서 책을 내려놓았다가 깜짝 놀랐어. 어느새 해가 지고 방안이 어두워진 거야. 어느 틈에 해가 졌네. 창을 보며 중얼대는데 갑자기……"

"갑자기?"

"눈물이 났어. 슬픈 마음이 들지도 않았는데."

"슬픈 마음이 들지도 않았는데 왜 눈물이 나?"

"왜, 그런 거 있잖아. 또 하루가 끝났네 싶은 마음. 막 읽은 이야기 때문인지는 모르겠지만."

"어떤 이야기였는데?"

"후지와라, 그 사람이 낡은 버스를 타고 타르사막을 건너가는 부분이었어. 사막에서는 바람도 뜨거워 창문을 열 수 없다고 하더라. 그러다가 갑자기 버스가 멈춰 서더니 차장과 운전수가 지붕에 올라가 차창 위로 휘장을 늘어뜨렸대. 차 안이 온통 어두워졌겠지. 눈이 안 보이자 냄새가 밀려왔어. 싸구려 기름 냄새. 담배 냄새. 땀냄새. 그다음에는 살인적인 더위가 느껴졌고 운전사는 엔진을 껐어. 그렇게 몇십 분이 지나가자 이번에는 엄청난 소리가 들려왔지. 어둠에 익숙해진 후지와라가 둘러보니 사람들은 모두 천으로 얼굴을 가린 채 고개를 숙이고 있었어. 모래 폭풍은 십여 분 동안 버스를 둘러싸고 미쳐 날뛰다가 잦아들었는데, 사막에 사는 사람들은 그 사실을 잘 알고 있었던 거지. 모래 폭풍이 지나가리라는 것을. 그러자 운전수가 말했대."

그리고 그녀는 어떤 인도말을 얘기했다. 모두 지나갔어. 다 끝났어.

"그 이야기 때문에 울었다고?"

"글쎄. 난 세상은 점점 좋아진다고 생각해. 지금 슬퍼서 우는 사람에게도. 우리는 모든 걸 이야기로 만들 수 있으니까. 이야기 덕분에 만물은 끝없이 진화하고 있어. 하지만 난 비관주의자야. 이상한 말이라고 생각하겠지만, 세상을 좋은 곳으로 만드는 데 비관주의가 도움이 돼. 비관적이지 않으면 굳이 그걸 이야기로 남길 필요가 없을 테니까. 이야기로 우리가 세상을 바꿀 수 있다면, 인생도 바꿀 수 있지 않겠어? 누가 도와주는 게 아니야. 이걸 다 우리가 할 수 있어. 우리에게는 충분히 그럴 만한 힘이 있어. 그게 나의 믿음이야. 하지만 그럼에도 어쩔 수 없는 순간은 찾아와. 그것도 자주. 모든 믿음이 시들해지는 순간이 있어. 인간에 대한 신뢰도 접어두고 싶고, 아무것도 나아지지 않을 것 같은 때가. 그럴 때가 바로 어쩔 수 없이 낙관주의자가 되어야 할 순간이지. 아무리 세찬 모래 폭풍이라고 할지라도 지나간다는 것을 믿는, 버스 안의 고개 숙인 인도 사람들처럼. 그건 그 책을 읽기 전부터 너무나 잘 아는 이야기였어. 어렸을 때부터 어른들에게 수없이 들었던 이야기이기도 하고, 지금도 책마다 끊임없이 반복되는 이야기이기도 하지. 그분들은 왜 그렇게 했던 이야기를 하고 또 할까? 나는 왜 같은 이야기를 읽고 또 읽을까? 그러다가 문득 알게 된 거야, 그 이유를."

"이유가 뭔데?"

"언젠가 그 이야기는 우리의 삶이 되기 때문이지."

정미가 그렇게 말했고, 다른 사람은 몰라도 그는 큰 위로를 받았다. 그 시절 이어폰을 귀에 꽂고 헤비메탈 음악들을 들으며 서울 시내를 걸어다닐 때, 자신을 괴롭혔던 고민들이 어떤 것이었는지 그는 전혀 기억할 수 없었다. 하지만 정미의 그 말만은 그 이후에도 오랫동안 기억에서 사라지지 않았다. 그래서였겠지만, 학교를 졸업하고 십 년 가까운 세월이 흐른 뒤 그는 대구의 한 학술 대회장에서 신문기자가 되어 취재를 온 정미를 단번에 알아봤다. 사랑이 시작된 것은 그 직후, 월드컵과 대통령선거의 열기로 서울이 달아오르던 2002년 여름이었지만, 둘의 이야기는 그보다 훨씬 더 이전에 시작됐다. 그러니 정미가 이 세상에 없다고 해도 아직 둘의 이야기는 끝나지 않았다고 말할 수 있지 않겠는가.

7

바얀자그를 떠날 무렵부터 그의 몸에서는 열이 나기 시작했다. 일행은 고비사막의 관문인 달란자드가드공항에서 국내선 비행기에 올라탔다. 창가 자리에 앉은 그는 침을 삼킬 때마다 목구멍을 찢는 듯한 고통에서 벗어나려는 헛된 희망으로 구름을 바라봤다. 울란바토르까지 수많은 구름이 무심히 그를 지나갔다. 비행기에서 내릴 때는 열이 더 올랐는지 온몸이 덜덜 떨렸고 이가 부딪히는 소리까지 들렸다. 열에 휩싸인 뇌는 제대로 작동하지 않았다. 그럴 때 하는 생각이 제대로 된 생각일 리 없다고 여기면서도 그는 계속 뭔가를 생각했다. 공룡의 무덤 속으로 뛰어들었다가 저주를 받아 공룡을 멸종시킨 바이러스에 자신도 감염된 게 분명하다고 그는 생각했다. 이렇게 아플 만큼 자신이 큰 잘못을 저지른 게

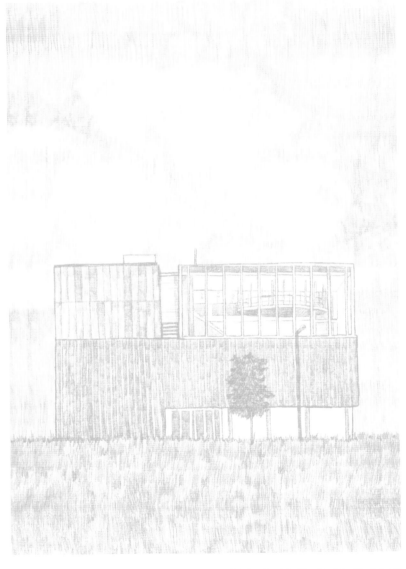

SINCE 1993 MUNHAKDONGNE

대부분의 사람들이 '3월'을 싫어할 것 같아요. 1, 2월이 쏜살같이 지나가고 개학과 함께 찾아오는 신학기 3월은, 더는 무를 수도 미룰 수도 없는 진짜 시작이라고 느껴지니까요. 저는 1월과 2월을 온전히 『미세 좌절의 시대』를 편집하면서 보냈습니다. 그 덕분에 새해 증후군(?)이랄까, 이 시기의 싱숭생숭함을 잘 떨쳐버릴 수 있었죠.

『미세 좌절의 시대』를 쓴 장강명 작가님의 성실함과 치열함에 좋은 영향을 받았기 때문이에요. 이 책은 2016년부터 2024년까지 무려 8년여 동안 작가님이 한국일보, 중앙일보, 조선일보, 매일경제 등의 신문과 여러 잡지 등에 발표한 글을 엮은 산문집입니다. 사회 정치 문화 전반에 걸친 여러 이슈를 다루고 있는데요, 제 감정을 고스란히 영사해놓은 듯한 글들에 자주 감탄했고 또한 큰 공부가 됐다고도 느꼈습니다.

「돈 얘기, 꿈 얘기」를 펼쳐봐주세요. 심한 속물성이나 허황된 이상주의 말고 적절한 균형을 찾으며 돈과 꿈을 모두 추구할 수는 없는지에 대한 솔직한 목소리가 정말 와닿거든요. 작가님은 '작가의 말'에서 "보다 예측 가능한 세상에서 희망찬 이야기를 쓸 수 있으면 좋겠"다고 이야기합니다. 작가님과 동시대를 살 수 있어 다행입니다. 간지러운 데를 긁어주고, 문제 있는 곳을 밝혀주는 작가님의 문장들이 생생히 살아 있는 『미세 좌절의 시대』를 함께 읽고 우리 올해를 힘차게 나아가봐요.

_K (문학동네 국내문학 편집자)

있는지 생각했다. 공항에 내린 뒤 바로 울란바토르의 집으로 가버린 자르갈이 무책임하다고 생각했다. 울란바토르의 숙소에 들어가자마자 그는 침대에 누웠다. 하지만 눈을 감고 있어도 잠은 좀체 찾아오지 않았다. 머리가 지끈거리고 몸이 아플수록 더 많은 생각들이 떠올랐다. 지금 당장 공항으로 가서 한국행 비행기에 올라타면 어떨까, 하는 것에서부터 정미도 무척이나 힘들었겠구나, 하는 것에 이르기까지 여러 생각들이 뿌옇게 뒤엉켜 들었다.

주위가 좀 환하면 불안이 가시지 않을까 싶어 그는 침대에서 일어나 불을 켰다. 그리고 조금 서 있는데 여전히 온몸이 덜덜 떨렸다. 창밖을 내다봤지만 어두운 길에는 지나가는 사람도, 차도 없었다. 느닷없이 그 숙소에 자신을 버려두고 다들 떠나버린 게 아닐까 하는 강한 의심이 들었다. 그는 덜덜 떨리는 몸을 담요로 감싸고 문으로 가 귀를 갖다댔다. 아무런 소리도 들리지 않아 조심스레 문을 열고 복도로 나갔다. 몸을 움직이니 담요에 쓸리는 살갗이 아렸다. 옆방에서 스태프들이 말하는 소리가 들렸다. 그가 문을 두드리자 카메라 감독이 문을 열었다.

"제가 지금 아파서 도저히 안 되겠어요. 저를 병원에 데려다주세요."

그의 상태를 보고 깜짝 놀란 피디와 카메라 감독은 그에게 당장 택시를 부를 테니 옷을 입고 나오라고 했다. 그는 비틀거리며 다시 방으로 돌아갔다. 옷을 대충 입고 방을 나서다가 그는 가방에서 『인도방랑』을 꺼냈다. 그리고 일행과 함께 택시를 타고 울란바토르 시내를 돌아다니며 병원을 찾아다녔지만, 심야에 문을 연 병원을 찾을 수 없었다. 응급환자를 받는 병원이 한 군데 있었지만, 무슨 이유에서인가 외국인은 받지 않는다고 했다. 피디가 한국에 있는 방송 작가에게 연락해 울란바토르의 병원을 검색해봐달라고 한 결과, 좋은 소식과 나쁜 소식이 동시에 전해졌다. 거기 한국인 의사가 근무하는 병원이 한 곳 있다는 것과 다음날 아침에나 진료가 가능하다는 것. 그들은 하는 수 없이 숙소로 돌아갔다. 시각은 이미 자정을 지나 있었다. 그는 병원이 문을 연다는 아홉시까지 버틸 힘이 없었다. 몸도 몸이지만, 마음이 너무나 힘들었다. 그는 위기에 빠진 기독교인들이 성경을 꼭 끌어안듯, 1993년도 판 『인도방랑』을 꼭 움켜쥐었다.

그 밤은 한숨도 못 잤지만 잠시도 깨어 있지 않았던, 이상한 밤이었다. 그렇게 밤을 지새우고 아침이 되어 창밖이 밝아지는 것을 보자 그에게 묘한 감동이 찾아왔다. 더이상 버틸 수 없을 것 같아 절망하던 지난밤과 달리 병원에 가기보다는 잠을 좀 자면 더 바랄 게 없다는 느긋한 마음이 밀려들었다. 그러면서 이상한 확신이, 아주 오래전부터 자신은 울란바토르의 한 호스텔 방에서 죽기로 돼 있었다는 확신이 들었다. 아마도 그때부터였을 것이다. 그는 침대에 누워 정미를 보고 있었다. 오래전의 그녀를. 젊다고도 말할 수 없을 정도로 어리던 시절의 그녀를. 그리고 "우린 젊고 서로 사랑을 했구나"라는, 그 시절 노래방에 가면 다들 합창하던 그 노래 가사처럼 젊고 서로 사랑을 하기 전의 두 사람을. 그러니까 그녀를, 그리고 그녀 옆에 선 자신을. 거기에는 어떤 후회도, 두려움도 없었다.

마음이 담담해진 그는 아침에 숙소로 찾아온 자르갈을 따라나섰다. 둘이서 택시를 타고 간 곳은 주택가 사이에 있는 이층 건물의 병원이었다. 어린이 병원이었는지 복도에는 아픈 아이들을 데리고 온 부모들이 많았다. 그들을 지나 한국인 의사가 있는 진료실 앞으로 가서 차례를 기다렸다. 거기에도 기다리는 환자가 많았다. 밤새 잠을 설친 탓에 그는 몹시도 피곤했다. 그렇지만 마지막 힘을 모아 자르갈에게 말했다.

"자르갈. 며칠 전에 고비사막에 갔을 때, 내가 '다 끝났어'라는 뜻의 인도말이 '캇땀 호 가야'라고 말했잖아요. 사실은 그게 아니라 '카타무 호갸'였어요."

힘이 없어서인지, 목이 가라앉았기 때문인지 말이 제대로 나오지 않았다. 자르갈은 그가 무슨 말을 하는지 알아들을 수도, 이해할 수도 없었다.

"괜찮아요. 아프지 말아요. 의사 선생님이 곧 낫게 해주실 거예요."

"그런 걸 잊어버리고 살았기 때문에 이런 세상이 온 거예요. 옛날 책에 그렇게 쓰여 있다는 걸 어젯밤 아프고 난 뒤에야 알았어요. 미안해요, 자르갈. 내가 잘못 알려줬어요."

바짝 마른 입술을 달싹거리며 그가 말했다. 그러나 자르갈은 여전히 그가 하는 말을 알아들을 수 없었다. 그는 옆으로 쓰러졌다. 그리고 울었다. 비로소 아직은 스물두 살이던 그녀가 '카타무 호갸'라고 말하던 시절로 돌아갈 수 없다는 사실이, 자신은 비관주의자이지만 그럼에도 어쩔 수 없다면 낙관주의자가 되자던 그녀가 이제는 이 세상에 없다는 사실이 너무나 분명해졌던 것이다. 자르갈은 그의 울음만은 이해할 수 있었고, 그래서 옆으로 누운 그의 어깨를 톡톡 쳤다. 그러자 그가 몸을 일으키고 앉아 자신이 어떻게 그녀를 처음 만났고 또다시 만났는지 이야기하기 시작했다. 우는 아이들로 소란스럽던 그 병원 복도에서, 그의 말이 잘 들리지도 않고 알아듣기도 힘들어 얼굴을 찡그리던 자르갈에게. 이십대 초반이 될 때까지 그 존재조차 전혀 알지 못했던 두 사람이 서로 만나고도 사랑하게 될 줄을 알지 못하다가, 십 년쯤 뒤에 다시 만나 사랑을 하고, 또 그렇게 몇십 년을 함께 살다가 헤어진 과정에 대해. 그리고 그 시간이 얼마나 빨리 지나갔는지에 대해, 눈 깜빡할 사이에, 마치 폭풍처럼 지나간 인생에 대해.

그때 자르갈이 그의 어깨를 세게 흔들었고, 그는 눈을 크게 떴다.

"정신 차리세요. 지금 안으로 들어오래요."

그는 진료실로 들어가 한국인 의사에게 진찰을 받았다. 의사도 열병의 원인은 알 수 없었지만, 불면에 지친 그를 재울 수는 있었다. 의사가 시키는 대로 병상에 누워 있던 그는 간호사가 그의 왼팔에 수액 바늘을 꽂고 얼마 지나지 않아 곧장 잠 속으로 빠져들었다. 정미는 새벽별처럼 짧은 시간 동안 지구에서 살다가 마치 원래 없었던 사람인 것처럼 사라졌다. 분명 서로의 육체에 가닿기 위해 안간힘을 쓰던 시절이 두 사람에게도 있었건만, 그리고 그때는 거기 정미가 있다는 사실을 한 번도 의심한 적이 없었지만, 이제는 모든 게 의심스러워졌다. 지구상에 존재했던 다른 모든 생명들에게 그랬듯 그들의 인생에도 시간의 폭풍이 불어닥쳤고, 그렇게 그들은 겹겹이 쌓인 깊은 시간의 지층 속으로 파묻히고 있었다.

엄마 없는 아이들

1

    명준이 찾아간 곳은 젊은 의사가 원장으로 있는 오피스가의 작은 병원이었다. 안으로 들어가니 보톡스 등의 미용 시술 가격표와 여러 할인 이벤트에 관한 설명이 붙어 있었다. 명준은 안내 데스크로 가 예약자 명단에서 이름을 확인하고 예방접종 예진표를 작성했다. 대기실에는 마스크를 쓴 사람들이 거리를 둔 채 앉아 있었다. 그들에게는 동행도, 대화도 없었다. 저마다 혼자서 침묵을 지키고 있었다. 같은 시간대에 예약한 사람들이 모두 확인되자 침묵의 기다림이 끝났다. 간호사는 도착한 순서대로 세 명씩 이름을 불렀다. 맨 앞 사람이 주사실로 들어가면, 나머지 사람들은 문 앞의 빈 의자에 앉았다. 명준은 순서가 늦었지만 그리 오래 기다리지 않고 주사실로 들어갔다. 원장이 예진표를 보며 주사 가능 여부를 점검한 뒤, 명준의 왼팔에 직접 백신을 주사했다. 주사를 맞고 대기실로 나온 그는 이상 반응이 없는지 확인하기 위해 잠시 앉아 있었다. 그제야 사람들의 모습이 하나둘 눈에 들어오기 시작했다. 남자보다 여자가 조금 더 많았다. 눈이 마주치자 시선을 피하는 사람도 있었고, 처음부터 천장이나 벽만을 응시하는 사람도 있었다. 코로나19 바이러스가 아니었다면, 또 나이대가 비슷하지 않았다면, 애당초 한 공간에 모일 이유가 없던 사람들이라고 생각하니 명준은 묘한 기분이 들었다. 그들은 마치 역사책에 실린 삽화 속 인물들 같았다. 이름과 사연은 지워지고 그저 한 줄의 캡션으로만 설명되는 사람들. 보여지는 것으로만 이해되는 사람들. '코로나19 바이러스의 유행'이라는 특정 시기를 설명하는 데 필요한 만큼의 한 무리.

그후 사흘 동안은 혹시 백신의 부작용이 있을지도 모르니 몸의 변화에 온 신경을 집중해야만 했다. 뉴스 사이트에는 멀쩡하던 사람이 백신을 맞은 뒤 급격히 상태가 나빠졌다거나, 심지어 갑자기 죽었다는 비보가 연일 올라오고 있었다. 명준은 자신의 몸에서 일어나는 변화에 늘 예민했다. 가만히 놔두면 몸은 끊임없이 달라졌다. 몸무게가 늘었다가 줄기도 하고, 갑자기 머리카락이 한 움큼씩 빠지기도 했다. 그럼에도 명준은 이십여 년이 넘게 배우로

서 자신의 몸을 통제하며 살았고, 감독이 원한다면 권투선수에서 노숙자에 이르기까지 어떤 몸도 만들 수 있다는 자신감도 있었다. 그러나 이제 몸은 점점 그의 통제 범위를 벗어나고 있었다. 그러면서 명준은 자신이 얼마나 연약한 존재인지 실감이 났다. 몸이 죽기로 결정하면 그가 계속 살아갈 방법은 없었다. 과연 몸이 죽기로 결정하는 순간을 자신이 알아차릴 수 있을까? 그 사흘 동안, 명준에게는 그런 의문이 들었다. 불안했기에 그는 친구들에게 전화와 문자로 자신이 백신을 맞았다는 사실을 떠벌렸다. 부작용으로 죽는 건 어쩔 수 없겠으나, 아무도 모르는 사이에 죽고 싶지는 않았다. 혼자 살기 시작한 지도 이제 여러 해가 지났지만, 그런 식의 외로움은 처음이었다. 태어날 때 엄마가 필요했던 것처럼, 죽을 때도 누군가 필요한 것일까? 기쁨으로 탄생을 확인해준 사람처럼, 슬픔으로 죽음을 확인해줄 사람. 죽어가는 사람은 자신의 죽음을 확인할 수 없을 테니까. 죽어가는 사람에게 죽음은 인식이 끊어지는 순간까지 유예된다. 죽어가는 사람은 역설적으로 자신이 아직 살아 있다는 것만 확인할 수 있을 뿐이다. 지금 살아 있는 것이 느껴지는가? 그렇다면 당신은 죽어가고 있는 것이다. 피에로의 재담 같은 아이러니.

그렇게 사흘이 지난 뒤 열어본 메일함에는 몇 통의 메일이 쌓여 있었다. 영화사에서 보낸 트리트먼트, 미국에 사는 지인이 코멘트를 달아 전달한 영화 리뷰 기사, 늦가을에 서울의 한 호텔에서 진행될 환경 행사에 참석해달라는 초대장 등을 확인하며 메일함을 훑어 내려가던 명준의 눈에 제주도 남쪽의 한 섬에서 가을마다 열리는 공연예술 워크숍과 레지던시 프로그램에 참여 배우로 선정됐다는 메일이 보였다. 코로나19 바이러스의 유행으로 새 영화 촬영과 개봉이 줄줄이 취소되거나 보류되던 지난봄의 어느 밤, 그런 프로그램이 있다는 사실을 우연히 알고 충동적으로 지원했었는데 이제야 연락이 온 것이었다. 메일에는 9월 한 달 동안 협업 워크숍에 참여할 수 있는지 알려달라고 적혀 있었다. 어떻게 할까 고민하는데 그 아래에 '안녕하세요……'라는 제목을 단 메일이 한 통 더 있었다. 메일을 보낸 사람은 명준이 백신 접종을 받을 때 자신도 그 가정의학과 의원에 있었다고 썼다. 그래서 처음에 명준은 접종에 어떤 문제가 생겨 병원 관계자가 안내 메일을 보낸 거라고 착각했다. 하지만 다시 보니 보낸 사람의 이름이 눈에 익었다. 백혜진. 뒤이은 내용은 그들의 얼굴, 그러니까 그와 그녀의 얼굴에 대한 것이었다. "우리가 같은 도시에 사는 줄은 알았지만, 그런 식으로 만나리라고는 전혀 예상하지 못했어"라고 메일은 이어졌다. 그녀는 주사를 맞고 나오다가 명준을 봤다고 했다. 명준이 출연한 영화를 통해 나이가 들어가는 모습을 간간이 지켜봤으므로 모자와 마스크를 쓰고 있었음에도 불구하고 그녀는 금방 그를 알아봤다. 하지만 눈이 마주쳤는데도 명준이 자신을 알아보지 못하는 것 같아 알은체할 기회를 놓쳤다. 그러자 지금까지 연락도 없이 지냈는데 이제 와 알은체를 하는 게 무슨 소용인가 하는 회의가 들었고, 마침 간호사가 가도 된다기에 그대로 병원을 나섰다. 그리고 그날 밤에 근육통과 미열이 있어 늦도록 잠들지 못했고, 구토가 치밀어 화장실에 갔다가 거울에 비친 자신의 얼굴을 한참 들여다봤다고 그녀는 썼다.

2

그 여름, 우리는 거의 매일 만나 술을 마셨지. 메일을 읽고 명준은 제일 먼저 그런 문장을 떠올렸다. 대학 동아리에서 가을 정기 공연 무대에 올릴 연극으로 셰익스피어의 〈안토니와 클레오파트라〉를 준비할 때였다. 봄의 일 때문에 신입 부원들 위주로 단막극을 공연하는 5월의 워크숍에 참여하지 못했던 명준도 이번에는 첫 대본 리딩부터 빠지지 않았다. 배우를 하게 될지 스태프를 하게 될지 알 수 없었지만, 일단 오디션까지는 보기로 결심했던 것이다. 연출을 맡은 대학원생은 첫 시간이니까 돌아가며 대본을 '그냥' 읽어보기만 하라고 강조했다. 그렇게 말하는 데에는 이유가 있었을 텐데, 눈치채지 못한 몇몇 학생들이 연기하듯이 감정을 넣어 읽었다. 그럴 때마다 연출은 "그냥 읽어, 문장만 읽어"라며 주의를 줬다. 그냥 읽으면 돼. 문장만 읽으면 돼. 자신의 차례가 돌아와 클레오파트라의 대사를 읽을 때, 명준은 속으로 되뇌었다.

제발 떠나는 데 구실을 찾지 말고, 그냥 작별인사나 하고 떠나세요. 머물겠다고 청하셨을 적엔 얘기할 시간만 있었고, 작별에 관한 말은 없었어요. 그리고 우리의 입술과 눈에는 영겁이, 활 모양의 눈썹에는 더없는 행복이 깃들어 있었어요. 그리고 우리 몸의 어느 부분도 천상의 깨끗함을 갖추지 않은 곳이라곤 없었어요. 지금도 다르지 않아요. 다름이 있다면 천사의 대용사인 당신이 세계에서 으뜸가는 거짓말쟁이로 변했다는 것뿐이에요.

그렇게 하루가, 또 하루가 지나갔다. 저녁 일곱시에 모여 밤 열시까지 명준은 다른 학생들과 함께 동아리방에서 대본 리딩을 계속했다. 그때는 어제가 오늘 같고 오늘이 내일 같은 무덤덤하고 무더운 여름의 나날을 보내고 있다고 생각했는데, 지금 돌이켜보면 그 여름이 명준의 인생에서 가장 뜨거운 여름이었다. 적당한 이름을 찾지 못한 감정들이 무덤덤한 일상 아래에서 격렬하게 소용돌이치고 있었다. 연습을 마치고 동아리방을 나설 때면 그 시절의 배경음악처럼 복도 어딘가에서 누군가의 노랫소리가 들렸다. 혼자 부르는 노래는 왜 모두 사랑 노래일까? 그런 궁금증을 안고 학생들의 숫자가 부쩍 줄어든 방학의 캠퍼스를 걸어내려가노라면 바로 옆 고궁 돌담에 기대어 핀 능소화가 어둠 속에서도 여름의 빛을 발하고 있었다. 그렇게 캠퍼스를 나와 향하는 곳은 언제나 술집이었다. 막차가 끊기기 전까지 마시는 술자리는 늘 번잡하고 성급하고 떠들썩했다. 밖에 있는 화장실에 다녀오다보면 친구들의 목소리가 술집 바깥까지 흘러나왔다. 언젠가 한번은 와자지껄한 그 목소리들을 가만히 듣다가 술자리에 가방을 놔둔 채 그냥 집으로 와버린 일도 있었다. 왜 그랬는지 정확한 이유는 잊어버렸지만, 그 여름이라면 충분히 그럴 수 있었겠다는 생각이 들었다. 그 여름에 그는 연극만 생각하고 싶었다. 〈안토니와 클레오파트라〉만. '그냥' 읽는 대본만. 그는 대본을 여러 번 다시 읽었다. 처음에는 그냥 읽기 시작한 대사들이 차츰 누군가의 감정이 실린 목소리로 변해가는 것을 느끼며 그는 연극의 묘미에 빠져들어갔다. 연출은 대본을 읽을 때 항상 '왜?'라는 의문을 가지라고 말했다. 그대로 받아들이거나 섣불리 반박하지 말고, 인물이 왜 그런 말을 하고 왜 그런 행동을 하는지 캐릭터에게 물어보라고.

"부드럽게, 중요한 건 부드럽게 물어보는 거야. 캐묻거나 다그치면 안 돼. 알겠어? 캐릭터가 스스로 제 모습을 드러낼 때까지, 부드럽게."

그렇게 대본 리딩이 계속되면서 배우의 윤곽이 조금씩 드러났다. 안토니는 풍채와 목소리가 좋은 3학년 복학생에게 돌아가는 것이 거의 확실시됐다. 명준에게는 아그리파가 맡겨졌다. 실망스

러웠지만 그는 내색하지 않았다. 아직도 전국의 미술학원에는 아그리파 석고상이 있을까? 연출이 아그리파가 등장인물 중 가장 미남이라 지금도 미술학원마다 석고상이 남아 있을 정도라고 위로하던 게 명준에게는 어제 일처럼 또렷하게 기억났다. 단역들까지 배역이 정해지는 동안에도 클레오파트라를 찾기 위한 오디션은 계속됐다. 여성이라면 스태프를 자원한 사람들도 모두 오디션을 봤지만 연출의 마음에 드는 사람은 없었다. 그러다가 명준은 클레오파트라를 할 사람이 따로 있다는 말을 듣게 됐다. 그 말을 한 사람은 같은 신입 부원인 현민이었다. 대본 리딩 때부터 시저를 목표로 의욕을 불태우며 오디션에 나섰던 그에게 주어진 배역은 아그리파만큼이나 존재감이 없는 필로였다. 연출은 아그리파가 얼굴을 담당한다면 필로는 무대를 여는 역할이라고 말했지만, 현민이 원한 건 무대에 오래 머무는 배역이었다.

"오디션이니 뭐니 다 쇼야. 학교 동아리에서 무슨 오디션이겠어? 다 정해놓고 그냥 하는 척하는 거지. 그런 줄도 모르고 괜히 열심히 했지 뭐야."

둘은 비중이 미미한 배역이었기 때문에 연기 연습보다는 그때그때 사람의 손이 필요할 때마다 선배들을 돕는 일이 많았고, 그러면서 동아리 돌아가는 사정을 하나둘 익히고 있었다. 그러다보면 그들이 들어가기 전에 동아리에서 벌어진 일들이나 부원들의 개인사에 대해 조금씩 듣게 됐는데, 현민은 같은 이야기를 들어도 다른 사람들보다 훨씬 많은 것을 알아차리는 능력이 있었다.

"지난주에 연출 형이 한 말 기억나? 클레오파트라의 코가 어쩌고저쩌고한 거?"

사실 명준은 〈안토니와 클레오파트라〉를 떠올리면 연출의 그 말이 제일 먼저 떠올랐다. 그는 클레오파트라의 코가 조금만 낮았더라면 역사가 바뀌었으리라는 식의 사고야말로 전형적인 오리엔탈리즘이라며, 서양인들이 클레오파트라의 미모를 부각시킨 것은 이집트 여왕이 지략으로 로마 황제에게 맞섰다는 사실을 감추기 위해서였다고 말했다. 그러면서 셰익스피어도 예외는 아니어서 극중에서 클레오파트라를 비너스를 무색게 하는 미녀로 묘사했지만 그와는 완전히 반대로 접근하는 게 자신의 연출 의도이며, 그렇게 클레오파트라가 미인이 아니라고 전제할 때 모든 대사와 상황이 한층 깊어진다고 설명했다. 연출의 해석이라는 게 그런 식으로 연극을 갱신할 수 있다는 사실에 명준이 받은 감동은 엄청났다.

"그게 밑밥을 까는 말이었더라고. 이번 클레오파트라는 예쁘고 연기 잘하는 사람이 아니라 다른 식으로 접근해야 한다, 뭐 그런 식으로 설득하려고 말이지. 연출 형이 공을 들이는 애가 있나봐. 그 배역을 미끼로 동아리에 끌어들일 속셈인 모양인데……"

목소리를 낮춰가며 현민이 말했다.

3

9월의 첫날, 명준이 그 섬에 도착했을 때는 아직 여름이었다.
바람은 섬을 감싸고 돌며 폭풍우와 태풍을 막아준다는 검은 바위
들을 지나 살갗에 끈적함을 남기고 반대편으로 날아갔다. 그러자
군락을 이룬 황화코스모스가 일제히 한쪽으로 몸을 수그렸고, 그
너머로 바다 건너 삼각형의 산봉우리가 마치 액자 속의 풍경처럼
한눈에 들어왔다. 섬의 한쪽에 있는 레지던스에 머물며 다른 나라
에서 온 연출가와 화가, 작가 등과 함께 뭔가를 하기 위해 찾아간
거였지만, 그 풍경 속으로 들어간 순간 무엇도 하지 않아도 좋겠
다는 생각이 들었다.

그래서였을까, 레지던스에 도착해 방을 배정받은 그날 명준
이 한 일이라고는 그저 자는 것뿐이었다. 시차가 있는 것도 아닌
데 왜 이렇게 졸린지 알 수 없다고 생각하면서도 잠으로 빠져들었
다. 잠깐 깨었을 때는 이미 어둠이 내린 저녁이었다. 그는 화장실
에 다녀와 물을 마신 뒤 다시 침대로 갔다. 허기도 잠을 이기진 못
했다. 그리고 다시 깨어났을 때는 새벽이었고, 창밖이 조금씩 밝
아오고 있었다. 그는 레지던스의 옥상으로 올라가 바다 한쪽이 점
점 빨갛게 물드는 것을 지켜봤다. 해는 삼십여 분에 걸쳐 느릿느
릿 하늘을 붉게 물들이며 바다 위로 떠올랐다. 그러는 동안 물결
은 잠시도 쉬지 않고 반짝이며 명준이 서 있는 쪽으로 밀려왔다.

거기에 오작동하는 것은 하나도 없었다. 모든 것이 조금의 오차도 없이 정확하게 움직이고 있었다. 그 정밀한 움직임이 명준을 안심시켰다. 완벽하다. 여기에 잘못된 것은 하나도 없다. 명준 자신을 포함해서.

그날 오후부터는 검은 구름이 몰려와 하늘에 여러 농도의 검은색을 마음껏 부려놓았고, 밤이 되자 천둥소리와 함께 바다 위에서 번개가 번쩍거렸다. 그다음은 빗줄기였다. 빗줄기는 어둠 속에 죽죽 그어졌고 남쪽 지방 특유의 너른 잎사귀 위로 빗방울이 튀었다. 비에 젖은 흙냄새 때문일까. 레지던스의 테라스에 서서 비 내리는 풍경을 바라보는데 문득 어떤 술의 맛이 고스란히 되살아났다. 메스칼이라는 멕시코 술이었다. 그해 여름, 서해 바닷가로 동아리 엠티를 갔을 때 혜진이 가져온 술이었다. 동아리 부원도 아닌 혜진을 군이 가입시키면서까지 클레오파트라 역을 맡긴 일로 연출은 부원들에게 신망을 잃었다. 그러나 대선배에게 대놓고 반감을 드러낼 수 없으니 혜진이 타깃이 될 수밖에 없었다. 따돌림은 엠티 때까지도 이어져 그녀는 부원들과 나눠 마시려고 가져온 메스칼을 꺼내놓지도 못했고, 덕분에 늦은 밤 해변에 앉아 일 리터나 되던 그 술 한 병을 혜진과 명준, 그리고 나중에 온 현민까지 신입 부원 셋이서 비우고 완전히 취해버려 숙소에서 자고 있던 선배들을 깨우며 난동을 부린 일은 동아리 역사의 한 페이지를 장식할 만했다. "엠티 왔으면 술 마시자구요!" "용서를 빌려면 사슴한테 빌어야지!" 엉망진창, 난장판이었다. 그 와중에 현민은 자신의 유일한 대사를 목청껏 외치고 있었다.

원, 아무리 빠져도 분수가 있지. 우리 장군님의 이번 사랑 행각은 너무 도가 지나치오. 이전에는 만군을 질타했던 형형한 눈빛, 갑옷으로 단장한 군신 마르스처럼 여겨질 만큼 빛나던 그 눈빛도 이제는 온데간데없고, 본래의 임무를 잊어버린 채 까만 얼굴 하나에만 온통 넋이 없구려. 치열한 격전중에 가슴의 조임쇠를 끊곤 하던 그분의 장군다운 심장도 이제는 자제심을 잃어버리고, 집시 여인의 정욕을 식혀주는 풀무나 부채가 되고 말았소.

부원들은 왜 그렇게 반감을 드러냈던 것일까? 혜진의 미모가 장군이 빠질 만큼 대단하지 않아서? 흔한 얼굴, 평범한 얼굴이어서? 오히려 그 반대였다. 그녀에게는 표정이 있었으니까. 명준이 이제는 굳게 믿고 있는 것처럼, 우리의 얼굴은 유동한다. 흐르는 물처럼 시간에 따라 조금씩 과거의 얼굴에서 미래의 얼굴로 바뀌어간다. 그렇게 우리의 얼굴이 바뀔 수 있다는 사실 덕분에 거기 희망이 생겨나는 것이라고 그는 생각한다. 그게 예술이 하는 일이라고도. 배우는 표정으로 그 시간적 간극을 압축해 조명 아래에서 드러내 보인다. 현재의 얼굴에 과거를, 또 미래를 모두 담고서. 얼굴의 유동적 가능성을 믿지 않으면 연기는 불가능하다. 무대에 오르기 전, 배우의 얼굴은 빈 캔버스와 같아야 한다. 젊음과 늙음, 남자와 여자, 인간과 동물, 생물과 무생물이 공존하는 가능성의 얼굴. 그러다가 번개의 번쩍임에 의해 어둠 속의 얼굴이 일순간 드러나듯이 연기를 통해 어떤 표정이 노출된다. 인식적 클로즈업. 그리고 알아봄. 그 모든 사랑의 발생학.

섬에 도착하고 그다음 주가 되었을 때, 필리핀에서 생겨나 타이완을 지나온 태풍이 이삼일 내로 한반도를 거쳐 동해로 빠져나갈 것이라는 일기예보가 나왔고 레지던스는 폐쇄됐다. 협업에 참여한 예술가들은 섬을 빠져나가는 주민들과 함께 제주로 나가 지역 문화 재단이 제공하는 작지만 깨끗한 비즈니스호텔에서 여객선이 다시 운항될 때까지 머무르기로 했다. 그 며칠 동안 명준은 뉴스에서 흘러나오는 헥토파스칼, 간접영향권, 열대성저기압 등의 단어를 들으며 오래된 식당에서 포구의 음식들을 먹었다. 메스칼을 떠올린 이후로 그 맛이 계속 생각나 이런저런 술을 마시며 밤을 보냈지만 무엇도 만족스럽지 않았다. 하긴 어떻게 그 시절의 술맛을 다시 맛볼 수 있겠어? 술에 취해 그는 생각했다. 그러는 동안 태풍은 남쪽으로 약 백사십 킬로미터 해상까지 다가왔다고 했다. 호텔 앞 읍사무소의 국기봉에 걸린 깃발들이 밤새 귀뚜라미들처럼 울어댔다.

4

   그 밤의 해변에서. 혜진은 자신을 찾아온 명준을 한 번 쳐다본 뒤, 다시 바다를 바라봤다.

   "연출 형이 너 찾아오라고 해."

   명준이 말했다. 수평선 위로는 붉은빛이 남아 있었지만, 모래사장에는 이미 어스름이 깔려 있었다. 그 탓에 명준은 해변을 왕복한 뒤에야 그녀를 발견할 수 있었다.

   "어떻게 됐니?"

   "지금 부원들 다들 모여서 얘기하고 있어. 서로 불만 같은 거 말하고, 연출 형이 해명하고."

   기억도 나지 않는 사소한 실수로 한 선배가 혜진을 크게 질책했고, 그녀가 반박하는 과정에서 불똥이 동아리 내 비민주적인 운영 방식에 대한 비판으로 번지며 비로소 연출이 불만의 타깃이 됐다.

   "다들 내 욕만 하고 있겠구나."

   "아니야, 그렇지 않아. 네 잘못이 아니니까 걱정하지 마."

   "내 잘못이 아닌 건 나도 알아. 그런데 저 사람들은 그걸 모르잖아."

   "알면서 저러는 거야. 샘이 나서. 네가 이해해."

   "그렇지 않은 걸 왜 그렇다고 치고 내가 이해해야 해? 내가 불쌍해 보이니?"

그녀는 고개를 숙이고 손가락으로 모래 위에 뭔가를 쓰는 듯하더니 노래를 흥얼거렸다. 모르는 노래였는데도 첫 소절을 듣자마자 명준은 심장이 멈추는 것 같았다.

엄마 없는 아이는 사랑도 없으니까
말없이, 그저 말없이 바람 노래 들어보네.*

명준은 얼어붙은 듯 그 자리에 서서 그 노래를 고스란히 다 들었다. 그해 봄, 그의 엄마는 극심한 고통 속에서 생의 마지막 순간들을 보내고 있었다. 갑작스럽게 진단이 떨어지고 반년도 채 지나지 않았을 때였다. 세상의 모든 불행은 자신을 지나쳐가는 것이라고 생각하며 자랐으니 명준은 부모의 사랑을 잔뜩 받고 성장한 운 좋은 아이였다. 갑자기 엄마가 죽는다면, 또는 아빠가 죽는다면, 그런 생각을 한 번도 해보지 않은 것은 아니었지만 막상 엄마가 죽는다는 현실에 직면하자 할 수 있는 일이라고는 좋은 생각, 더 나은 상상을 해보는 것뿐이었다. 그즈음 그는 쫓기듯 병실을 나와 엘리베이터를 가득 메운, 환자복을 입고 링거병을 든 사람들과 피곤에 지친 얼굴의 젊은 레지던트와 무엇이 못마땅한지 잔뜩 낯을 찌푸린 할아버지 사이에 끼어 일층으로 내려간 뒤, 회전문을 나서자마자 울음을 터뜨리곤 했다. 그는 오로지 병실 캐비닛에 넣어둔 엄마의 옷을 생각했고, 먼저 퇴원한 옆자리의 환자들처럼 엄마가 그 옷으로 갈아입은 뒤 남은 사람들에게 인사하고 병원을 나서는 순간만을 간절히 상상했다. 그러나 좋은 생각을 하는 중에도 울음은 멈추지 않았다. 울음을 멈추기 위해서는 좋은 생각 말고 다른 게 필요했다. 그러나 그 밤의 해변에서, 혜진이 부르는 노래를 들을 때까지도 명준은 그게 무엇인지 알 수 없었다.

"현민이한테 들었어. 봄에 엄마가 돌아가셨다며?"

노래를 부르다 말고 혜진이 명준에게 말했다. 그러자 새로운 감정이 몸속에서 솟구치기 시작했다. 분노였다.

"너희들, 나에 대해 뭐라고 떠들어대는 거야?"

"너에 대해 떠들어댄 적 없어. 우연히 네 엄마가 돌아가셨다는 얘기를 들었을 뿐이고……"

"너희들이 뭘 안다고 우리 엄마에 대해 함부로 지껄여."

명준이 소리치자, 지지 않고 혜진이 맞받아쳤다.

"나도 엄마 없이 컸기 때문에 마음이 갔어. 그것뿐이야."

그때의 일을 떠올리는 순간, 명준의 기억 속에서 혜진의 얼굴이 훤히 드러났다. 짙은 눈썹, 약간 너른 미간에 외까풀 눈, 부드럽게 휘어지던 턱선. 그냥 읽으면 돼. 마치 처음 대본을 읽던 신입생 때처럼 그는 기억 속에서 떠오른 그녀의 얼굴을 가만히 쳐다봤다. 그것은 여름의 얼굴이었고, 그가 그녀에게서 사랑의 기미를 느꼈던 얼굴이었고, 여름이 끝나자 사라져버린 얼굴이었다. 백신 접종을 받고 집으로 돌아와 잠들지 못하던 그녀가 거울 속에서 찾던 얼굴이 바로 그 얼굴이었을까? 숙소로 함께 돌아가는 동안, 그는 자주 고개를 돌려 그 얼굴을 바라봤다. 그녀가 들려주는 얘기들에 조금은 놀라서, 또 조금은 알 것 같아서.

그녀가 태어나고 얼마 지나지 않아 부모가 이혼하고 그녀는 아버지의 집에 남겨졌다. 경제적으로 자립해 딸을 데려가려는 친모의 시도가 몇 년간 있었으나 결국 실패로 돌아갔다. 그리고 친모는 그 모든 불행의 기억을 고국에 남긴 채 큰오빠가 사는 미국으로 이민을 갔다. 친모가 떠난 것뿐이었는데, 그녀는 버려졌다는 생각에 사로잡혔다. 아버지가 새 가정을 꾸렸으나 그 생각은 사라지지 않았다. 오히려 더 강해졌다. 엄마 없는 아이는 사랑도 없으니까. 라디오에서 그런 노래가 흘러나왔고, 바람의 노래는 어떻게 듣는 것인가 골똘히 생각하던 어린 시절이 있었고, 별다른 각오나 징후 없이 알약을 마구잡이로 삼키거나 팔다리에 자해를 하는 식의 자살 시도도 있었다. 크게 혼나고, 애원과 원망의 대상이 되고, 한번 더 버려질 것이라는 암시에 괴로워하는 동안, 그녀와 아버지 사이에는 넘어설 수 없는 높은 벽이 생겨났다. 그렇게 요란스러운 사춘기를 보냈고, 당연하다는 듯 대학 입시는 실패했다. 아버지는 그녀가 원하는 대로 친모가 있는 미국에 가는 것을 허락했다. 그녀가 미국으로 떠나던 날, 아버지는 그녀에게 최선을 다했다고 말했다. 그건 그녀 역시 마찬가지였다. 누구나 최선을 다한다. 하지만 그것만으로는 피할 수 없는 책임이 인생에는 있는 법이다. 그렇게 스무 살의 여름을 미국에서 보낸 뒤 그녀는 다시 한국에 돌아가기로 결심했는데, 뒤에서 말하겠지만 그건 사슴에게 용서를 구하려는 마음 때문이기도 했다. 그 아름다운 집에 머무는 내내 불편한 내색을 감추지 않았던 친모의 남편은 그녀가 귀국한다니까 선물이랍시고 술 한 병을 내밀었다. 술병 안에는 하얀 애벌레가 있었다.

숙소에 도착했을 때, 부원들의 토론은 끝난 뒤였다. 명준과 혜진이 안으로 들어가자, 큰방에 빙 둘러앉아 술을 마시던 사람들이 그들을 쳐다봤다. 둘은 적당히 떨어져 앉았다. 다시 건배 제의가 이어졌고, 누군가의 선창으로 다 같이 노래를 불렀고, 뒤에 앉은 선배들이 심각한 표정으로 무슨 이야기를 쑥덕대다가 목젖이 보이도록 입을 벌리고 웃었다. 옆에서는 현민이 두 사람이 자리를 비운 동안 일어난 일들에 대해 시시콜콜 말했지만, 명준은 들리고 보이는 모든 것에 건성으로 반응하며 혜진을 힐끔거렸다. 마치 그 자리에 혜진과 자신 둘만 있다는 듯, 모든 신경이 혜진에게 쏠렸다. 그러다보면 서로 눈이 마주칠 때가 있었다. 그럴 때면 명준은 그녀가 미국에서 선물로 받았다던 술병과 그 안에 들어 있었다는 애벌레를 생각했다. 지금 자신이 하고 있는 어떤 생각을 혜진이 읽을 수 있기를 간절히 바라며.

5

밤의 해변에 서서 명준은 어둠을 바라봤으리라. 어둠에는 어둠만 있는 것이 아니었으리라. 멀리서 규칙적으로 반짝이는 빛도, 대지의 윤곽을 만들며 밤하늘로 은은하게 번지는 빛도 있었으리라. 그 어둠 앞에서 명준은 어떤 기미를 느끼려고 했으리라. 누군가의 얼굴을 알아볼 수 있을 때까지 어두운 해변 여기저기를 바라봤으리라. 그렇게 그는 혜진과 다시 해변에서 만났다. 둘은 해변에 앉아 메스칼을 나눠 마셨다.

"영화나 드라마 같은 일은 일어나지 않았어. 내 말은, 오랜 그리움 끝에 만나 서로 부둥켜안고 우는 일은 없었다는 뜻이야."

십이 년 만에 친모를 다시 만났을 때 어땠느냐고 명준이 묻자, 혜진은 약간 심드렁하게 대답했다. 메릴랜드주 몽고메리 카운티에 살고 있던 친모는 그녀를 기대만큼 반기지 않았다. 몇 년간의 방황 끝에 친모는 미국에서 작은 공장을 운영하는 한국인 남자를 소개받아 재혼했다. 상처한 그에게는 두 명의 아들이 있었고, 이민자로서는 성공해서 녹지 많은 중산층 동네의 근사한 집에 살았다. 한국에서 간 혜진이 보기에는 저택이라고 할 만한 집이었다. 혜진에게 방을 내어주느라 두 남자아이가 한방을 쓰게 돼 여러 분란이 일어났으나 그녀는 전혀 눈치채지 못했다.

친모는 그녀에게 영어부터 배우라며, 버스로 다섯 정거장을 가면 나오는 도서관을 소개했다. 그곳에서는 이민자들을 위한 영어 회화 코스를 운영하고 있었다. 그녀는 매일 아침마다 도서관으로 가 네 시간씩 초급 코스를 들었다. 그곳에는 이민자들을 위한 여러 나라의 책들도 구비돼 있었다. 그중에는 한국 책도 있었다. 그녀는 수업이 끝나면 근처 공원 벤치에 앉아 집에서 싸간 샌드위치로 점심을 때운 뒤 도서관으로 다시 돌아가 『마당 깊은 집』이나 『나그네는 길에서도 쉬지 않는다』 같은 소설들을 읽으며 오후를 보냈다. 그러다가 하루는 누군가 빤히 쳐다보는 듯한 느낌이 들어 고개를 들었다가 창문 바깥에 서 있던 사슴과 눈이 마주쳤다. 정말 사슴인가 싶었는데, 정말 사슴이었다. 그녀는 사슴의 눈을 바라봤다. 쾌적하고 새롭고 희망적이며, 또 어느 정도의 긴장도 필요한 새로운 일상이 그렇게 지나갔다.

만약 친모가 갑자기 찾아온 딸에게 늦게나마 엄마 노릇을 하겠다며 주말마다 그녀를 닛산 자동차에 태워 여러 관광지로 다니지 않았다면, 그 새로운 일상은 또다른 미래로 이어지지 않았을까? 조수석에 앉아 운전을 하는 친모의 옆모습을 바라보며 그녀는 그 얼굴에서 자신의 얼굴을 찾으려고 애쓰곤 했다. 그럴 때면 친모가 고개를 돌려 그녀를 봤고, 약간은 피곤하고 약간은 체념한 듯한 표정이 보였다. 그럴 때면 자신은 최선을 다했다던 아버지의 말이 떠올랐다. 누구나 최선을 다한다. 그렇다고 그게 좋은 결과로 이어지는 것은 아니다. 그러니까 그 일이 벌어졌을 것이다. 친모

가 자신이 미국에서 고생한 이야기를 한참 늘어놓던 저녁 귀갓길
이었다. 이런저런 세세한 에피소드가 있었지만, 어쨌든 중요한 건
미국으로 건너가는 비행기에서 친모가 품었던 계획이 모두 어그
러졌다는 것. 그중에는 혜진을 미국으로 데려오려는 계획도 있었
다는 것이었다.

"그건 진심이었을까? 정착하면 제일 먼저 나를 데려올 생각이
었다는 말."

혜진이 말했다. 명준은 그건 어쩌면 자신이 병원을 나설 때마다
했던 좋은 생각, 엄마가 퇴원하는 상상 같은 것일지도 모르겠다고
생각했다. 울음을 멈추는 데는 아무런 소용도 없었던 것들.

"그런 생각을 하는데 그 일이 일어났어."

그때 그녀가 말했다.

"무슨 일?"

"사슴들이 갑자기 나타난 거야."

"어디에 사슴들이 나타났다는 거야?"

"집으로 돌아가던 저녁의 도로에. 엄마에게서 나를 데려오려고
했다는 말을 들은 직후에. 코너를 돌자마자 도로에 고여 있는 물
을 마시던 사슴 두 마리가 갑자기 헤드라이트 불빛 앞에 나타났
어. 엄마는 급브레이크를 밟았지."

"그래서? 그래서 어떻게 됐어?"

"차가 요동치면서 좌우로 비틀거리는가 싶다가 기분 나쁜 충격

이 느껴졌어. 그러고도 차는 몇십 미터를 더 가서야 멈췄어. 그러는 동안 엄마는 계속 비명을 질렀어. 그 소리 때문에 정신을 차릴 수가 없었어. 나는 엄마에게 제발, 제발 그만 좀 해요, 라고 말했어. 그러다가 조수석 창문 너머로 사슴 한 마리가 마치 밤하늘로 날아가듯이 껑충 뛰어 숲으로 들어가는 것을 봤어. 그때 엄마가 비명을 그치더니 말했지. 이게 다 너 때문이야, 네가 오지 않았다면 이런 일도 생기지 않았을 거야, 라고."

며칠이 지나 아침을 먹으려고 그녀가 부엌으로 나가보니 친모가 출근하지 않은 채 식탁에 앉아 있었다. 그 모습을 보고 방으로 돌아가려는데, 친모가 할말이 있다며 다가와 그녀의 팔을 잡았다. 두 사람은 그녀가 머물던 방으로 들어갔다. 친모는 마치 셋집을 구하러 온 사람처럼 방안을 이리저리 둘러봤다. 작은아들이 쓰던 그 방에는 로봇 장난감과 그림책과 야구 글러브 같은 것이 있었다. 친모는 그녀에게 등을 돌린 채 벽을 향해 서서 자신을 용서해달라고 말했다. 며칠 전 사슴을 쳤을 때, 그녀에게 심한 말을 한 것을 사과하고 싶다고. 그러더니 그 사고는 당장 그녀에게 솔직하게 사과하고 용서를 구하라는 하느님의 계시라고 말했다. 그녀는 친모가 도대체 무슨 말을 하는지 이해할 수 없어 "뭐라고요?"라고밖에 반응할 수 없었다. 그러자 친모가 한번 더 말했다. 그건 하느님의 계시였고, 사슴은 자신을 대신한 희생양이었다고. 그러니 자신을 용서해달라고. 과거에도 자신은 그녀에게 해줄 수 있는 게 하나도 없었고, 지금도 없으며, 앞으로도 없을 것이라고. 자기로서는 어쩔 수 없는 일이라고. 왜 엄마가 갑자기 그 문제로 자신에게 용서를 구하려는 것인지 그녀는 이해할 수 없었다. 어쩔 수 없는 일이란 그런 게 아니지 않은가? 어쩔 수 없는 일이란 도로에 갑자기 나타난 사슴을 치는 일 같은 게 아닌가. "용서를 구하려면 내가 아니라 사슴한테 구해야 하는 거 아니에요?"라고 말한 뒤 그녀는 뒤돌아서서 문을 향해 걸어가기 시작했다. 친모가 그녀의 이름을 부르며 따라왔다. 대문을 열고 나오자마자 그녀의 눈에서 눈물이 쏟아졌다. 그녀는 뛰기 시작했다. 동네로 들어오는 진입로를 전속력으로 달렸다. 다리를 건너 운동장 철책을 따라 난 길을 한참 달리다가 친모가 더이상 쫓아오지 않는다는 사실을 알고 걷기 시작했다. 그녀는 이제 어떻게 할지 생각했다. 제일 좋은 방법은 친모를 보지 않고 한국으로 돌아가는 것이었지만, 그것은 거의 불가능했다. 두번째 방법은 십대 시절에 그랬던 것처럼 자살을 시도하는 것이었다. 세번째 방법은…… 생각나는 곳은 도서관밖에 없었다. 그녀는 도로를 따라 걷기 시작했다.

6

호텔에 머문 지 닷새째가 되자 마침내 구름들 사이로 푸른 하늘이 드러났다. 명준은 아침을 먹던 식당에서 간밤에 태풍이 남해를 지나 일본으로 빠져나갔고, 오후쯤이면 시코쿠 지역에서 열대성 저기압으로 바뀌어 소멸한다는 뉴스를 봤다. 세차게 불어대던 바람이 잠잠해지고 얕은 파도가 평화롭게 해안의 바위들을 적셨다. 한낮이 되어 섬으로 들어가는 배를 타기 위해 여객선 터미널로 가는 동안, 햇살은 태풍이 오기 전과 마찬가지로 뜨겁게 작열했다. 아직은 조금 더 여름이어도 좋겠다고 명준은 생각했다. 그때처럼, 혜진과 거의 매일 만나 술을 마시던 여름처럼. 일부러 약속을 잡았다는 말이 아니라 연극 연습이 끝나면 자연스레 술자리로 이어졌다는 뜻이지만, 어쨌든 그 여름에 두 사람은 항상 같이 있었다. 그래서였겠지만, 메일을 보낸 사람이 그녀라는 사실을 알았을 때 제일 먼저 떠오른 것은 함께 있을 때의 안도감이었다. 맞아, 엄마 없는 그 여름에 나는 혼자가 아니었지. 자신도 엄마 없이 컸다며 소리치던 사람이 있었지. 술을 마시다가도 고개를 돌리면 거기 그 눈빛이 있었지. 돌아보면 은은한 사랑의 기미로 온 세상이 울렁거리던 여름이었다. 메일에서 그녀는 2차 접종 역시 같은 날 같은 병원에서 받게 될 테니 어쩌면 우리가 한번 더 만날 수 있겠다고, 만약 그렇게 된다면 마스크를 벗지는 못하더라도 인사는 나눌 수 있지 않겠느냐고 썼다. 그러고 보면 그녀와는 짧은 인사도 없이 멀어졌다. 그녀에게 사귀는 사람이 따로 있었기 때문이었다. 어느날 연습하러 갔더니 아그리파의 대사가 모두 사라져버린 통에 명준은 그 사실을 알게 됐다.

"정말 몰랐던 거야? 내가 얘기했잖아. 걔, 연출 형이랑 사귀니까 조심하라고."

현민이 말했다. 언제 그런 얘기를 했는지 명준은 전혀 기억나지 않았다. 하긴 말했어도 그에게는 들리지 않았겠지만. 그 여름에 그는 한 사람에게만 온 신경을 집중하고 있었으니까. 그후로도 밤마다 술자리는 계속 이어졌다. 여름이 끝나갈수록 그녀에게 느꼈던 사랑의 기미는 점점 사라졌고, 그 해변에서 함께 마셨던 메스칼의 맛과 마지막 한 모금이 남았을 때 그녀가 먹으라고 해서 삼킨 애벌레의 식감만이 그 시절을 증명했다. 술자리가 파하고 모두가 집으로 떠나면 그는 이어폰을 귀에 꽂은 채 인적 드문 밤거리를 걸어가곤 했다. 혼자 듣는 노래도 모두 사랑 노래뿐이었다. 그렇게 걷다보면 친모의 집에서 나와 도서관으로 걸어갔다던 그녀가, 또 걸어가면서 그녀가 떠올렸을 용서라는 말이 생각났다. 엄마 없는 여름에, 명준도 용서라는 말을 자주 떠올렸다. 엄마에게 많이 미안했으므로. 엄마가 자신을 용서해주기를.

그리고 9월이 되어 학교 소극장에서 〈안토니와 클레오파트라〉가 상연됐다. 그는 시저를 따라 무대로 나와 오른쪽으로 걸어갔다가 제자리로 돌아온 뒤 다시 무대 뒤로 들어갔다. 대사는 없었다. 두 번의 공연이 끝나고 모든 게 다 끝났다는 사실에 우는 배우들이 있었는데, 명준도 그중 하나였다. 대사가 없어서 운 것은 결코 아니었다. 봄의 울음과 달리 슬픈 감정은 전혀 없었다. 물론 상실감은 있었다. 연극이 끝났다는 것, 더이상의 술자리는 없다는 것, 그리고 엄마를 이제 다시는 볼 수 없다는 것. 명준은 그렇게 상실을 받아들였다. 그렇기에 그 울음은, 말하자면 피에로의 재담 같은 아이러니의 울음이었다. 그가 늘 믿어온 대로 인생의 지혜가 아이러니의 형식으로만 말해질 수 있다면, 상실이란 잃어버림을 얻는 일이었다. 그렇게 엄마 없는 첫 여름을 그는 영영 떠나보냈다.

* 혜은이의 노래 〈엄마 없는 아이〉 중에서.

다만 한 사람을 기억하네

지난 4월, 멀리 희진에게서 메일 한 통이 날아왔다. 우리는 육년 전인 2008년 광화문에서 우연히 만난 뒤 몇 번 메일만 주고받다가 연락이 끊어진 상태였다. 열어보니 "메일 주소가 바뀌거나 하진 않았겠지?"라는 문장으로 시작되는, 아주 긴, 정말 긴 편지가 나왔다. 그다음 문장은 "지금 여기는 서울이 아니라 도쿄의 요쓰야야"였다. 도쿄에는 한 번 가본 적이 있지만, 시부야나 신주쿠 혹은 긴자만 간신히 생각날 뿐, 요쓰야란 곳은 어딘지 감이 잡히지 않았다. 그럼에도 그녀가 멀리 있다거나 낯선 곳에 있다는 느낌은 전혀 들지 않았는데, 그 이유는 아마도 그즈음 메일을 쓴 한국인이라면 누구라도 언급했을 그 사건, 그러니까 제주도로 수학여행을 떠나는 학생들을 태운 여객선이 진도 앞바다에서 침몰한 사건 때문이리라. 당연히 그녀 역시 메일에 그 사건에 대해 적었다. 희진이 그 메일을 쓴 건 배가 가라앉은 다음날 밤이었다. 그녀는 아침에 호텔 뷔페를 먹고 객실로 올라와 무심코 티브이를 켰다가 그 장면을 보게 됐다고 썼다. 거의 비슷한 시각에 나도 그 장면을 보고 있었다. 혹시 그 배에 그녀의 친지가 타고 있었던 건 아닌가, 설사 그렇다고 한들 내게 장문의 메일을 보낼 이유는 없지 않은가, 그런 생각을 하면서도 혹시나 싶어 오른손 엄지로 핸드폰 화면을 밀어올리며 얼른 내용을 훑어봤다. 하지만 그게 전부인 것 같았다. 그러니까 아침에 뷔페를 먹고 객실로 올라온 뒤 티브이를 통해 몇 번이고 배가 가라앉는 영상을 봤다는 것. 그것뿐이라는 걸 알아내는 데도 한참이 걸릴 만큼 편지는 길었다. 무슨 이유로 그토록 긴 편지를 보냈는지는 집에 가서 천천히 읽으면서 알아보기로 하고 나는 핸드폰 화면을 껐다.

그날, 요쓰야의 한국문화원에서 희진은 모두 여덟 곡의 노래를 부르기로 돼 있었다고 메일에 썼다. '2014년 K-Culture의 매력'이라는 제목하에 여러 장르의 한국 대중음악을 일본에 소개할 목적으로 기획된 연속 공연에 그녀는 인디 가수를 대표해서 초대된 것이었다. 그런데 막상 삼백 석 규모의 한마당홀 무대에 올라가보니 앞쪽으로 절반쯤 자리를 메운 청중 대부분이 중년 이상의 연장자들이었다. 〈돌아와요 부산항에〉 같은 노래를 기대하고 모인 사람들은 아닌지, 자신의 쓸쓸한 노래들이 그들을 만족시킬 수 있을지 살짝 염려됐지만, 그녀는 어쿠스틱 기타를 연주하며 준비한 곡들을 차례대로 담담하게 불렀다. 한 곡 한 곡 노래가 끝날 때마다 희진의 몸을 떠난 목소리가 공연장의 공기를 팽팽하게 긴장시켰다. 시간이 흐를수록 거기 객석의 어둠 속에 자신의 노래에만 집중하는 사람들이 있다는 사실이 피부에 와닿을 정도로 확실해졌다.

그녀가 준비한 노래를 다 부르자 어둠 속의 그들은 앙코르를 청했다. 무슨 노래를 부를까 고민할 필요도 없이 지난해 연말 혼자 배를 타고 제주도로 가던 밤, 멀미에 시달려서 괴로운 와중에도 멜로디가 떠올라 흥얼거리면서 한 소절 한 소절 다시 부르고 또 잇대며 지은 곡이 바로 떠올랐다. 그때껏 남들 앞에서는 한 번도 부른 적이 없었지만 그날만은 그 노래, 〈한 사람을 기억하네〉를 꼭 부르고 싶었다. 그렇게 "그 밤, 바다에서 나는 마크 로스코의 빛을 보았네"라며 노래를 시작했으나 그다음 가사를 떠올리자마자 목이 메는가 싶더니 그 너머에서 이름을 붙일 수 없는 감정이 울컥 치밀었다. 그 밤의 빛은 여전히 희진의 눈앞에서 경계를 넘나들며 흔들리고 있었다. 거기 출렁이는 어둠 속에 누군가가 있어 자신의 노래를 듣고 있었다. 다시 한번, 그건 거의 확실했다. 그 생각을 하자니 그만 눈물이 나왔다. 노래하다 감정이 고조된 끝에 눈물이 나오는 건 공연에서 흔한 일이었고, 그래서 때로는 공연의 일부처럼 느껴지기도 해서 닦을 생각도 없이 눈물을 흘리면서 노래를 부르기도 했는데, 그날만은 더이상 노래를 부를 수가 없었다. 공연이 끝나는 시점이 되어서야 그런 날에도 노래를 불러야만 하다니, 뭐 그런 자책감이 든 것이었다.

그렇게 노래는 멈추고, 조명은 정지하고, 객석은 침묵에 빠졌다. 희진은 당장 울음을 그치고 싶었으나 그건 마음먹는다고 되는 그런 종류의 일이 아니었다. 울음의 주도권은 울음이 쥐고 있었다. 그때 객석의 한쪽 귀퉁이에서 박수 소리가 들렸다. 힘을 내라는 의미의 박수라는 걸 깨달은 다른 청중이 동조했다. 박수 소리는 이내 객석 전체로 퍼졌다. 다시 한번, 그 밤의 빛이 희진의 눈앞에서 출렁거렸다. 그렇다면 그건 아마도 언젠가 우리가 함께 나란히 서서 바라본 빛일지도 모르겠다. 마크 로스코의 빛이라면 말이다. 내 머릿속으로는 곧장 하얗게 핀 벚꽃잎들과 한없이 어두운 갈색의 사각형들이 떠올랐다. 가와무라기념미술관에서 그 빛과 마주했을 때, 나와 희진은 스물여섯, 스물넷이었다. 평창의 한 리조트에서 열린 음악 페스티벌에서 맥주를 마시다가 우연히 만나서 인사를 하고, 또 농담처럼 프로젝트 밴드를 결성한 지 이 년이 지난 무렵이었다.

마땅하게도 공연은 울음으로 끝났다고 그녀는 적었다. 다음 일정으로는 근처 스시집에서 K-Culture진흥회라는, 말하자면 한류

팬클럽 같은 이름의 단체 회원들과 저녁을 함께 먹는 자리가 기다리고 있었는데, 희진은 그냥 호텔로 돌아가고 싶었다. 먼저 들어가보겠다고 하자 그 공연을 후원한 한국 광고회사의 담당자가 대뜸 이렇게 말했다.

"호텔로 가서 혼자서만 실컷 울려고요?"

'혼자서만'이라는 말에 많은 의미가 담겨 있었다. 김포공항에서 만나 도쿄까지 날아가는 동안 담당자와는 공연이나 일정에 대해서만 얘기했을 뿐, 사적인 대화는 단 한마디도 나누지 않았다. 그래서 말수가 적고 무뚝뚝한 사람인가 싶었더니만 그렇지 않은 모양이었다. 그게 아니면, 그날은 그렇게라도 떠들어대지 않으면 견딜 수가 없었거나.

"혼자서는 울지 않아요."

희진이 말했다.

"그럼 식당에 가서 같이 웁시다."

그가 농담조로 말했다.

"근데 난 이미 다 울어버려서."

"우는 일 말고도 다른 할일이 많아요. 일본 팬들 궁금하지 않아요? 조희진씨를 좋아하는 일본 팬들도 있어요."

일본 팬들이 궁금했던 것은 아니었지만, 그렇게 대화를 주고받는 사이 그녀는 한국 대중문화에 관심이 많은 현지인들이 자발적으로 만든 K-Culture진흥회가 그 공연을 주관하고 기획했다는 사실을 알게 됐다. 호텔에 가서 혼자 올 게 아니라면 행사를 주관한 사람들과 저녁을 먹으면서 얘기를 나누는 게 좋겠다는 무언의 암시를 희진은 거부할 수 없었다.

이미 다들 스시집에 자리를 잡았다고 해서 희진은 기타를 메고 문화원 밖으로 걸어나갔다. 광고회사와 문화원 담당 직원 등 서넛이 앞서거니 뒤서거니 희진과 함께 걸었다. 조금 걸어가려니 광고회사의 그 남자가 희진 쪽으로 다가왔다.

"한국에 인디 가수가 그렇게 많은 줄은 이번에 처음 알았네요."

희진은 한국에 인디 가수가 그렇게 많다고는 생각한 적이 없었지만, 무슨 이야기를 하는가 싶어서 귀를 기울이고 그의 말을 들었다.

"조희진씨를 찾느라 인디 가수들 명단을 쭉 뽑았었거든요. 여자 인디 가수이고 포크송을 부른다. 이름이나 별명의 이니셜은 HJ인 것 같다. 2004년에 일본을 방문한 적이 있다. 이게 제가 받은 정보의 전부였어요. 제가 얼마나 고생했을지 알 만하죠?"

"왜 그런 고생을 하셨나요?"

희진이 물었다.

"그러게요. 유명한 아이돌 가수도 많은데 말이죠. 그런데 꼭 HJ라는 가수를 불러달라는 사람이 있었어요. 어떻게 하겠어요. 회장님 부탁인데, 들어드려야죠."

"회장님이라면?"

"K-Culture진흥회의 후쿠다 준 의원님 말이죠. 지금 저희가 가는 저녁식사 자리는 그분이 조희진씨를 위해서 만든 거니까 같이 가자고 한 겁니다."

그녀는 걸음을 멈추고 그를 한 번 쳐다봤다. 그러자 그도 걸음을 멈췄다. 희진은 점퍼 주머니에서 담배를 꺼내 입에 물었다. 그녀가 담배에 불을 붙이는 동안, 앞서가던 사람들 중 하나가 뒤를 돌아보며 늘 가는 스시집의 이름인 듯 "사쿠라로 와요!"라고 외쳤다. 담배를 피우면서 희진은 그에게는 조금도 눈길을 주지 않고 대신 길 건너편 식당의, 바람에 휘날리는 검은색 차양이나 밖에 내놓은 메뉴판 따위를 바라봤다.

일본 의원님께서 포크송을 부르는 한국 여자 가수를 찾아 도쿄까지 불러들여서는 식사 자리를 만들었으니 인사하러 가야 한다는 사실을 알았을 때 희진이 어떤 심정이었을지는, 대학 노래패 시절의 그녀를 기억하는 사람이라면 충분히 짐작할 수 있으리라. 하지만 그녀도 이제 서른네 살이 됐고, 예전과는 많이 달라진 모양이었다. 희진은 메일에 다음과 같이 쓰고 있었다. "공교롭게도 그 순간, 사쿠라로 오라는 말을 들은 거야. 우연의 일치치고는 정말 신기한 일이었지. 담배를 피우며 나는 생각했어. 저녁식사고 뭐고 K-Culture고 뭐고, 지금 당장 사쿠라로 가서 한번 더 그 빛을 볼 수 있다면 얼마나 좋을까? 이미 사위는 캄캄해져버렸고 산책로의 벚꽃들이 지금도 여전할지 알 수 없지만, 그래도 우리가 함께 본 빛은 아직 거기 남아 있지 않을까? 일본의 의원이라니 그 사람한테 부탁하면 힘을 좀 써주지 않을까? 그런 말도 안 되는 생각." 부탁해도 안 되겠지. 오래전에 그 빛은 꺼져버렸으니까. 그녀의 메일을 읽으며 내가 중얼거렸다. 마치 그녀와 대화를 주고받듯이 나는 메일을 읽고 있었다.

거기까지 읽은 뒤 구글 검색창에다 'mark rothko japan'이라고 입력했다. 'Mark Rothko's "Seagram Murals"', 즉 '마크 로스코의 "시그램 벽화"'라는 페이지가 제일 상단에 떴다. 링크를 클릭하자, 일본 지바현 사쿠라시에 있는 DIC가와무라기념미술관에 소장된 시그램 벽화 일곱 점에 대한 설명과 함께 작품들을 걸어놓은 '로스코의 방' 사진이 나왔다. 희진과 내가 그날 오후 그림들을 바라보며 오랫동안 앉아 있었던, 바로 그 방이었다. 1958년 뉴욕 시그램 빌딩의 고급 레스토랑인 포 시즌스의 벽에 걸 그림들을 그려달라는 주문을 받은 마크 로스코는 약 일 년 동안 삼십 점에 달하는, 훗날 '시그램 벽화'로 불리는 연작들을 그렸다. 나중에 레스토랑을 방문한 그는 그 공간이 자신의 그림과는 어울리지 않는다고 생각하고 계약금을 돌려준 뒤, 그 프로젝트를 더이상 진행하지 않았다. 이 연작들은 지금 세 군데 갤러리에 흩어져 있는데, 런던의 테이트미술관과 워싱턴 DC의 내셔널 갤러리, 그리고 우리가 찾아간 가와무라기념미술관이었다. 그때 우리는 거기 로스코의 방에 앉아 나머지 그림도 모두 같이 보자는, 여태 이뤄지지 못한, 그리고 아마도 영영 이뤄지지 않을 약속을 했었다.

　광고회사 직원이 말하길 니혼슈日本酒를 만드는 양조장집 아들
로 태어나 유복하게 자랐다더니 후쿠다 준은 귀밑이 희끗한 것을
빼면 전혀 오십대처럼 보이지 않았다. 참의원에서 활동하는 대표
적인 지한파 의원인 그는 소통에 크게 문제가 없을 정도의 한국어
를 구사했고, "너무 진하지 않은 향기를 담고" 같은 가사의 옛날
한국 노래도 곧잘 흥얼거렸다. '그렇게 많은' 인디 가수 중에서 HJ
라는 이니셜을 가진 포크 가수를 꼭 불러달라고 요청했다는 말을
들어서인지 희진은 자꾸만 그가 신경 쓰였다. 그래서인지 공연을
마친 이후라 꽤 배가 고팠는데도 스시를 서너 점 먹고 나니 입맛
이 사라졌다. 그녀가 젓가락을 내려놓고 맥주를 들이켜자, 후쿠다
옆에 앉은 또다른 중년 남자가 그를 바라보면서 속삭이듯 말했다.
　"역시, 실연 때문일까? 아까 울었던 것 말이지."
　공연중에 자신이 흘린 눈물의 의미를 실연과 연결시키다니 가
당치도 않았지만, 거기다 대고 또 뭐라고 설명하면 좋을지 희진으
로서는 알 수 없었다.
　"말도 안 되는 소리 하고 있네. 자네는 뉴스도 안 보는가?"
　후쿠다가 그 남자에게 나지막이 말했다.
　"뉴스? 한국에서 배가 가라앉은 일? 에에, 그것 때문에 가수가
노래를 부르다가 운다고?"

그가 과장된 표정을 지으며 희진을 힐끗 쳐다봤다. 희진은 가만히 있었다.

"가수라는 건 원래 그런 사람들이야."

후쿠다가 말했다.

"그렇게 치자면 노래 부를 틈이 없지 않을까? 지난달에만 해도 말레이시아항공 여객기가 실종되지 않았나?"

"손님을 모셔놓고 바보 같은 소리. 게다가 저분이 일본어를 다 알아들을지도 모르는데 말이야."

후쿠다가 희진 쪽을 바라보며 겸연쩍게 웃었다. 자신이 일본어를 다 알아들을지도 모른다고 한 건 한번 떠보는 소리였을까? 원한다면 자신이 운 이유가 어제 연인과 이별했기 때문인지, 아니면 배가 가라앉았기 때문인지 말해줄 수도 있었지만 그렇더라도 그들이 자신의 눈물을 이해할 수는 없으리라고 희진은 생각했다. 그들은 어제 누구와도 헤어지지 않았을 테고, 또 그 배를 타본 적도 없었으니까. 아무리 설명해봤자 그건 그저 그들의 마음속에 당황스런 눈물의 논리를 세워줄 뿐, 이해와는 거리가 멀 것이었다. 희진은 잔에 반쯤 차 있던 맥주를 비웠다. 차가운 기운이 지나가며 목구멍이 따끔거렸다.

"틀린 말은 아니네요. 그럼 역시, 실연 때문일까요. 동일본 대지진이 났을 때는 버젓이 웃으며 공연했으니까요."

그들을 쳐다보며 희진이 일본어로 말했다.

"에에, 일본말을 꽤나 하는군요. 실례했습니다."

그 남자가 말했다.

"일본말을 꽤나 하는 제 쪽이 오히려 더 실례입니다. 일본 노래가 좋아서 배운 말이라 보통 때는 잘 쓰지 않습니다만."

희진이 잔을 치켜들면서 생맥주를 한 잔 더 주문했다. 빨리 마셔서인지 금세 취기가 돌았다.

"이 친구도 나쁜 의도를 가지고 한 말은 아니니 용서해주세요. 눈치가 없이 고지식한 사람이긴 하지만, 한국 문화가 좋아서 K-Culture진흥회에서 일하는 것이니까요. 어쨌든 이 사람 쪽에서는 조희진씨에게 말을 붙여보려다가 그만 그렇게 된 것입니다. 저도 사과할게요."

후쿠다가 희진에게 말했다.

"그렇군요. 그런데 어쩐지 저에 대해서 아시는 게 많네요. 여기 오는 길에 들었는데, 2004년에 제가 일본에 왔었던 건 어떻게 아셨나요?"

희진이 후쿠다에게 물었다.

"몇 년 전부터 한 사람을 찾고 있었는데, 일본말을 할 줄 아는 걸 보니까 제가 찾는 사람이 거의 맞는 것 같습니다."

후쿠다는 뭐라고 더 얘기하려다가 말을 멈추고 잠시 생각하는 눈치였다.

"한국어로 말해도 되겠습니까? 당신을 만나면 꼭 한국말로 얘기하고 싶어서 배웠습니다."

후쿠다가 더듬거리며 한국어로 말하기 시작했다.

"왜 저를 찾으신 건가요? 왜 저와 얘기하려고 한국어까지 배우셨나요?"

희진이 눈을 동그랗게 뜨고 물었다.

"그게, 어떤 노래 때문입니다. 조금 있다가 제가 그 노래를 들려드리겠습니다. 그 노래를 안다면, 조희진씨는 확실히 제가 찾는 바로 그 사람입니다."

거기까지 말한 뒤, 후쿠다는 다시 일본어로 바꿨다.

"일단 여기는 K-Culture진흥회에서 주관한 식사 자리이고 하니 다른 분들하고도 좀 얘기하도록 하지요. 다들 조희진씨랑 얘기하고 싶어하니까요. 저하고는 식사를 모두 마친 뒤, 다른 곳으로 자리를 옮겨서 자세한 이야기를 나누면 어떨까요? 저도 얘기하고 싶은 게 많으니까요. 괜찮겠습니까?"

도무지 어떻게 된 영문인지 당장이라도 알고 싶었지만, 기다리는 수밖에 없었다. 그러면서 희진은 정말 오랜만에 나를 떠올렸다고 썼다. 처음에는 후쿠다와 내가 아는 사이가 아닐까 생각했다고 했다. 한국에서든 일본에서든 혹은 다른 곳에서든 후쿠다와 내가 공적인 일로 만났다가 친해졌고, 그러다가 일본에 여행 갔던 일에 대해 대화를 나누게 되면서 자연스럽게 아직 가수로 활동하는 자신에 관한 이야기가 나왔을 수도 있다고. 그러나 결국 희진도 알게 됐다시피, 지금 이 순간까지도 나는 후쿠다가 어떤 사람인지 전혀 모른다. 우리는 아는 사이는커녕 멀찌감치 스쳐간 적조차 없었다. 게다가 2004년에 희진과 내가 둘이서 일본을 여행했다는 사실을 아는 사람은, 그녀도 잘 알고 있겠지만, 아무도 없어야 옳았다. 물론 여행 도중에 불가피하게 어울린 사람들이 있긴 했지만, 십 년이 지나서까지 그녀를 기억하고 있다가 한류 콘서트 같은 행사에 초청할 만한 일본인을 만난 적은 없었다. 희진과 마찬가지로 나 역시 도무지 영문을 알 수 없었다. 궁금했지만 그때 아이들 소리가 들려 나는 노트북을 껐다. 수영장에 갔던 아이들이 돌아온 모양이었다.

다음날 이른아침, 다시 노트북을 켜고 메일을 열어보니 편지 속, 희진 일행이 저녁식사를 마치고 나온 스시집 앞 거리에는 이슬비가 내리고 있었다. 나는 커튼을 젖히고 바깥 날씨를 살펴봤다. 로테르담의 전형적인 4월, 눈이 시리도록 푸른 날의 아침이었다. 몸에 따끔따끔 와닿는다는 느낌이 들 정도로 강한 햇살은 저녁 아홉시가 지나야 완전히 사라질 터, 이틀 전의 도쿄처럼 이슬비가 내렸다면 편지에 더 몰입할 수 있었을 텐데…… 그런 아쉬움을 뒤로하고 나는 일행과 헤어진 뒤 스시집 앞에 대기중이던 후쿠다의 검정색 렉서스에 올라탄 희진을 좇아가기 시작했다. 아스팔트는 비에 젖어 안 그래도 깨끗한 거리를 더욱 말끔하게 만들었다. 렉서스는 희진이 묵는 호텔에 잠깐 들렀다가(기타를 두고 가야 했기 때문이라고 희진은 굳이 밝혀놓았다) 곧장 진보초로 갔다.

진보초는 후쿠다의 생각이었다. 단골 바가 거기 뒷골목에 있다고 했다. 하이랜드라는 이름의 그 바는 열 명 남짓 들어가면 실내가 꽉 찰 정도로 협소했지만, 바텐더로 일하는 중년의 주인이 대저택의 집사처럼 나비넥타이를 매고 서서 손님들의 잔에 스카치위스키를 따르는 곳이라고 그녀는 썼다. 후쿠다에 따르면 "밤마다 인근 출판사의 편집자들과 기자들이 담배 연기처럼 몰려드는 곳"이었다. 희진은 등을 꼿꼿이 세우고 창가의 하얀색 삼 인용 소파에 앉아 예스런 황금빛 액자에 든 풍경화와 초상화를 바라봤다. 풍경이든 초상이든 동양과는 거리가 멀었고, 그림에서 느껴지는 시대 역시 이젠 접할 수 없는 과거의 것이었다. 이내 그녀의 시선은 하얀색 커튼이 겹겹이 드리운 창을 거쳐 소파 뒤 벽면에 설치된 목제 장식장에 이르렀다. 거기에는 위스키, 브랜디, 샴페인 등의 각종 술을 위한 크리스털 잔들이 영롱한 빛을 발하며 놓여 있었다. 스피커에서 울려퍼지는 장중한 바로크 선율을 들으며 그 빛을 바라보노라니 불현듯 어린 시절, 아버지가 양주를 넣어두던 거실장이 희진의 머릿속에 떠올랐다.

하지만 그 순간, 음악이 멈췄다. 잠시 여백이 흐른 뒤, 스피커에서 어쿠스틱 기타 소리가 나른하게 들려오기 시작했다. 그 연주를 들으며 희진은 소파 깊숙이 몸을 묻었다. 후쿠다가 자신에게 들려

주고 싶은 노래가 무엇인지 희진은 금방 눈치챌 수 있었다. '今日もほほえみが私を過ぎた。何も、何もなかったように(오늘도 미소가 나를 스쳤다. 아무 일도, 아무 일도 없었던 것처럼).' "기억하고 있을까?"라고 그녀는 메일에 썼다. 처음에는 기억나지 않았지만, 조금씩 그 노래에 얽힌 일들이 떠오르기 시작했다. 십 년 전의 일들이 택시 차창으로 흘러가는, 비에 젖은 밤거리 불빛들처럼 그녀의 머릿속을, 그리고 내 머릿속을 스쳐지나갔다. 그 시절, 그녀는 틈만 나면 '私の心ははりさけそうだ。人を愛せないゆえに(내 마음은 찢어질 듯하다. 사람을 사랑할 수 없는 까닭에)'라고, 노래로도 부르고 글로도 썼다. 나는 일본어를 잘 몰랐지만 그녀가 몇십 번이고 가사에 대해서 설명했기 때문에 그 노래만은 모를 수가 없었다. 담배를 피우면서 그 노래를 부르던 이십대 중반의 희진을 이제 다시는 볼 수 없겠지. '明日よ、自由を、自由をおくれ(내일이여, 자유를, 자유를 다오)'라는 그 가사처럼, 한때는 간절한 마음이 전부였던 시절이 우리에게도 있었건만 이제는 서로를 비추는 두 개의 거울처럼, 서로의, 서로에 대한 기억들만이 원망의 목소리도, 흐느낌도, 한숨 소리도, 웃음소리도 없이 순수한 묵음으로 남아 있을 뿐이니.

"아카이도리赤い鳥의 〈시로이 하카白い墓〉, 그러니까 〈하얀 무덤〉입니다. 기억납니까?"

글렌모렌지 한 잔을 앞에 놓고 앉은 후쿠다가 한국어로 말했다.

희진으로서는 그저 고개만 끄덕일 수밖에 없었다. 〈하얀 무덤〉까지 알고 있다면, 후쿠다는 또 무엇을 알고 있는 것일까? 그는 어떻게 그 모든 것을 알고 있는 것이며, 왜 알고 있는 것일까?

"요즘은 잘 듣지 않지만, 그렇다고 해도 잊을 수는 없는 노래죠. 이 노래 때문에 일본어를 배웠으니까. 그런데 제가 이 노래를 안다는 걸 어떻게 아셨죠?"

"긴 이야기입니다만, 짧게 말하겠습니다"까지 말한 뒤 그는 다시 일본어로 돌아갔다. "지금으로부터 십 년 전, 사십오 세에 이르러 제 인생은 완전히 파탄이 났고, 저는 지옥의 가장 어두운 곳으로 전락했습니다. 더이상 살아갈 자신이 없었으므로 죽기로 결심하고 어린 시절을 보낸 고향에 내려가기로 마음먹었습니다. 게이세이사쿠라역에 내린 건 2004년 4월 중순의 일이었습니다. 처음에는 사쿠라 성터에 조성된 사쿠라조시공원에 갈 생각이었습니다. 가봤다면 아시겠지만, 4월의 사쿠라조시는 평화 그 자체입니다. 봄에는 어느 때라도 가족들이 자리를 깔고 행복에 겨운 표정으로 앉아 있지요. 죽어버리겠다고 결심한 마당에 하필이면 그 공원이 생각났는지는 저도 잘 모르겠습니다. 가장 아름다운 추억을 회상하며 죽고 싶었던 것일지도 모릅니다. 하지만 막상 게이세이사쿠라역에 내리자, 발길은 공원으로 통하는 남쪽 출입구가 아니라 북쪽 출입구로 향하더군요. 공원으로 가는 길을 몰랐던 것은 아니니, 아마도 속마음은 죽기 싫었던 게 아닐까 싶습니다. 역에서 빠져나와 낯익은 거리를 조금 걷노라니 어디선가 갓 볶은 커피향이 풍기길래 냄새가 나는 곳으로 찾아갔습니다. 곧 죽을 테니 마지막으로 커피를 마시자는 생각이었습니다. 그렇게 담배 한 개비와 커피 한 잔을 앞에 두고 카페에 앉게 되었습니다. 그런데 얼마나 시간이 흘렀을까, 갑자기 눈에서 눈물이 주르르 흐르는 것이었습니다. 카페 스피커에서 〈하얀 무덤〉이 흘러나오고 있다는 사실을 불현듯 깨달았기 때문이었죠."

목이 마른지 그는 잠시 이야기를 멈추고 물을 마셨다. 그러더니 물잔을 내려놓고 옆에 놓인 위스키잔을 들어 향을 음미하면서 천천히 마셨다.

"한번 흐르기 시작한 눈물은 그칠 줄을 몰랐습니다. 아까 조희진씨가 흘렸던 눈물처럼 말입니다. 아카이도리는 제가 중학교 시절에 꽤나 인기가 있었던 밴드였습니다. 다들 히트곡인 〈다케다의 자장가竹田の子守唄〉나 〈날개를 주세요翼をください〉 같은 노래를 좋아했지만, 저는 나중에 그렇게 되려고 그랬는지 어려서부터 〈하얀 무덤〉처럼 슬프고 어두운 노래가 좋았습니다. 사쿠라시에서 살 때는 정말 유복했거든요. 아버지의 사업은 승승장구했고, 저는 원한다면 어떤 사람이든 될 수 있었습니다. 그래서 남들이 다 좋아하는 〈날개를 주세요〉 같은 노래보다는 〈하얀 무덤〉을 더 좋아했던 것인지도 모르죠. 그러다가 세월이 흐르고, 나는 어른이 되고, 그러면서 그런 노래도 다 잊어버리고, 중학교에 다닐 때 내가 어

떤 소년이었는지도 다 까먹고 있었는데, 그 기타 소리를 듣자마자
그 일들이 죄다 떠올랐던 겁니다. 나도 나 자신을 잊어버렸을 정
도이니 다른 사람들은 오죽했을까요. 그즈음에는 중학교 시절의
나를 기억하는 사람은 아무도 없었습니다. 몇 번의 사업 실패와
무모한 선거 출마로 집안은 거덜이 난데다가⋯⋯"

그는 말을 멈췄다. 마음 깊은 곳에서 어떤 감정이 북받쳐오르는
모양이었다. 그는 한참 가만히 숨을 몰아쉬다가 "미안합니다"라
고 하고는 다시 말을 이었다.

"그런데 그 노래는, 〈하얀 무덤〉만은 이렇게 중학교 시절의 나
를 기억하고 있구나 하는 생각이 들었어요. 그때 내게는 날개가
필요 없었지. 나중에 남자로서 죽을 일이 생긴다면, 4월의 사쿠라
조시공원의 벚꽃들을 바라보면서 죽겠다는 철없는 생각도 했었
지. 맞아, 모든 게 다 생각나네. 이제 알겠네. 내가 왜 여기까지 왔
는지. 우연히 흘러나온 노래 하나에 온갖 의미를 부여하는 걸 보
니, 진짜 죽기 싫었던 모양이라고 생각할지도 모르겠어요. 맞아
요, 어쩌면 전 죽기 싫어서 거기 고향까지 내려갔던 것인지도 몰
라요. 누군가 한 사람이라도 나를 알아보고 '이보게, 후쿠다 준 아
닌가! 고향에는 오랜만이네. 뭐라고? 자살이라고? 그게 무슨 소
리야?'라고 말해주기를 바랐던 것인지도 모릅니다. 그래서 4월이
면 늘 사람들로 북적대는 사쿠라조시공원으로 가려고 했겠지요.
그런데, 제게는 그 한 사람이 없었습니다. 한 사람만 있으면 충분

했는데 말입니다. 대신에 노래가 있었던 것이죠. 노래를 듣다가 너무나 감격한 나머지 저는 카페 주인에게 말했습니다. '이거 나도 꽤 좋아하는 노래입니다. 옛날 노래인데, 어떻게 아시나요?' 그러자 주인이 대답하더군요. '저는 잘 모르는 노래입니다. 아까 한국에서 온 어떤 남녀가 이 노래를 틀어달라며 시디를 주길래 듣고 있었는데, 그만 저도 까먹고 그 사람들도 까먹고 그냥 가버렸네요.' '그 사람들은 어떻게 이런 노래를 알았을까요?' '시디를 받으면서 얘기해보니까 여자가 한국의 인디 가수라던데, 어쨌든 가수라면 일반인이 잘 모르는 노래라도 알고 있어야 하지 않을까요?' '그 사람들 어디로 갔는지 혹시 아시나요?' '글쎄요, 아는 분들인가요? 관광 왔다니까 역사민속박물관이나 가와무라기념미술관 같은 데 가지 않았을까요? 참, 방명록에다가 뭘 적어놓고 갔는데, 그걸 한번 보시지요.' 그래서 저는 카페에 비치된 방명록을 들춰봤습니다. 제일 마지막 페이지에 일본어로 〈하얀 무덤〉의 가사와 함께 서명인 듯 'H.J.'라는 알파벳이 적혀 있었습니다. 그 아래에는 한국어로 뭔가가 쓰여 있었고요. 그땐 한국어를 몰랐으니까 읽을 수도 없었습니다. 저는 주인이 다른 일을 하는 틈을 타 슬그머니 그 페이지를 찢어서 주머니에 넣었습니다. 거기에 한국어로 뭘 썼는지는 알아야겠다고, 그때까지는 일단 살아 있자고 생각한 것이죠. 웃기지만 슬픈 이야기이기도 합니다. 말하자면 그게 저의 유일한 생명줄이었던 셈이죠. 그걸 몇 년 동안 부적처럼 주머니에 넣고 다녔습니다. 물론 이후 곧장 한국어를 배우지는 못했어요. 그럴 시간이 없었거든요. 그렇게 저는 재기하게 됐습니다. 완전히 다시 태어난 것이죠. 한국어를 배우기 시작한 건 삼 년쯤 전의 일이에요. 그제야 거기에 적힌 한글이 무슨 뜻인지 알게 됐죠. 내용을 알고 나니, 그 가수를 만나서 알려줘야겠다는 생각이 들더군요. 물론 그때 그 노래를 들을 수 있어 다시 살아갈 힘을 얻었다는 말도 전할 겸 말입니다. 그렇게 해서 겸사겸사 K-Culture진흥회에도 들어갔고, 그때부터 HJ라는 이니셜을 가진, 2004년에 일본을 방문한 적이 있는 한국의 여자 인디 가수를 수소문하게 된 것입니다."

후쿠다의 이야기는 그렇게 끝났다. 그가 말하는 가수는 분명 자신이 맞는 것 같은데, 어떻게 그럴 수가 있는지 희진으로서는 이해가 가지 않았다. 아무리 기억을 되짚어봐도 그날 오후 '시그램 벽화' 연작을 보고 나와서 미술관 옆 산책로를 거닐며 벚꽃이 만발한 아름다운 풍경에 취해 있었다는 사실만 또렷할 뿐, 다른 건 떠오르지 않았다. 특히 사쿠라의 카페에서 아카이도리의 음악을 들었다는 부분은 정말 처음 듣는 이야기였다. 희진은 그날 우리가 산책로를 둘러본 뒤 올 때와 마찬가지로 셔틀버스를 타고 사쿠라역으로 돌아가 바로 도쿄행 기차에 올라탔으리라고 짐작했다. 그도 그럴 것이 귀국 편이 그다음날 오전 비행기여서 그날 저녁에 시부야에서 쇼핑한 건 분명히 기억나니까. 게다가 아침에 사쿠라행 기차를 탄 곳도 도쿄역이었다. 그 말은 우리가 사철私鐵이 아니라 JR선을 탔다는 이야기이고, 그렇다면 게이세이사쿠라역 쪽으로는 아예 갈 일이 없었다는 뜻이다. 그러니 그녀로서는 어떻게 된 영문인지 알 길이 없어, 혹시 내가 기억하는 게 따로 있는지 궁금해서 메일을 쓴다고 밝혔다. 그렇게 해서 무슨 이유로 그렇게 긴 편지를 내게 보내야만 했는지에 대한 궁금증이 풀리게 됐다.

그래서 나도 그녀의 궁금증을 풀어주기로 하고 답장을 썼다. "갈 때는 네가 생각하는 것처럼 도쿄역에서 소부본선을 타고 사쿠라역까지 간 게 맞아. 거기서 셔틀버스로 갈아타고 곧장 미술관까지 이동했지. 그런데 돌아올 때는"이라고 나는 적었다. 돌아올 때는 웬일인지 그 셔틀버스가 게이세이사쿠라역으로 향했다. 게이세이사쿠라역은 사쿠라역에 비해 규모도 작고 동네 분위기도 달랐지만, 멍청하게도 나는 셔틀버스에서 내린 뒤에야 그 사실을 알았다. 처음 도착했던 역과 다른 역에 서 있다는 사실을 알게 된 순간부터 희진은 짜증을 부리기 시작했다. 오는 길과 돌아가는 길이 달라지는 게 왜 그렇게 중요한 것인지 알 수 없어서 나는 당황했다. 거기서도 도쿄로 돌아갈 수 있다고 말했지만, 그녀는 사쿠라역으로 가야만 한다고 고집을 부렸다. 그러다가 우리는 도쿄로도 사쿠라역으로도 가지 않고, 잠시 커피를 마시며 좀 쉬자고 해서 그 카페로 들어갔던 것이다. 원두 볶는 냄새가 카페 전체에 배어 있었다는 것? 그 정도까지가 내가 말할 수 있는 전부다. 거기서 희진은 아카이도리의 〈하얀 무덤〉을 들었나보다. 나는 뭘 했는지 전혀 기억나지 않았다. 희진과 마찬가지로 나 역시 기억이 희미했다. 그 시절의 우리를 우리조차도 기억하지 못하는 셈이었다.

메일에는 그녀가 짜증을 냈다는 이야기는 생략하고 왜 갈 때와 올 때 다른 선로를 타게 됐는지에 대해서만 썼다. 그 당시에는 미처 알지 못했던 사실들에 대해서도 인터넷을 검색해서 정확하게 썼다. 보고서를 쓰는 것처럼 소부본선總武本線, 사쿠라역佐倉駅, 게이세이 본선京成本線, 게이세이사쿠라역京成佐倉駅 등의 한자도 병기했다. 우리가 음악을 들었던 카페의 이름도 찾아내 그대로 복사해서 붙였다. 보내기 버튼을 클릭하기 전에 내가 쓴 메일을 읽었더니 그건 마치 어떤 사랑의 종말기 같았다. 그 누구도, 심지어는 사랑했던 두 사람도 기억하지 못하는, 짧고 은밀했던 사랑의 종말에 대한 보고서.

답장을 보내고 며칠이 지나자 희진에게서 다시 메일 한 통이 왔다. 그 편지는 마치 내가 쓴 글에 대한 반박처럼 보였다. 그러니까, 종말 이후의 사랑에 대해 말하는 편지 같았다.

하이랜드에서 후쿠다 씨가 십 년 만에 내게 돌려준, 카페 방명록에서 찢어낸 종이에는 〈하얀 무덤〉의 가사가 일본어로 적혀 있었어. 그 가사 아래에는 'H.J.'라는 이니셜이 있었는데, 아마도 거기까지가 내가 쓴 부분일 테고…… 그 오른쪽 아래로는 비스듬하게 누군가, 아마도 남자가 한글로 이렇게 적어놓았더라구. "우리에게는 아직도 지켜볼 꽃잎이 많이 남아 있다. 나는 그 꽃잎 하나하나를 벌써부터 기억하고 있다는 걸 네게 말하고 싶었던 것일 뿐." 그리고 무슨 일인지 그 아래에 '2014년 4월 16일'이라는 날짜가 적혀 있었지. 잘못 쓴 게 아니라면, 이건 십 년 뒤 미래를 기약하는 프러포즈인 것 같다며 후쿠다 씨는 내게 말했어. 나는 그렇지 않다고 반박하려고 했는데, 어쩐지 입이 열리지 않았어. 그러다가 나는 후쿠다 준이라는 사람이 이 세상에 살고 있어서, '날개를 주세요'라고 말할 필요도 없을 정도로 유복하게 살기도 했고, 고향에서 가장 행복했던 시절을 떠올리며 자살하려 했다가도 살아남으려고 안간힘을 쓰고, 어느 시점부터인가 줄곧 나를, 한 번도 만나본 적도 없고 얼굴도 모르는 나를 기억하게 된 일에 대해서 생각했어. 나는 그런 사람이 이 세상에 살고 있다는 것조차 모르고 있는 동안에도 나를 기억한 사람에 대해서 말이야. 그렇다면 그 기억은 나에게, 내 인생에, 내가 사는 이 세상에, 조금이라도 영향을 끼칠 수 있을까? 우리가 누군가를 기억하려고 애쓸 때, 이 우주는 조금이라도 바뀔 수 있을까? 하이랜드에서 나와 후쿠다 씨의 자동차를 타고 다시 요쓰야의 호텔로 돌아가는 길은 비에 푹 젖어 있었지. 빗물이 흘러내리는 차창으로 스며드는 빛들을 바라보며 나는 작년에 혼자서 제주도로 가던 밤을 떠올렸어. 그래, 바로 그 배야. 인천에서 출발해 제주로 가는 여객선. 난생처음 그렇게 오랫동안 배를 탄 거였는데 출항 직후부터 멀미가 나기 시작하더라. 한잠도 못 잘 정도로 고생했어. 속이 울렁거려서 누워 있을 수가 없었거든. 식당으로 가서 밤새 탁자에 몸을 기댄 채 둥근 창밖만 내다봤지. 거기에는 그저 어둠뿐이었어. 세상 누구도 기억하지 않을, 그저 캄캄한 밤바다. 그런데 가만히 바라보노라니까 그 어둠 속에도 수평선이 있어서 어둠과 어둠이 그 수평선을 가운데 두고 서로 뒤섞이는 거였어. 제주로 가는 길에 대한 기억이라면 그것뿐이야. 캄캄한 밤바다, 경계를 무너뜨리며 서로 뒤섞이는 두 개의 어둠. 그건 어쩐지 그해에 가와무라기념미술관에서 우리가 함께 본 마크 로스코의 벽화 연작들을 떠올리게 했지. 그래서 흥얼흥얼 노래를 불러보았어. 멀미에 시달리면서. 그 밤, 바다에서 나는 마크 로스코의 빛을 보았네, 라고 한번 불러보고. 괴롭고 힘들어서 좀 쉬었다가 다시, 내가 눈을 떼면 그대로 사라져버리는 빛을 보았네, 라고 불러보고. 음을 바꿔보기도 하고, 박자에 맞춰 손으로 두드려보기도 하면서. 그대로 두 팔에 얼굴을 파묻고 엎드려 제발 멀미가 사라졌으면 하고 바랐다가, 다시 몸을 일으키고 앉아서 뒷부분을 불러봤지. 한 사람을 기억하네, 다만 한 사람을 기억하네, 라고. 그러고 나니 그 부분이 마음에 들더라. 그래서 그 밤을 보낼 수 있었던 거야. 자는 듯 마는 듯, 웃는 듯 우는 듯, 한 사람을 기억하네, 다만 한 사람을 기억하네, 라고 흥얼거릴 수 있어서.

사랑의 단상 2014

1. 네스프레소 한정판 캡슐 커피 소사小史

최근에 지훈은 핸드폰을 잃어버렸다. 이십사 개월 약정 기간을 다 채우지 못했다. 벌써 두번째의 일. 약정 기간은 대개 어기기 일쑤거나, 혹은 점점 짧아지고 있었다. 그게 무엇과의 약정이든.

잃어버린 핸드폰에는 은행 보안 카드를 찍은 사진도 있었다. 점심시간에 그는 은행을 찾아갔다. 번호표를 뽑아들고 대기석에 앉아 정오 뉴스를 무심히 바라봤다. 창구에서 벨소리가 열몇 번 울린 뒤에야 그는 새로운 보안 카드를 발급받을 수 있었다.

옛 보안 카드는 이제 사용할 수 없었다. 저녁에 귀가한 지훈은 헷갈리지 않도록 그 카드를 없애려고 통장과 고지서 따위를 넣어두는 서랍을 뒤졌다. 카드는 은행 관련 서류들을 따로 모아둔 노란색 투명 파일 속에 들어 있었다.

파일을 꺼내다가 서랍 안에서 네스프레소 캡슐 하나를 발견했다. 은빛 캡슐이었다.

커피 캡슐이 왜 재정 서류들을 보관하는 서랍에 들어가게 됐을까?

숫자들을 알아볼 수 없도록 옛 보안 카드를 가위로 잘게 자르다가 지훈은 왜 그랬는지 기억해냈다. 그 은빛 캡슐은 몇 년 전 한정판으로 출시된 것이었다. 한 통에 열 개의 캡슐이 들어 있었는데, 한 잔 한 잔 마실 때마다 그해 봄을 보내는 게 너무 아쉽다는 생각이 들었다. 그래서 마지막으로 남은 캡슐 하나를 그 서랍에 넣어둔 것이었다.

지금도 마실 수 있을까?

캡슐 안에는 2011년 봄의 커피가 들어 있었다.

커피 이름이 궁금해 검색창에 '네스프레소 한정판 캡슐'이라고 입력했더니 그간 출시된 여러 종류의 한정판 캡슐들에 대한 페이지가 나왔다. 지훈이 서랍에서 발견한 은빛 캡슐은 그중 오니리오라는 이름의 커피였다. 설명에 따르면 네스프레소는 2006년부터 봄가을마다 한정판 캡슐을 출시했는데, 오니리오는 2011년 봄 여덟번째로 출시한 캡슐이었다.

삼 년이 지난 지금도 마실 수 있을까?

지훈은 문득 궁금했다.

그건 어쩐지 리나에게 물어봐야 할 것 같았다. 모든 게 눈부셨던 그해 봄, 오니리오를 지훈에게 선물한 사람이 그녀였으니까. 그러나 그들의 봄은 길지 않았다. 네스프레소 한정판 캡슐 커피 소사小史에 빗대어 말하자면, 리나와 지훈은 잘라야트라 이후에 만나서 크레알토 이전에 헤어졌고, 이제는 서로 애써 연락하지 않는 사이가 됐다.

애써.

사전에는 '몸과 마음을 다하여 무엇을 이루려고 힘쓰다'라고 나와 있었다. 그러니까 이제는 무엇도 이룰 것이 없기 때문에 몸과 마음을 다하지 않는 사이.

오니리오를 소개하는 페이지에는 제조 일자가 인쇄된 종이갑의 한 면을 찍은 사진이 있었다. 11.02.11은 2011년 2월 11일에 제조됐다는 뜻이다. 그 옆으로 나란히 찍힌 숫자 31.01.12는 2012년 1월 31일을 뜻한다. 이 날짜 위에는 'Best before'라고 적혀 있었다.

최상의 시기는 이미 오래전에 지나버렸다. 그게 어떤 최상의 시기이든.

그래도,

지훈은 중얼거렸다.

마셔야만 하지 않을까?

그 캡슐 안에 2011년 봄의 맛이 담겨 있다면.

2. 2011년 봄의 맛, 봄의 이백李白

숱한 저녁과 밤이 지나가는 동안 멀고 가까운 불빛들이 붉게, 또 하얗게 반짝였다. 언젠가와 마찬가지로 검은 강물은 쉬지 않고 흘렀다. 퇴근길의 올림픽대로는 늘 지체 아니면 정체였다. 먹이를 찾아 정신없이 집어등 불빛을 따라가는 고등어처럼 앞차의 빨간색 미등만을 뒤쫓는 것이 삼십대의 삶이었다.

그러는 동안, 지훈에게서 리나는 거의 지워졌다. 물에 풀리는 핏방울처럼 제일 먼저 몸의 윤곽이 기억의 저편으로 풀려나갔다. 다만 전혀 상관없는 어떤 여자에게서 리나의 향기를 맡을 때가 종종 있었다. 그럴 때면 마치 사랑에 빠진 맹인이 된 듯한 기분이었다.

그에 비하면 목소리는 독립적이었다. 오래도록 지훈의 곁에 머물며 불쑥불쑥 들리곤 했다.

지난여름이었나, 무슨 일로 지방에 갔다가 자정이 넘은 깊은 밤, 서울로 돌아온 일이 있었다. 중부고속도로에서 올림픽대로로 빠져나오자, 평소와 달리 차량이 거의 없는 4차선 도로가 펼쳐졌다. 마치 무리에서 벗어나 혼자 자유롭게 해류를 따라 헤엄치는 물고기라도 된 듯한 기분이었다. 지훈은 가속페달을 밟은 오른발에 힘을 줬다.

그때 불쑥 그 목소리가 들렸다.

"신입생 시절이라면, 밤의 한강이 보이던 차창이 제일 먼저 떠올라요."

지훈은 고개를 돌려 조수석을 바라봤다.

차창 너머로 한강 건너편 아파트와 가로등 불빛들이 보였다. 규정 속도 이상으로 과속하던 지훈은 브레이크를 밟으며 오른쪽 깜빡이를 넣었다. 자동차가 비스듬히 세 개의 차선을 가로지르며 밤의 한강 쪽으로 움직이는 동안, 지훈은 2011년 봄에도 최고의 풍경이 있었다면 그건 종이컵에 따른 사케를 마시기 위해 고개를 젖히던 리나의 왼쪽 얼굴이리라고 생각했다.

지훈은 다시 한번 고개를 돌려 조수석을 바라봤다. 거기에는 밤의 한강이 있었다. 서울에 한강이 흘러서 정말 다행이라고 그는 생각했다.

지훈의 기억이 맞는다면, 그건 '리하쿠'라는 이름의 사케였다. 리하쿠는 당나라 시인 이백李白의 이름을 일본식으로 읽은 것이었다.

리하쿠, 리하쿠.

지훈은 몇 번이나 그 사케의 이름을 중얼거렸다. 그러니까 2011년의 봄밤, 활짝 핀 벚꽃나무 아래에서, 리나와 나란히 앉아, 깊은 강을 바라보며, 그 사케, 리하쿠를 마셨다. 몽롱하고 서늘한 맛, 이라고 지금까지도 기억할 수 있는 건 그 병이 불투명한 푸른 빛이었기 때문에.

"대학 다닐 때는 지하철보다 차 타고 다니는 게 더 좋았어요. 차창 밖에는 늘 풍경이 있으니까. 그중 최고는 서쪽에서 동쪽으로 움직이면서 바라보는 밤의 한강이었죠. 신입생 시절이라면, 밤의 한강이 보이던 차창이 제일 먼저 떠올라요."

신입생 시절의 최고의 풍경을 마주하고 앉아서 리하쿠를 마시며 리나가 말했다. 지훈은 오른쪽으로 고개를 돌려 그런 리나의 왼쪽 얼굴을 바라봤다. 윤중로는 꽃놀이를 온 사람들로 북적였으나, 이 세상에 둘만 남은 것 같았다. 그리고 그렇게 둘만 남게 되자, 나머지 세상의 모든 것들이 일제히, 근사해졌다.

마치 거기 벚꽃들의 풍경처럼.

3. 심야의 잔치국수와 고양이 구출 작전

"이 글을 끝내면서 내가 진정으로 사랑에 대해 말하고 싶었던 것은 하나뿐이었다는 것을 다시 한번 강조하고 싶다. 사랑은 '빠진 상태'라는 것이다."*

호세 오르테가 이 가세트의 이 문장이 지훈에게 떠오른 건 신도시 거리의 모퉁이에 있는 한 국숫집에서였다. 시베리아에서 내려온 한파가 한반도의 상공을 뒤덮은 탓에 며칠째 맹추위가 이어지고 있었다. 자정이 지난 시간, 덜덜 떨면서 수십 대의 택시로부터 승차 거부를 당한 뒤 지훈은 충동적으로 국숫집의 문을 열었다.

유리문을 닫자, 들리는 소리라고는 케이블티브이에서 흘러나오는 성우의 목소리뿐. 단숨에 김이 서린 안경 너머, 그 시간까지 술에 취하지도 않은 중년 남자들이 저마다 외따로 앉아 국수를 먹고 있었다. 지훈은 뿌연 안경을 테이블 위에 벗어놓고 잔치국수를 시켰다.

주방 종업원이 국숫가락을 뜨거운 물 속에 넣은 후 타이머를 눌렀다.

다시 안경을 쓰니, 티브이 속에서는 어느 동네 주민들이 폭이 십 센티미터도 안 돼 보이는 좁은 배수로 주변에 모여 있었다. 갈색 얼룩무늬 고양이가 배수로에 빠져 있었다.

"어느 날, 울음소리가 들리더라구요."

몇 달 전, 고양이를 처음 발견했다는 남자가 말했다. 울음소리는 물론 발밑 배수로에서 들렸다. 거기 고양이가 있다는 사실을 안 동네 아이들은 학교에서 돌아오면 배수로 틈새에 손을 집어넣어 먹이를 줬다. 하지만 배수로의 폭이 너무 좁아 손으로 잡아서는 고양이를 꺼낼 수가 없었다.

남자의 제보를 받은 제작진이 119 대원들과 함께 고양이 구출 작전에 나섰다. 배수로와 연결된 맨홀로 고양이를 유인해 꺼내려는 게 그들의 계획이었다. 배수로 바깥에서 사람들이 자신을 몰아대자, 뒷걸음질치던 고양이는 도망칠 길이 막혀 예상대로 맨홀로 이어지는 연결 통로 속으로 들어갔다.

그리고 고양이는 거기서 웅크린 채 꼼짝도 하지 않았다. 맨홀 속의 119 대원이 먹이를 내미는데도. 배수로 옆의 아이들이 힘을 내라고 응원하는데도.

사랑이 막 끝났을 때였다. 지훈도 그 고양이처럼 어둠 속에서 겁에 질린 채 웅크리고 있었다. 그에게는 먹이를 내미는 119 대원도, 힘을 내라고 응원하는 초등학생들도 없었다.

예전의 나로 돌아가면 되는 일이라고 생각했지만, 거기 돌아갈 수 있는, 예전의 나 같은 건 없다는 걸 지훈은 그때서야 깨달았다.

애당초 원해서 빠진 게 아니었기 때문에 원한다고 빠져나올 수도 없었다.

고양이를 마침내 구한 것은 배관 시설을 감싸는 단열용 스펀지였다. 119 대원이 그 스펀지를 통로 속으로 넣어 밀어대자 고양이는 쫓기듯 맨홀 쪽으로 나왔고, 사람들은 환호성을 질렀다.

시간이 지나면 지훈 역시 쫓기듯 다른 사람을 만나서 또 사랑이라는 걸 할 것이다. 첫번째 사랑은 두번째 사랑으로만, 그리고 그 모든 사랑은 마지막 사랑으로만 잊히는 법이니까. 하지만……

하지만 꼭 구해야만 했을까, 배수로 속의 그 고양이?

그 순간, 대답 대신 잔치국수 한 그릇이 지훈의 앞에 놓였다. 국수에서는 힘내라는 초등학생들의 목소리처럼 뜨거운 김이 모락모락 피어오르고 있었다.

4. 소소하나 따뜻한 빛은 저물고 마음만 길게

"이젠 연애 같은 건 그만할 나이가 되지 않았나?"

"그럼 이젠 뭘 해?"

"결혼해야지."

"연앨 해야 결혼하지."

"너, 결혼하려고 연애하는 거 아니잖아?"

"결혼하려고 연애하는 게 무슨 연애냐?"

"그니까 넌 안 돼."

고등학교 시절의 친구와 소주잔을 기울이며 이런 시시껄렁한 대화를 주고받는 저녁이면 지훈은 인생의 소소하나 따뜻한 빛이 마음을 감싼다고 생각했다.

"근데 우리가 벌써 이런 대화를 나눌 나이가 됐나?"

북행하는 철새들을 본 뒤에야 겨울이 끝났음을 알게 된 사람처럼 지훈이 중얼거렸다.

"원한다면, 지금 당장이라도 여름에 이를 수가 있는데 말이지."

지훈이 말하자, 친구가 고개를 갸우뚱거렸다.

지금 당장, 영원한 여름에 이르는 방법.

1. 방콕행 비행기표를 끊고, 그 날짜에 출국장을 빠져나간다.

2. 방콕에서 국내선으로 갈아타고 끄라비로 간다.

3. 끄라비공항에서 택시 티켓을 끊고 아오낭으로 간다.

4. 아오낭의 게스트하우스에서 창 맥주를 마시며 하룻밤을 보낸다.

5. 다음날, 아오낭에서 롱테일 보트를 타고 라일레이로 간다.

"하지夏至. 여름에 이르다. 그러니까 영원히 하지만 계속되는 거지."

"하지만 혼자서, 영원히 하지만. 그게 좋겠냐?"

지훈의 말에 친구가 재치 있게 받아쳤다.

"마음만 없으면 돼. 모든 건 마음의 문제니까."

"몸의 문제는 아니고?"

검지를 들어 지훈의 가슴을 찔러대는 시늉을 하며 친구가 말했다.

"몸은 무죄야."

지훈이 말했다.

라일레이의 뷰포인트 리조트에서 리나와 단둘이 지내던 이틀 동안, 지훈은 그녀에 대해서 아무것도 몰라도 되는 남자였다. 점심식사 뒤, 함께 잠들었다가 깨어보니 침대에 지훈 혼자만 누워 있었다. 정신을 차리고 창문의 커튼을 걷으려는데, 빌라 앞 의자에 가만히 앉아 있는 리나가 보였다. 지훈은 물끄러미 그녀의 얼굴을 바라봤다. 그녀가 어떤 생각을 하는지, 그리고 무엇을 느끼는지 그로서는 전혀 알 수 없었다. 영원한 여름의 해변, 라일레이에서 지훈은 리나를 이해하지 못했다. 그럼에도 그녀를 안는 데에는 아무런 문제가 없었다. 영원한 여름에서 나누는 사랑이란 그런 것이다. 마음이 없어도 둘은 밤이나 낮이나 사랑할 수 있었다.

저녁이 되어 둘이서 해변을 산책하노라니 수평선 너머로 해가 저물기 시작했다. 둘은 나란히 서서 저무는 태양을 바라봤다. 낙조는 한낮의 태양만큼이나 붉고 또렷했다. 한참 바라보는데, 리나가 지훈의 어깨를 두드렸다. 돌아보니 해변에서 수많은 사람들이 맥주를 들고, 혹은 담배를 피우며 노을을 바라보고 있었다. 그들을 향해 지훈과 리나, 두 사람의 그림자가 모래 위로 길게 드리워졌다. 해가 수평선에 가까워지면서 둘의 그림자는 점점 더 길어졌다.

"언제나 마음이 유죄지."

영원한 여름이란 환상이었고, 모든 것에는 끝이 있었다. 사랑이 저물기 시작하자, 한창 사랑할 때는 잘 보이지도 않았던 마음이 점점 길어졌다. 길어진 마음은 사랑한다고도 말하고, 미워한다고도 말하고. 알겠다고도 말하고, 모르겠다고도 말하고. 말하고 또 말하고, 말만 하고.

마음은 언제나 늦되기 때문에 유죄다.

5. 핀란드행 여객기처럼 북쪽으로, 더 북쪽으로

프로방스에 머물다가 핀란드행 여객기를 타고 헬싱키공항에 내리면 이런 느낌이 들 것 같았다. 그러니까 유난히 따뜻했던 11월을 보내고 첫날부터 기온이 뚝 떨어져 눈까지 내리는 12월을 맞는 기분이라는 건.

그렇다면 12월은 무민의 나라라고 해도 무방하겠군.

팀원들과 저녁을 먹은 뒤, 골목 한쪽에 서서 담배를 피우며 지훈은 생각했다. 입김인지 연기인지 분간하기 어려운 하얀 김이 입에서 쏟아졌다. 대학 시절, 담배 연기는 눈에 보이는 한숨이라서 담배를 피운다는 여자 선배가 있었다. 같이 담배를 피우며, 그거, 꼭 보여줘야 하나요?, 라고 물었더니 바보, 라는 대답이 돌아왔다.

어차피 나만 아는걸, 그게 한숨이라는 거……

어차피 나만 아는걸. 그때의 선배를 흉내내어 지훈이 중얼거렸다. 집에 가고 싶다는 거……

그랬다. 지훈에게 12월은 무민의 나라가 아니라 야근의 나라였다. 내년도 사업 계획서를 만드느라 며칠째 퇴근이 늦어지고 있었다.

"무조건 사세요. 너무 싸게 나왔으니까."

같이 담배를 피우던 권대리가 하던 말을 이어서 했다. 그러니까, 내년 3, 4월 항공권이 지금 엄청나게 싸게 나왔다는 이야기.

"그런데 말이야, 지난여름에도 얼리버드로 오키나와 티켓 끊었다고 하지 않았어?"

문득 생각났다는 듯, 키보드 소리만 들리던 사무실의 적막을 깨고, 지훈이 권대리에게 물었다.

"그거, 평창 프레젠테이션 때문에 취소했잖아요."

파티션 너머에서 의외로 밝은 목소리가 들렸다.

"취소하면 수수료도 있겠지?"

"뭐, 그 정도야……"

"대범한데? 그런 마음으로 이따 술이나 사지."

"술 한 번만 안 마시면 비행기표 살 수 있다니까요."

"그런데 내가 지금 사업 계획서를 짜다보니까 말이에요, 권대리, 내년 봄에도 자네는 하나의 조직원으로서 취소를 선택하는 용단을 내려야만 할 것 같은데? 듣고 있나, 엉?"

부장 말투를 흉내내 지훈이 말했다.

"월급에 목 매인 노예 인생이 별수 있나요? 취소하라면 취소해야죠."

"노예 주제에 애당초 비행기표는 왜 끊어?"

"아직도 꿈이 많이 남아 있거든요. 그렇게 내 꿈의 일부를 타지 못한 비행기에 태워 보내는 거죠."

권대리의 말에 갑자기 지훈은 말문이 턱 막혔다.

그날 밤, 술자리는 없었다. 다들 지쳤으니까. 그럼 곧장 집으로 가야만 할 텐데, 하지만 혼자서 잠드는 그 집에서는 PPT 만드는 꿈이나 꿀 것 같았다. 하나의 사람으로서 용단을 내린다면 지금 핸들을 돌려야겠지, 라고 지훈은 생각했다. 그렇게 지훈이 운전하는 자동차는 집이 있는 강의 서쪽이 아니라 강의 북쪽으로 향했다. 마치 핀란드행 여객기처럼. 깊은 강을 건너고 어두운 터널을 빠져나온 뒤, 시청 옆 거대한 크리스마스트리를 지나 지훈의, 꿈의 일부가 아니라 꿈의 전부가 남아 있는 그 동네를 향해서, 북쪽으로, 더 북쪽으로.

6. 앨리스의 다락방에서 들리는 먼 북소리

토요일 오후, 산책의 끝은 언제나 앨리스의 다락방이었다. 부암동 초입에서 골목길 안쪽까지 종아리가 좀 땅긴다 싶은 정도로 걸어가면 나오는 모퉁이의, 전혀 앨리스처럼 보이지 않는 중년 부인이 10월 하순의 은행잎보다도 더 샛노란 카레를 끓여주는 이층 카페였다.

나무 계단을 밟고 올라가면, 계단 바로 뒤 창가에 두 사람이 나란히 앉을 수 있는 테이블이 있었다. 그 자리로는 늘 하오의 성기고 바랜 빛이 비스듬하게 드리워졌다. 원목 테이블 위 가지런히 놓인 아이비와 산호수와 포인세티아의 초록과 빨강은 저녁을 앞두고서야 또렷해졌다.

언덕 위의 카페였으므로 창으로는 하늘과 산, 그리고 그 아래 동네 풍경이 한눈에 들어왔다. 하지만 그 풍경이 지훈의 마음에 들어온 건 리나와 헤어지고 난 뒤의 일이었다. 그 자리에 홀로 앉아 하염없이 그 풍경만 바라보다가 돌아온 적이 두어 번 있었다.

깊은 밤이었음에도 여자 둘이 가운데 너른 자리를 차지하고 앉아 얘기를 나누고 있었다. 창가 자리는 그때 그대로였다. 지훈은 그 자리에 혼자 앉았다. 이제 창으로는 검은 봉우리와 먼 불빛과 환한 골목길밖에 보이지 않았다. 화분의 식물들도 낯설었다. 맥주한 병을 앞에 두고 그는 창밖의 풍경을 골똘하게 바라봤다. 그러고 보니, 그 자리에 세번째로 혼자 앉았던 날이 그 카페를 찾아간 마지막날이었다.

"이제 다 끝났어요."

환청처럼 그런 말이 지훈의 귀에 들렸다. 안 그래도 그 시절의 빛은 완전히 꺼져버렸다고 생각하던 참이었다.

"원래는 자정까지인데, 사정이 있어 오늘은 조금 일찍……"

아무리 봐도, 앨리스를 전혀 닮지 않은 카페 주인이었다.

"남은 술을 다 마실 시간은 되겠죠?"

술잔을 힐끔 쳐다보더니 그녀는 고개를 끄덕였다. 지훈이 남은 맥주를 마시는 동안, 주인은 문 닫을 준비를 했다. 그사이에 남자 둘이 들어왔다가 영업이 끝났다는 말에 다시 내려갔다. 그들이 내려가자, 주인은 지훈이 앉은 창가와 주방을 제외하고는 불을 껐다.

마지막 한 모금의 맥주를 마신 뒤, 지훈은 술값을 치렀다. 화장실에서 볼일을 보는데, 심장박동 소리처럼 규칙적인 북소리가 멀리서 들려왔다. 쿠웅쿵. 쿠웅쿵. 쿠웅쿵. 쿠웅쿵. 어떤 여자 가수가 부르는, 고요하고 은은한 노래였다.

"그런데 『이상한 나라의 앨리스』에서 따온 앨리스인가요?"

지훈이 카페 주인에게 물었다.

"다들 그렇게 생각하는데, 그게 아니라 〈Alice's Attic〉이란 단

편영화에서 따온 이름이에요."

Alice's Attic. 지훈은 기억하기로 했다.

"자기 안의 두려움 때문에 우리는 세상을 제대로 못 봐요."

"네?"

"그 영화가 그런 내용이에요."

그녀는 웃었다.

"아, 네."

지훈은 돌아섰다. 그러나 떠날 수가 없었다. 거기, 방금 전까지 자신이 앉았던 자리, 조명이 꺼진 그 테이블에 고요하고 은은한 광채가 드리워져 있었다. 그건, 달빛이었다. 조금 전까지도 보지 못한, 그 빛이 거기 그대로 있었다.

쿠웅쿵. 쿠웅쿵. 쿠웅쿵. 쿠웅쿵.

지훈의 심장이 북소리처럼 뛰었다.

7. 누군가에게 '해피 뉴 이어!'라고 말하고 싶은 밤

서른한 살에 자살한 실비아 플라스는 "튤립은 맨 먼저 너무 빨개서, 나에게 상처를 준다"고 썼고, 무대의 모리타 도지는 죽은 친구를 기억하기 위해 검은 선글라스를 한 번도 벗지 않았으며, 기억을 모두 지운다고 해도 누군가를 향한 마음은 결코 사라지지 않는다는 것을 말하기 위해 미셸 공드리는 영화를 찍었다는 것을 지훈은 전혀 몰랐을 뻔했다.

뿐만 아니라 겨울 서귀포의 눈송이와 봄 통영의 벚꽃과 여름 경주의 물안개가 얼마나 아름다운지, 또 얼마나 금세 사라지는지, 어떤 여자를 생각하면 왜 어깨의 주사 자국과 등의 점들과 콧잔등의 주근깨 같은 것들이 먼저 떠오르는지도 전혀 몰랐을 것이다.

그러니까 그날 밤 지훈이 'valiente'라는 스페인어를 떠올리지 않았다면.

"가만히 생각하니까, 이제 몇 시간만 지나면 신년이잖아요. 집에 혼자 있기 싫어서 옷을 챙겨 입고 무작정 나왔어요. 좀 걷고 싶어서. 좀 걸으면 생각이 나지 않을까 싶어서."

"무슨 생각?"

"옛날 생각이요. 잘한 일들, 잘못한 일들, 뭐 그런 것들."

"송구영신하면 되겠네. 좋은 건 기억하고, 나쁜 건 잊고. 그런데 지금 혼자야?"

"혼자 걷는 거, 걱정한 만큼 나쁘진 않았어요. 남들도 다 하는 일이니까."

"밤이 꽤 늦었는데?"

"어차피 잠도 안 올 테고요. 뭐하고 있었어요?"

"그냥. 송년 특집 프로그램들 보고 있었어. 이따 제야의 종소리나 들으려고."

"선배는, 재미있어요?"

"재미없어. 해마다 하는 뻔한 내용들이잖아."

"그걸 물었던 건 아니지만, 어쨌든 해마다 하는 뻔한 내용들, 맞네요."

"그런데 마지막 밤에 왜 혼자서 쏘다니는 거야? 남자친구는 어쩌고?"

"헤어졌어요. 신년에 맞춰, 무슨 금연 결심하듯이. 시내로 내려가긴 뭣해서 이 동네 안쪽으로 계속 걸었더니 카페가 하나 있길래 들어왔어요. 그런데 웬일인지 파티 분위기네요."

"아무래도 새해니까."

"다들 '해피 뉴 이어!' 하며 들떠 있는데, 혼자만 마치 선거에서 떨어진 대통령 후보처럼 심각한 표정으로 레몬차를 마시려니 한심해서. 그래서 전화했어요."

"그래서?"

"나도 누군가에게 '해피 뉴 이어!'라고 말하면 기분이 좋아질까 싶어서."

그 순간, 지훈은 언젠가 봤던 영화의 한 장면을 떠올렸다. 안나와 오토는 첫눈에 서로 반하지만 부모의 재혼으로 함께 살게 되고 어느 날 안나가 오토에게 몰래 종이 한 장을 쥐여준다. 거기에는

'valiente'라는 스페인어가 적혀 있었다. 스페인어 사전을 뒤져보니 그 단어의 뜻은 '용감한, 용기 있는, 멋진, 희한한'이라고 나와 있었다. 하지만 영화에서 그 단어는 '이따가 밤에 내 방으로 와'라는 뜻이었다. 잊지 말 것. 영화를 보며 지훈은 중얼거렸다. 용기를 낸다는 것은, 언제나 사랑할 용기를 낸다는 뜻이라는 것을. 두려움의 반대말은 사랑이라는 것을.

"해피 뉴 이어!"
리나가 말했다.
마찬가지로 '해피 뉴 이어!'라고 인사하는 대신에 지훈이 말했다.
"어디니? 내가 지금 거기로 갈게."

8. 단 한 사람이 없어서 사람의 삶은 외롭다

"사랑해."
봄꽃이 모두 진 금요일 밤의 떠들썩한 술집에서 지훈이 말했다.
"뭐라고요?"
목소리가 안 들릴 정도는 아닐 텐데, 맞은편에 앉은 사람이 되물었다. 지훈은 그 얼굴을 빤히 쳐다보다가 다시 말했다.
"사랑해."

"저한테 왜 그러세요?"

그 사람은 금방이라도 울 듯한 표정이었다. 그제야 지훈이 고개를 돌렸다

"아니다. 누군가에게 사랑한다고 말하면 기분이 좋아질까 싶었는데……"

"그렇다고 저한테 그러시면 되나요?"

권대리가 말했다.

"그러게. 외로워서 내가 미쳐가는 모양이네."

활짝 핀 윤중로의 벚꽃이 채 일주일도 지나지 않아 대부분 떨어지고, 제방의 가로수들에 연둣빛이 오르는 것을 멀리서 바라본 날이었다. 애써 웃으며 리나와 헤어진 지도 벌써 반년이 지났다.

그날 저녁, 지훈은 리나의 집을 찾아갔다. 헤어진 뒤, 세번째 방문이었다. 앞서 두 번의 충동적인 방문과 마찬가지로 간다고 미리 연락하진 않았다. 혹시나 만날 경우엔 스웨터 핑계를 댈 생각이었다. 철도 모르고 입고 나갔다가 너무 더워서 그 집에 벗어두고 온 스웨터, 리나가 좋아하던 스웨터, 둘이 사랑하는 동안에만 입었던 남색 스웨터. 하지만 처음 두 번은 스웨터 얘기를 꺼낼 일도 없었다. 리나가 집에 없었으니까. 지훈은 문 앞에 서 있다가 그냥 돌아왔다.

세번째로 찾아간 날, 지훈은 술에 취해 있었고 외로웠다. 집안

의 불이 모두 꺼져 있었기 때문에 지훈은 앨리스의 다락방에 가서 리나가 올 때까지 기다렸다. 좋은 일들과 나쁜 일들이 두서없이 떠올랐다. 옛날이야기, 모두 옛날이야기…… 그런 생각이 들어서 지훈은 혼자서 맥주를 몇 병 마셨다.

그리고 몇 시간이 흘러 깊은 밤, 지훈은 다시 리나의 집으로 찾아갔다. 리나는 집에 있었지만 문을 열어주지 않았다. 두 사람 사이에는 닫힌 문이 있었다. 두번째 찾아갔을 때, 지훈은 리나가 현관의 비밀번호를 바꾸지 않았다는 사실을 알게 됐다. 자물쇠가 풀리는 소리가 들렸다가, 이윽고 다시 잠겼다. 돌아오는 발걸음이 무척이나 가벼웠다.

하지만 지훈은 이제 리나가 비밀번호를 바꾸는 것을 잊어버렸다고 생각하게 됐다. 그렇다면 문이 열린다 해도 그 비밀번호가 진짜 비밀번호가 될 수는 없었다.

옛날이야기, 모두 옛날이야기……

꽃이 지는 건 꽃철이 지났기 때문이다. 그리고 사랑이 끝나는 건, 이제 두 사람 중 누구도 용기를 내지 않기 때문에.

사람은 평생 삼천 명의 이름을 접한다고 한다. 이름과 얼굴을 함께 기억하는 사람은 삼백 명 정도인데 그중에서 친구라고 부를 수 있는 사람은 서른 명이고, 절친으로 꼽을 수 있는 사람은 세 명이라고. 그렇다면 사랑한다고 말할 수 있는 사람은 몇 명이나 될까?

그건 언제나 한 명뿐이라고 지훈은 생각했다.

평생 삼천 명의 이름을 접한다고 해도 그중 사랑한다고 말할 수 있는 사람은 언제나 단 한 명뿐이라고. 그 단 한 사람이 없어서 사람의 삶은 외로운 것이라고.

9. 나를 사랑했던 너에게, 그리고 더이상 나를 사랑하지 않는 당신에게

먼저, 잘 지내시냐고 묻는 게 예의겠지요. 뒤늦게 우리가 예의를 차린다는 건 웃기는 일이지만, 언제부터인가 나는 당신을 늘 존칭으로만 떠올리게 됐습니다. 언젠가 우리가 시외버스를 타고 낙동강 하구를 지날 때 나는 생각했지요. 이대로 저 강물이 멈췄으면 좋겠다고. 하지만 시간은 단 한순간도 멈추는 일 없이 흐르고 흘렀고, 한때 서로 안을 때면 조금의 틈도 허용하지 않았던 우리도 이렇게 멀리 떨어지게 됐네요. 그러니 그때는 혼잣말을 하듯 "그때, 그 바다 말이야……"라거나 "그 사과 있잖아……"라고만 해도 무슨 말인지 당신은 금방 알아차렸지만, 이제는 완벽한 문장을 갖춰서 말할 수밖에요.

마찬가지로 이제는 당신의 뒷모습만 자꾸 떠오릅니다. 얼굴은 어떻게 생겼더라, 생각하려고 해도 자꾸 뒷모습만, 그저 뒷모습만. 내가 뒷모습을 사랑한 게 아니었는데도 가을의 거리에서 뒤돌아 걸어가던 그 뒷모습, 여름의 방에서 땀을 흘리며 잠들었던 당신의 뒷모습만 떠오릅니다. 그리고 당신의 뒷모습을 떠올릴 때 나는 마치 자신의 시대가 모두 끝난 뒤 네거리에 서 있는 동상의 위인처럼 더이상 어떤 욕망도 없이 굳어가는 기분이 듭니다. 그게 바로 당신의 뒤에 있는 남자의 불행, 남자로서의 나의 불행입니다.

불행한 남자라고 말할 때, 나는 손이나 발, 혹은 심장 같은 게 없는 사람이 된 것 같습니다. 이상한 일이기도 하지요. 당신이 곁에 있을 때 내겐 손이나 발, 혹은 심장 같은 게 없어도, 심지어 나란 사람이 애당초 이 세상에 없었다고 해도 아무런 상관이 없겠다고 생각했으니. 그럼에도 내가 이 세상에 태어나 많은 것을 보고 배우고, 그렇게 자라서 이 세상에는 나뿐만 아니라 헤아릴 수 없이 많은 사람들이 살아가고 있으며, 그 많은 사람들 가운데 당신이라는 사람이 있어서 우리가 만나고 사랑하게 됐다는 게 기적처럼 여겨집니다. 나의 쓸모는 거기에 있었습니다.

한 사람을 위한 쓸모는 무용해졌습니다. 그리고 이제 내게는 쓸모없는 것들이 넘쳐납니다. 서로 마주보고 서 있다가 갑자기 웃음이라도 터진 것처럼 앞다퉈 꽃을 피우던 두 그루의 벚나무가 있는 석촌호수의 잔물결, 연신 불어대는 겨울바람에 질렸다는 듯이 하얗게 김이 서리던 연남동 길모퉁이 오뎅가게의 네모난 유리창, 서

늘한 바람이 부는 평일 저녁 동피랑 마을에서 내려다보던 강구안 주변의 반짝이는 불빛들, 뷔페를 먹으러 가는 중국 관광객들로 가득한 호텔 엘리베이터에서 빠져나오자마자 보이던 곽지과물의 아침 바다…… 영원히 흔들리고 출렁이기 때문에 아름다운 것, 이 모든 것들도 당신이 없다면 무슨 소용이겠습니까?

그처럼 내 안에는 당신이 아니라면 누구에게도 하지 못하는 말들, 아무런 쓸모도 없는 말들이 가득하네요. 끝내 부치지 못할 이 편지에 적힌 단어들처럼. 그중에서도 가장 쓸모없는 말은, 그때는 말할 필요조차 없었던, 하지만 이제는 누구에게도 말할 수 없게 된 그 말, 한때 나를 사랑했던 너에게는 말할 수 있었으나 이제 더이상 나를 사랑하지 않는 당신에게는 말할 수 없는 그 말, 사랑한다는 말입니다.

나를 사랑했던 너에게, 그리고 더이상 나를 사랑하지 않는 당신에게.

부디 잘 지내고, 잘 지내시길.

10. 거기에 사랑이 있었다는 사실을 기억하기를

지훈은 이제 서른다섯 살이 됐다. 서른다섯 살이란, 앉아 있던 새들이 한꺼번에 날아가고 난 뒤의 빈 나무 같은 것이라고 그는 생각했다. 사방이 툭 트인 들판에 적막하고 고요하고 쓸쓸하게 서 있는 나무 한 그루와 같은 삶이 이제 막 시작된 것이라고.

퇴근 무렵, 권대리에게서 '이런 사람이 과장님 말고도 또 있네요^^'라는 문자와 함께 기사 링크가 날아왔다. 하던 업무를 마저 끝내고 기사를 클릭했더니 어떤 남자 배우의 인터뷰가 나왔다. 그 배우는 자신의 마음을 표현하는 걸 좋아해 남자들에게도 사랑한다는 말을 자주 하는 통에 주변 사람들을 당황하게 만든다고 했다. 인터뷰를 다 읽고 나서 지훈이 답을 보냈다.

'생긴 것 말이야?'

그러자 곧바로 'NO!'라는 글자와 함께 양손으로 머리통을 쥐어뜯으며 눈물을 줄줄 흘리는 오리 캐릭터의 이모티콘이 나타났다.

'그럼 기력지가?'

이번에는 하트 표시를 내뿜으며 강아지와 고양이가 서로 부둥켜안은 이모티콘과 함께 '유머 수준은 부장님급이세요'라는 메시지가 들어왔다. 그 하트 표시를 바라보다가 지훈은 별다른 뜻 없이 기사가 게재된 웹사이트 검색창에 '사랑해'라고 입력해보았다. 문득 사람들은 언제 '사랑해'라는 말을 하는지 궁금해져서였다. 곧 그 말이 포함된 기사들이 검색됐다.

지훈은 그 목록의 의미를 금방 깨달았다.

자신은 이제 새들이 모두 날아가고 난 뒤의 빈 나무 같은 사람이 됐다고 생각했지만, 그 기사들은 그렇지 않다고 말하고 있었다. 한번 시작한 사랑은 영원히 끝나지 않는다고, 그러니 어떤 사람도 빈 나무일 수는 없다고, 다만 사람은 잊어버린다고, 다만 잊어버릴 뿐이니 기억해야만 한다고, 거기에 사랑이 있었다는 사실을 기억할 때 영원히 사랑할 수 있다고.

꼭 살아서 온댔는데 끝내 통화가 끊겼지… 네가 만든 빵 맛이 그립다
2014-12-25 20:05
로 태어나고. 그땐 많이 사랑해줄게. 이다음에 하늘나라에서 다시 만나자. 사랑해 범수야. 오늘은 형의 생일이야. 거기서 축하해주렴.

'사랑한다' 한마디 못했던 아빠는 널 정말 사랑했대… 너 없는 겨울 너무 춥구나
2014-12-23 22:09
해주고 있지? 아빠는 네가 가고 나서 너에게 사랑한다는 말 한마디 해주지 못했다면서 매일 아침 동생들에게 "사랑해"라고 노래를 한단다. "사랑해"라는 말이 참 아프게 들리

침몰하던 그 시각 "사랑해요" 마지막 문자… 딱 한 번 볼 수 없겠니?
2014-12-17 20:23
사랑하는 내 딸 혜원아. 이렇게 이름만 불러도 아빠는 눈물을 주체하

질 못한다. 엄마는 아빠가 너무 울어서 아빠가 안 보이는 곳에서

'재밌게 살자'더니… 다시 만나면 재밌게 놀자
2014-12-11 20:28
진혁아, 많이 보고 싶어. 널 절대로 잊지 못할 거 같아. 다음 생에도 나랑 친구해주고 부디 행복해야 돼. 사랑해. ♡ -현수-

엄마 아프게 하는 사람 혼내주겠다고 했지… 깜깜한 이 길 헤쳐갈게
2014-12-10 20:22
어떻게 걸어나가야 할지. 동현아, 보고 싶어. 우리 아들 늘 함께하고 있지? 여행 첫날밤 불꽃놀이에 재미있다고 보냈던 문자. '아들 사랑해'하니까 '나도 사랑혀요'라고 했었지. 너무

추모 공원 다녀왔어… 행복했던 추억이 눈물에 맺힌다
2014-12-09 20:50
생이 있다면 다시 한번 엄마, 아빠 딸이 되어주길. 그래서 더 많이 우리 지민이를 안아주고 사랑해줄 수 있게 되길 간절히 기도해본다. 영원히 사랑해 지민아. 너를 너무도 그리워하는

* 호세 오르테가 이 가세트, 『사랑에 관한 연구』, 전기순 옮김, 풀빛, 2008.
** 소설 속 기사는 한겨레 특집 연재 기사 '잊지 않겠습니다'(2014)에서 인용했다.
해당 글은 『잊지 않겠습니다』(416가족협의회, 김기성·김일우 엮음, 박재동 그림,
한겨레출판, 2015)로 묶여 출간됐다.

다시, 2100년의 바르바라에게

1

지난해 크리스마스 무렵, 엄마에게서 전화가 걸려왔다. 이런저런 사소한 안부를 묻는가 싶었는데 병원에 계신 할아버지가 좀 이상해진 것 같다고 조심스레 말했다. 몇 년 전부터 입퇴원을 반복하던 할아버지는 지난겨울부터 간병인이 이십사 시간 돌보는 병동에 입원해 있었다. 그런데 간병인이 말하길, 할아버지가 아무도 없는 곳을 보며 거기 누군가 있다는 듯이 어떤 표정을 짓고, 또 대화를 나누듯 혼잣말을 한다는 것이었다. 마치 눈을 뜬 채로 꿈꾸는 사람처럼 말이다. 그리고 그 꿈에 반복적으로 등장하는 건 바르바라라는 여자와 토마토라고 했다.

"간병인이 할아버지 지금 누구랑 말씀하시는 거예요, 라고 물었더니 바르바라잖아, 라고 하시더라네. 또 한번은 눈을 뜨고 두리번거리시다가 바르바라는 토마토 가지고 원산으로 먼저 간 거야?, 라고 물으셨대. 원산 얘기하시는 거 보니까 이북 사실 때 기억인 모양이지?"

"바르바라라면 세례명 같은데요. 원래 할아버지 이전까지는 우리 집안이 천주교를 믿었다고 했잖아요."

"그러잖아도 너희 아버지는 뭐 아는 게 있는가 싶어 물어봤는데, 역시 바르바라라는 이름은 처음 듣는다네. 그런데 옛날에 네가 할아버지 이야기를 책으로 낸다고 하지 않았었나? 그래서 한창 대학원생 시켜서 할아버지 구술하는 거 녹음하지 않았니?"

"그랬었죠. 그런데 그 파일들, 아직 녹취를 다 풀지 못했어요."

"사장이 말을 바꿨다고 했었나?"

"요새 독자들이 옛날이야기를 별로 안 좋아하니까 좀 다른 방식을 생각해보자던 거였죠."

"하긴 케케묵은 6·25 때 이야기를 누가 돈 주고 사서 읽겠니? 어릴 때부터 전쟁 얘기 하도 들어 나도 다 겪어본 것 같다. 칠십 년이나 얘기했으면 됐지, 이젠 지긋지긋해. 종전 선언은 왜 안 한 대니?"

엄마의 말에 나는 할말이 없었다. 전쟁 이야기가 아니라 할아버지가 들려주는 백 년의 지혜라고 생각하고, 젊은이를 대화 상대로 세대 간에 소통하는 책을 내보자며 들떴던 사장은 막상 첫번째 녹취 원고를 읽어보고는 실망한 눈치였다. 할아버지가 다른 청년들의 부탁을 받아 수도원에 있던 인쇄기로 반공 삐라를 인쇄한 일을 처음부터 너무 상세하게 얘기했기 때문이었다. 그 탓에 사장에게는 할아버지가 반공주의자라는 선입견이 생겼다. 그뒤로 두번째, 세번째 녹취 원고를 보여줘도 반응이 미지근했다. 일이 그렇게 돌아가자, 진로 고민이 많던 대학원생도 열의를 잃고 중도에 그만두면서 녹음 파일의 삼분의 이 정도는 녹취를 풀지도 못한 채 내 하드디스크에 그대로 남게 되었다.

"혹시 거기에 바르바라와 토마토에 대한 이야기가 나오는가 싶어서 물은 건데, 정신이 오락가락하는 분한테 쓸데없는 관심인 것 같기도 하네. 그건 그렇고 더 늦기 전에 한번 내려와보지 않을래? 간병인 말로는 경험상 눈을 뜨고도 돌아가신 분들이 보이기 시작하면 시간이 많이 남지 않았다는 뜻이라는데, 정신이 있으실 때 할아버지를 뵙는 게 낫지 않을까?"

엄마의 말에 나는 그러겠노라고 대답했다.

전화를 끊자마자 인터넷에 '바르바라'라고 검색했다. 그러자 제일 먼저 한 사람에 대한 설명이 나왔다. 이교도인 왕의 딸로 태어난 바르바라는 아름답고 영특했다고 한다. 미모 때문에 딸이 세상에 더럽혀질까 걱정한 왕은 누구도 만나지 못하도록 딸을 탑에 가둔다. 하지만 진리를 알고자 하는 그녀의 열망까지 가둘 수는 없었다. 자신이 여행을 다녀온 사이에 바르바라가 세례를 받고 그리스도인이 됐다는 사실을 안 왕은 격분해 그녀를 죽이려고 한다. 하지만 바르바라는 기적적으로 그 손아귀에서 벗어난다. 그녀는 은신처에 삼위일체를 뜻하는 세 개의 창문을 달고 그곳에서 기쁨의 나날을 보내다가 왕에게 다시 붙잡힌다. 왕은 바르바라를 재판에 넘기고 배교를 강요하지만 그녀가 끝까지 거부하자 직접 나서서 그녀를 참수한다. 전설에 따르면, 바르바라의 목을 자른 직후 왕은 하느님의 심판을 받아 번개를 맞고 죽었다고 한다. 성인 바르바라가 번개나 포탄으로 갑자기 죽음을 맞는 사람들의 수호성인이 된 까닭은 그 때문이다. 이분이 내가 찾은 첫번째 바르바라였다.

나는 노트북을 켜고 할아버지의 녹취 원고 파일을 열었다. 그러자 다음과 같은 문장이 나왔다. 주석에는 할아버지가 번역한 프랑스 철학자 루이 라벨의 책에 나오는 구절이라고 적혀 있었다.

육체는 우리 외에는 이 세상에 있는 다른 어떤 누구도 들어갈 수 없는 아주 협소한 영역 안에 우리를 가둬버린다. 그러나 영적 삶은 이와 반대로, 우리를 존재하는 것의 공통적인 첫 시원으로 이끌어간다. 또한 고립은 자신에 대한 애착에서 생겨나는 것으로 타인을 멸시하기에 비극을 초래한다. 하지만 고독은 우리 자신으로부터도 이탈하는 것이다. 이 이탈을 통해 각 존재는 공통의 시원으로 돌아갈 수 있다.

　나는 그 파일에서 찾기 창을 열어 '바르바라'를 검색했다. 그러자 할아버지의 녹취 속에 다른 바르바라가 등장했다. 그리고 그 이야기 속에는 미래의 바르바라, 팔십 년 뒤의 또다른 바르바라가 숨어 있었다.

2

　몇 년 전 할머니가 돌아가시고 난 뒤, 할아버지는 서서히 삶의 규모를 줄여나갔다. 부엌살림부터 시작해 옷과 가구를 처분했고, 몇십 년을 사는 동안 집안 구석구석에 쌓아온 온갖 잡동사니들을 내다버렸으며, 아버지와 고모의 물건들은 두 분을 불러 가져가라고 했다. 마지막까지 남아 있던 건 평생 지방 사립대에서 철학 교수로 근무한 할아버지의 밥벌이가 되어준 책들이었다. 출판사에 다니고 있던 나에게 할아버지가 연락한 건 그 책들 때문이었다. 전공과 관련한 절판본과 희귀본은 근무했던 학교에 기증했고, 나머지 책들은 고물상에 넘기려고 하는데 그전에 혹시 가져가고 싶은 책이 있다면 골라가라는 것이었다. 아마도 할아버지는 내가 그 제안을 마다하지 않을 거라고 확신했던 것 같다. 할아버지의 짐작대로였다. 그렇게 해서 그해 현충일에 나는 차를 몰고 대구에 있는 할아버지 댁으로 책을 가지러 가게 됐다. 아침을 먹자마자 출발했으나 연휴를 맞아 지방으로 향하는 차들로 고속도로가 꽉 막혀 할아버지 댁에 도착했을 때는 긴 여름 해도 저물고 난 뒤였다. 할아버지는 동네의 오리고깃집을 예약해놓고 나를 기다리고 있었다.

어린 시절, 여동생과 방학 때 몇 번 할아버지 댁에서 지낸 일을 빼면 할아버지는 명절 때나 뵙는 분이었다. 내게 할아버지는 다정다감하고 사랑이 많은 분이었는데, 원래는 그렇지 않았다고 아버지는 회상했다. 수도원을 나오면서 신앙을 버린 탓이었는지 아버지가 어렸을 때는 얼음장처럼 차가운 성격이었다고. 그러다가 내가 초등학교에 들어갈 무렵부터 성격이 바뀌었다고 했다. 아버지는 손자와 손녀가 태어나면서 할아버지가 달라진 것이라고 추측했다. 내가 출판사에 편집자로 취직했을 때, 할아버지는 무척 기뻐했다. 모든 것을 직접 체험하면서 이 우주를 인식하기에는 육신의 삶이 너무나 짧기 때문에 인간은 말과 글을 통해 서로 협조함으로써 자신을 완성해나갈 시간을 단축해야만 한다는 할아버지의 말에 나는 백 퍼센트 동의했다. 덕분에 책은 우리의 나이 차이를 뛰어넘는 징검다리가 되어주었다.

그날도 나는 『알렉산드리아도서관의 불』이라는 신간을 들고 갔다. 고대 이집트에 있던 알렉산드리아도서관에 소장됐다가 도서관이 불타면서 유실된 책들에 대한 내용이었는데, 고깃집에 마주

앉아 얘기하다보니 어느샌가 다산 정약용으로 이야기가 넘어갔다. 할아버지는 그즈음, 천주교 신자라는 혐의를 받아 추국청으로 끌려가 심문받던 정약용에 대해 많이 생각하고 있다고 했다.

"갑진년 봄이니까 그게 1784년일 거야. 그 전해에 동지사의 서장관으로 연행길에 나선 아버지를 따라 북경에 간 이승훈이 북당을 찾아가 그라몽 신부에게 베드로라는 이름으로 세례를 받았단 말이야. 그걸 배후 조종한 사람이 친구 이벽이지. 그래서 이승훈은 그해 봄에 귀국하면서 이벽의 부탁대로 책과 십자고상과 상본과 성물을 잔뜩 들고 들어와. 그의 귀국을 가장 반긴 사람들이 바로 정약용 형제들이었어. 정약용은 이승훈의 처남이고, 이벽은 큰형 정약현의 처남이고, 또 나중에 백서사건으로 결국 집안을 몰락하게 만든 황사영은 정약현의 사위였으니까 그 일의 중심에는 정약용 형제들이 있었던 거야. 다른 사람들은 다들 구라파에서 온 귀한 보물을 탐내는데, 이 사람들한테는 책이 보물이지, 뭐. 서로 먼저 읽으려고 달려들어 우애가 상할 지경이었어. 그 책들 중에 리마두의 『교우론』도 있었는데, 읽고는 형제들이 아주 홀딱 반해버렸지. 리마두의 문장은 깔끔하면서도 젠체하는 태도가 전혀 없거든. 요즘 말로 하자면, 쿨하다고나 할까. 게다가 세속의 물질적 행복보다 우정의 소중함을 말하는 내용도 젊은 그들의 마음에 쏙 들었지.

그 책에 알렉산더대왕 이야기가 나오는 거 알아? 성리학적 이

넘으로 숨막히던 그 시절에 알렉산더대왕과 다리우스 3세가 등장하는, 서쪽 끝에 매달린 나라 이야기를 읽으니 따분한 한양 생활에 지친 젊은이들이 얼마나 신이 났겠어. '여아가 항행하여 무화하면 기식우지진부재리오 如我恒幸無禍, 豈識友之眞否哉'라면 리마두의 그 책에 나오는 문장으로, '만약 내게 항상 행복만 있고 불행이 없다면 어찌 벗의 참되고 거짓됨을 알 수 있으리오'라는 뜻인데, 그 몇 년 뒤 신유박해가 일어나면서 이승훈이며 이벽이며 정약용 형제들은 그 문장이 가리키는 바를 온몸으로 절감하게 되지. 추국청에서 고문을 받으며 한때의 벗이었던 그들이 서로를 부인하고 고발하는 중심에 정약용이 있었어. 그때 다산은 삼십오 년 뒤, 그러니까 세상을 떠날 무렵의 자신을 생각할 수 있었을까? 못했겠지. 하지만 유배에서 돌아와 죽음을 앞둘 때의 다산은 분명 삼십오 년 전의 자신을 생각했을 거야. 과거의 우리를 생각할 수 있는데, 왜 미래의 우리는 생각할 수 없을까? 그간 중단했던 내 신앙 공부를 여기서부터 다시 시작할까 해."

깊은 밤, 뒷좌석과 트렁크에 할아버지의 책을 잔뜩 실어 무거워진 차를 몰고 서울로 돌아오며 할아버지의 이야기를 혼자 듣고 말기에는 아깝다는 생각을 했다. 그 이야기들을 엮어 책으로 펴내면 어떨까? 괜찮은 아이디어 같았다. 추국청의 정약용에 대해 말하던 할아버지의 얼굴을, 마치 눈물 없이 우는 새와 같았던 그 표정을 그대로 전달할 수만 있다면 좋을 텐데.

그다음 주가 되어 대형 서점에 볼일이 있어 들렀다가 나는 문득 리마두, 즉 마테오 리치의 그 책을 떠올렸다. 제목은 들어봤지만 거기 무슨 내용이 실렸는지 펼쳐본 적은 한 번도 없었다. 그래서 『교우론』과 함께 정약용의 삶을 다룬 책을 몇 권 사 들고 집에 돌아왔다.

그날 밤, 침대에 누워 『교우론』부터 펼치니 "구라파인 리마두 적다"라는 첫 문장이 나오고 바로 "저는 서쪽 끝最西으로부터 항해하여 중국에 들어왔습니다"라는 문장이 이어졌다. 할아버지의 이야기를 들어서인지 '서쪽 끝'이라는 단어를 보는데 갑자기 이백삼십여 년 전 젊은 문인들의 심정이 고스란히 느껴지면서 가슴이 두근거렸다. 나는 침대에서 내려와 책상으로 가서 나머지 부분을 정독했다. 역산왕歷山王이라고 표기된 알렉산더대왕의 일화는 뒷부분에 여러 편이 나왔다. 할아버지가 말한, 다리우스 3세가 등장하는 부분은 다음인 것 같았다.

알렉산더대왕이 지위를 얻기 이전에는 나라의 창고가 없었다. 획득한 재물을 모두 사람들에게 후히 나누어주었기 때문이다. (당시 알렉산더대왕에게) 필적할 만한 나라의 왕은 부유하고 융성했으나, 창고를 채우는 데에만 힘썼다. (그가) 알렉산더대왕을 이렇게 비웃었다.

"그대의 창고는 어디에 있는가?"

알렉산더대왕이 말했다.

"벗의 마음속에 있다."

대학 시절에 나는 이란으로 배낭여행을 떠난 적이 있었다. 그때 〈페르세폴리스〉라는 애니메이션 영화를 인상적으로 본 기억이나 일부러 시라즈까지 가서 페르세폴리스를 구경했었다. 『론리플래닛』에 실린 사진을 보긴 했어도 고대 유적지라는 것만 생각하고 갔지, 그렇게 화려하고 정교한 조각들과 건축물들이 있을 줄은 전혀 예상하지 못했기에 입구인 만국의 문에서부터 입을 다물 수가 없었다. 폐허가 된 유적만으로도 그 도시가 얼마나 웅장했을지 짐작할 수 있었으니, 고대에 그처럼 엄청난 부를 쌓을 수 있었던 힘의 원천이 무엇이었는지 궁금했다.

다리우스 1세가 쌓아올린 그 보물의 도시는 몇 대를 거치며 유지되어오다 알렉산더대왕에 의해 약탈당한 뒤 파괴됐다. 『교우론』에서 말하는 알렉산더대왕에게 필적할 만한 왕이란 그 후대 왕인 다리우스 3세를 뜻하는 게 분명했다. 페르세폴리스에 남아 있는 다리우스 3세의 보물 창고 규모를 직접 확인하고 나면 "나의 창고는 벗의 마음속에 있다"고 답하는 알렉산더대왕의 호기가 얼마나 대단한지 짐작이 갈 것이다.

그런데 이 일화를 나보다 이백삼십여 년이나 앞서 정약용 형제들이 읽었다고 생각하니 신기하기만 했다. 서로 앞다퉈 읽으려고 우애가 상할 지경이었다는 할아버지의 말을 곧이곧대로 믿자면, 페르세폴리스에 가서 다리우스 3세의 창고가 얼마나 대단했는지 두 눈으로 확인했어야 하는 사람은 내가 아니라 그들 형제이지 않았겠냐는 생각마저 들었다. 나는 이란을 여행하는 정약용 형제들을 상상해봤다. 그랬다면 정약전은 페르시아만의 이색적인 물고기들에 대한 책을, 정약용은 누구도 믿지 않을 여행기를 썼을 것이다. 그리고 정약종은 그길로 예루살렘을 거쳐 로마까지 갔을지도 모른다. 그런 상상을 하니 그들 형제의 모습이 역사책의 갈피를 찢고 나와 또렷해졌다.

그해 추석이 되어 대구에 내려갔을 때 나는 할아버지에게 『교우론』을 읽은 소감을 말하며, 페르세폴리스를 여행하는 정약용 형제들을 상상했다는 이야기를 했다. 할아버지는 오른쪽 눈썹을 검지로 누르며 정약용은 일곱 살에 천연두를 앓아 그 후유증으로 눈썹에 생긴 흉터 때문에 삼미자三眉子라고 놀림을 받았다면서, 그 세 개의 눈썹처럼 정약용의 삶은 셋으로 나뉜다고 말했다. 정조의 총애를 받던 드높던 시절과 배교 뒤 유배지라는 깊고 어두운 골짜기에서 보낸 나날들, 그리고 임종 직전 중국인 신부 유방제의 병자성사로 참회받은 삶.

"하지만 죽기 직전에 다산이 다시 천주교로 돌아갔다는 부분에 대해서는 논란이 많던데요."

정약용에 대한 책도 읽었기에 내가 아는 체를 했다.

"학계에서 어떤 논란이 일어나는지 나는 잘 모르지. 다만 다산의 조카인 정하상에게서 들은 이야기가 그렇다는 거야."

"네? 뭐라고요?"

나는 말을 더듬었다. 책에서 읽은 바에 따르면 정하상은 1801년 신유박해로 순교한 정약종의 아들로, 삼십팔 년 뒤 기해박해 때 자신의 아버지와 마찬가지로 순교의 길을 택했다.

"정하상이 언제 적 사람인데, 할아버지가 어떻게 그 사람이 한 말을 다 아시나요?"

"내가 들었으니까 알지. 모방 신부가 조선에서 여러 문제를 일으킨 유방제 신부를 중국으로 돌려보낼 때, 김대건, 최양업, 최방제 등 장차 방인 사제로 키울 조선 소년 세 명을 마카오에서 교육시킬 작정으로 같이 보냈잖아. 그때 그 일행을 중국에 들어가는 관문인 봉황성 변문까지 안내하며 길잡이 노릇을 한 사람이 정하상 어른이었지. 당시 조선 천주교인들 사정은 그분이 속속들이 알고 계셨거든."

"아, 그랬군요."

정하상의 이야기를 자신이 들어서 안다는 할아버지의 말이 좀체 이해되지 않았지만 나는 그렇게 얼버무리고 말았다. 대신 그 대화가 계기가 돼 할아버지의 이야기를 채록하는 일을 서둘러야겠다고 마음먹었다. 구순을 갓 넘긴 연세를 고려하면 또렷한 정신으로 증언할 시간은 많지 않을 듯싶었다. 물론 그때 나는 할아버

지의 그 말을 오해한 것이었지만. 서울로 올라온 나는 친분이 있
는 교수에게 부탁해 구술 정리 작업을 할 수 있는 대학원생을 수
소문했다.

3

"일주일도 안 되어서 또 선생님을 뵙게 됐네요."

"자주 보면 좋지. 지난달에는 독감 때문에 몇 번 보지 못했으니
까. 그런데 다음주에는 어딜 간다고?"

"예, 잠깐 제주도에 다녀올까 해요. 머리도 복잡하고."

"왜? 무슨 고민이라도 있는 거야?"

"고민은, 늘 똑같지요. 그냥 불안해요. 이렇게 살아도 되는 것
인지, 아니면 지금이라도 늦지 않았으니까 다른 걸 시작해야 하는
것인지……"

"하고 싶은 걸 하고 살면 되지 않나? 뭘 제일 하고 싶은데?"

"제일 하고 싶은 건……"

(이하, 제 개인적인 고민이 많이 들어간 부분이라 생략합니다.)

"비혼주의자? 독신주의자하고는 어떻게 다른 거지?"

"독신주의자는 혼자 살겠다는 거고, 비혼주의자는 결혼 제도에

들어가지 않겠다는 것에 가깝죠."

"그렇다면 독신주의자보다는 비혼주의자가 낫겠네. 자네들이 살아갈 세상은 많이 달라지고 또 좋아질 거야. 다음 백오십 년 동안 세상은 엄청난 진보를 이룩할 걸세."

"선생님은 역시 좀 다르시네요. 저는 나이가 들면 다들 비관에 빠지는가 싶었거든요. 그게 제게는 또다른 비관이었어요. 지금도 서울 광화문에 가면 공산주의자들이 나라를 망치는 걸 막아야 한다며 노인들이 태극기를 들고 모여드는 걸 볼 수 있거든요. 나이가 들어 세상이 점점 더 나빠진다고 생각하는 노인이 된다면 끔찍할 것 같아요. 그런데 지금까지 선생님은 북한에 있을 때 공산 정권이 수도원과 수녀원과 신학교에 어떤 짓을 했는지 증언하신 거 잖아요. 그런데도 세상이 나아질 거라고 보시는 건가요?"

"나의 삶이 나의 삶으로 끝난다면야 이 인생은 탄생이라는 절정에서 시작해 차츰 죽음이라는 암흑 속으로 몰락하는 과정이 되겠지. 사실, 인생에 그런 일면이 없지는 않아. 육체에 고립된 삶이 바로 그렇지. 과학이 발달해 새 몸을 얻을 수 있다면 얼마나 좋겠나! 그렇다면 비관 같은 건 없을 거야. 하지만 육체를 가진 우리는 필멸하지. 늙어서 몸이 삐걱대고 병에 걸리면 그 사실을 확실히 알게 돼. 그러니 늙은 몸의 비관주의는 피할 길이 없어. 하지만 인간에게는 또한 정신의 삶이 있지 않은가? 우리가 처음 만났을 때 내가 들려줬던 루이 라벨의 말, 고립과 고독의 차이가 생각나는

가?"

"예, 여기 노트 맨 앞에 적어놓았어요. '고립은 자신에 대한 애착에서 생겨나는 것으로 타인을 멸시하기에 비극을 초래한다. 하지만 고독은 우리 자신으로부터도 이탈하는 것이다. 이 이탈을 통해 각 존재는 공통의 시원으로 돌아갈 수 있다.'"

"바로 그거야. 정신의 삶은 자기 자신으로부터도 멀어지는 고독의 삶을 뜻하지. 개별성에서 멀어진 뒤에 우리가 발견하는 것은 우리의 정신은 얼마간 서로 겹쳐져 있다는 거야. 시간적으로도 겹쳐지고, 공간적으로도 겹쳐지지. 그렇기 때문에 육체의 삶이 끝나고 난 뒤에도 정신의 삶은 조금 더 지속된다네. 우리가 육체로 팔십 년을 산다면, 정신으로는 과거로 팔십 년, 미래로 팔십 년을 더 살 수 있다네. 그러므로 우리 정신의 삶은 이백사십 년에 걸쳐 이어진다고 말할 수 있지. 이백사십 년을 경험할 수 있다면 누구라도 미래를 낙관할 수밖에 없을 거야."

"과거로 팔십 년, 미래로 팔십 년을 더 산다는 게 무슨 뜻인가요?"

"아까 독신주의, 비혼주의라는 말도 나왔으니까 바르바라 이야기를 해줄게. 바르바라는 마카오 유학에서 돌아온 최양업 신부가 1850년에 라틴어로 써서 해외에 있는 스승에게 보낸 편지에 등장하는 조선 소녀야. 아들뿐이었던 집안의 막내딸로 태어난 바르바라는 일곱 살에 책을 읽은 뒤 평생 동정을 지키기로 결심했다네.

그 결심이 어느 정도였냐면, 어느 날인가는 올케가 자신이 시집갈 때 입을 옷을 짓고 있다는 사실을 알고는 방 한구석으로 가 벽에 머리를 박고 소리 내 엉엉 울기 시작했어. 결국에는 어머니가 시집을 보내지 않겠다고 약속한 뒤에야 울음을 그칠 정도였다네. 하지만 봉건적인 조선 사회에서 한 소녀의 힘으로 가부장제 전체의 압박을 견디기란 쉬운 일이 아니었겠지. 그래서 바르바라는 열한 살이 되던 해에 더이상 자신을 찾지 말라는 편지를 남겨놓고 또래 여자친구와 함께 가출을 해버리지."

"와, 대단하네요."

"그렇게 도망간 두 소녀는 산속에서 지내며 책도 읽고 기도도 하면서 천국에라도 있는 것처럼 행복한 나날을 보냈어. 하지만 호랑이보다 더 무서운 오빠들이 굴속에서 지내는 두 소녀를 찾아내는 바람에 바르바라는 집으로 끌려오지. 그뒤로 아버지와 오빠들이 결혼하라고 강요하면서 윽박지르고 괴롭혔는데, 그때마다 바르바라는 동정의 뜻을 굽히지 않고 산으로 도망쳤어. 그런 바르바라에 대한 소문은 은신하며 교우촌을 찾아다니던 프랑스 주교의 귀에까지 들어가게 되지. 그런데 주교는 오히려 동정을 지키겠다는 바르바라를 말렸어. 만약 그 마음을 바꾸지 않는다면 바르바라와 그 가족의 성사를 금지시키겠노라면서."

"동정을 지킨다는데 주교님은 왜 그러신 건가요?"

"바르바라가 천주교 때문에 결혼을 거부한다는 사실이 알려지면 안 그래도 박해받던 천주교에 좋을 게 하나도 없으니까 하느님을 위해 인내하라고 가르쳤던 거지. 하지만 주교의 금지령에 바르바라는 통곡할 뿐, 결심을 바꾸지는 않아. 오히려 더 열심히 일하고, 더 열심히 인내하고, 더 열심히 도망 다니지. 그러다가 조선인 신부가, 그러니까 최양업 신부가 근처 마을에 와 있다는 소식을 듣고 찾아가 성사 받기를 청한다네. 하지만 최신부 역시 주교의 금지령을 어길 수는 없었어. 바르바라는 낙담했지. 그러다가 전염병에 걸린 다른 소녀가 성사를 받는 걸 보고는 자기도 병에 걸리면 성사를 받을 수 있느냐고 최신부에게 물었어. 그렇다면 어쩔 수 없다고 최신부가 대답했지. 그러자 그다음날 바로……"

"아, 바르바라가 병에 걸렸군요. 스스로 병을 받아들인 것이겠네요."

"아마도 그랬겠지. 그래서 최신부는 어쩔 수 없이 고해성사와 병자성사를 집전해줬지. 그렇게 바르바라는 병에 걸린 지 나흘 만에 숨을 거뒀는데, 그 시간이 1850년 9월 23일 저녁 여섯시 무렵이라네. 그때 바르바라의 나이는 열여덟 살이었지. 내가 이 이야기를 책에서 읽은 건 1980년의 일이야. 그때 한국교회사연구소에서 『한국천주교회사』 세 권이 처음으로 번역돼 나왔는데, 저자인 샤를 달레 신부가 옮긴 최양업 신부의 편지가 일부 실려 있지. 길을 가다가도 납치돼 강제 결혼을 당하는 게 일상화된 19세기 조선 여인들의 비참한 현실이 그 편지들에 고스란히 드러나 있어. 그런 와중에 목숨을 버리면서까지 동정을 지켜낸 바르바라는 더욱 돋보일 수밖에 없고. 그런데 우리는 그 책이 나오기 오십 년 전에 이미 바르바라의 사연을 직접 들어서 알고 있었다네. 그러지 않았다면 우리집 막둥이가 세례명으로 바르바라를 끝까지 고집하는 일도 없었을 테니, 내 기억에 오류는 없어. 우리 증조부는 병오박해로 김대건 신부가 순교하던 1846년에 태어나셨다네. 그뒤로 병인박해가 일어날 때까지 스무 해 동안은 상대적으로 평온한 시기였지. 조정이 천주교인들에게 별다른 적의를 보이지 않으면서 신자가 부쩍 늘었어. 증조부가 입교한 것도 그 무렵의 일이었네. 덕분에 우리 할아버지는 어릴 때 최양업 신부나 바르바라를 아는 신자들을 실제로 만날 수 있었지. 우린 어릴 때 그 이야기를 듣고 자랐어. 우리 정신의 삶이 과거로 팔십 년은 더 거슬러올라갈 수 있다는 말의 뜻이 여기에 있다네. 나는 1940년대를 기억하고 있어. 그때 어떤 일들이 일어났는지 지금까지 증언했잖아. 지금 만약 내곁에 열 살 아이가 있다면, 그 아이는 나를 통해 팔십여 년 전의 일들을 역사가 아닌 실제 사건으로 받아들일 수 있지. 그렇다면 그 아이의 손자는 이백 년에 가까운 시간을 경험한 시각으로 내가 겪은 1940년대의 일들을 바라볼 수 있을 거야. 거기에 비관이 깃들 여지가 있겠는가? 그렇게 나는 지금 이백 년을 경험한 사람의 시각으로 1801년 신유박해를 바라보고 있다네. 이승훈을, 정약용을, 이벽을. 오직 연민과 사랑이 있을 뿐, 여기에 비관이 깃들 수 있겠는가? 그럼에도 우리 정신의 삶이 백 년을 넘지 못하고 비관으로 빠져드는 까닭은 인간의 인식은 그 인식만은 대상으로 삼지 못해 그 안에 갇혀 있기 때문이지. 눈이 자신을 보지 못하는 것과 마찬가지로."

"그래서 거울이 있잖아요."

"그래, 거울을 보면 돼. 거울은 바깥으로 향하는 시선을 안쪽으로 되돌리지. 그럼 인간의 인식을 안쪽으로 되돌려 자신의 존재를 드러내게 하는 거울은 뭐냐? 그걸 알려면 자신이 인식한 세계가 바로 자신의 존재라는 것을 알아차려야만 해. 각자가 보는 세계가 바로 자신의 존재를 비춰주는 거울이니까. 존재의 크기는 그가 인식하는 세계의 크기와 같아. 그렇다면 존재를 확장시키는 가장 쉬운 방법은 무엇이겠어?"

"세계를 더 많이 인식하는 것인가요?"

"이질적인 다른 사람의 세계를 받아들여 자기 것으로 만드는 거지. 그게 바로 사랑의 정의야. 그렇다면 신의 정의는 모든 이를 받아들인 존재, 모든 이에 대한 사랑으로 충만한 존재일 수밖에 없겠지. 가능한 모든 세계를 인식하는 게 바로 신일 테니까. 우리가 신이 되어 모든 세계를 인식할 수는 없지만, 다른 사람의 기억을 자기 것으로 만들어가며 자신의 존재를 확장해나갈 수는 있어. 우리의 기억은 시공간적으로 겹쳐져 있으니까. 조부의 기억은 증조부의 삶으로 이어지고, 증조부의 기억은 어린 시절에 만난 신유박해를 기억하는 칠십 노인의 삶으로 이어지지. 그리고 증조부가 어릴 때 들은 바르바라 이야기가 내 막내 여동생의 세례명으로 이어진다는 것. 이런 식으로 육체가 죽은 뒤에도 정신의 삶은 계속되는 것이라네."

4

자정의 보신각에서 타종식을 하는 사람들 중에 펭수가 추가된 것을 제외하면 2020년은 여느 해와 마찬가지로 시작됐다. 한파가 찾아왔고 중국발 미세먼지가 예고됐으며, 북미 관계는 긴장 고조와 완화 사이에서 줄타기를 계속했다. 엄마의 전화를 받고 얼마 지나지 않은 금요일 저녁, 나는 KTX를 타고 대구로 향했다. 동대구역에서 내려 택시를 탔는데, 오십대 후반으로 보이는 여성이 운전기사였다. 그녀는 보고 있던 유튜브 영상의 소리도 줄이지 않은 채 핸드폰을 운전석과 조수석 사이 박스 위에 놓았다. 영상에서는 1980년대에 급진적 노동운동가였다가 지금은 우익 인사로 변신한 한 남자가 청와대 인근에 모인 사람들 앞에서 연설을 하고 있었다. 날이 추워서인지 집회의 분위기는 가라앉아 있었다.

대학병원에 도착해 할아버지의 병실로 들어가니 부모님이 의자에 앉아 여덟시 뉴스를 보며 나를 기다리고 있었다.

"할아버지, 막 잠드셨어. 밥은 먹었니?"

엄마가 말했다. 나는 괜찮다고 말하며 할아버지의 안색을 살폈다. 그사이에 살이 많이 빠져 다른 사람처럼 보였다. 할아버지가 건강할 때 더 많은 이야기를 들었어야만 했다는, 뒤늦은 후회가 들었다.

"아직 정신은 있으신 거죠?"

"응, 누군지 다 알아보셔."

"지금도 바르바라를 찾으시나요?"

"응, 깨면 꼭 찾으시지. 아버님, 바르바라 만나셨어요?, 라고 여쭤보면 꼭 무슨 말씀을 하셔. 어제는 응, 발진티푸스에 걸린 수녀님이 있다고 해 내가 얼마나 걱정을 했게, 라고 하시더라니까. 그래서 지금이 몇 년인지 아세요?, 라고 물었더니 몇 년이긴 몇 년이야, 2019년이지, 라고 대답하시더라."

"자다 깼는데 갑자기 누가 물어보면 나도 2019년이라고 대답할 거야."

엄마의 말에 아버지가 끼어들었다.

"누가 뭐라는 게 아니라 할아버지가 사리 분별을 다 하신다는 얘기를 얘한테 하려는 거지."

"바르바라가 누군지는 아세요?"

두 분이 나를 쳐다봤다. 2019년이 저무는 동안 나는 대학원생이 정리하다 만 녹취 원고를 인쇄해 꼼꼼히 읽고, 녹취를 풀지 못한 나머지 음성 파일은 핸드폰에 넣어 틈날 때마다 들었다. 시푸른 저녁 하늘 위로 하얀 별이 하나둘 떠오르는 한강변 자동차 도로를 달리며, 혹은 송년 모임에 가기 위해 화려한 불빛으로 반짝이는 시내 번화가를 걸으며. 그렇게 나는 할아버지가 바르바라를 언급하는 부분들을 찾아 듣고 또 들었다. 그중 하나는 정치보위부에서 수도원을 몰수하고 독일인 신부들을 체포하던 5월을 회상하는 대목이었다.

1949년 5월 9일 자정을 넘긴 새벽 정치보위부원들이 수도원으로 들이닥쳐 대수도원장님을 비롯해 네 분의 신부님을 체포했지. 거기에는 철학과 교수셨던 루페르트 신부님도 포함돼 있었네. 나머지 신부님들과 수사들과 신학생들은 복도에 서서 그분들이 끌려가는 것을 지켜볼 수밖에 없었어. 그게 루페르트 신부님의 마지막 모습이었어. 정치보위부에서는 수도원 인쇄소에서 인쇄된 반공 삐라뿐만 아니라 루페르트 신부님이 쓴 소책자 『인간의 영혼은 물질인가 정신인가?』도 문제삼았지. 그렇기 때문에 우리들은 책이며 편지며 사진 등 빌미가 될 만한 것들은 닥치는 대로 불태워버렸지. 나중에 영혼 불멸을 주장한 그 소책자가 유죄의 증거로 작용해 신부님은 오 년 형을 받았다고 해. 신부님들이 끌려가고 난 다음날인가, 남은 사람들이 성모마리아 제단 앞에서 성모성월 기도를 올리던 그 아름다운 5월에, 원산수녀원에 있던 바르바라가 농부인 남자 신도 한 명과 함께 토마토와 포도주 등을 가져가기 위해 수도원 앞에까지 왔어. 정치보위부가 포위하고 있던 수도원이 위험하다고 생각했기에 나는 바르바라에게 얼른 수녀원으로 돌아가라고 외쳤지. 하지만 그게 잘못이었어. 그때 그렇게 외치는 게 아니었어. 내 목소리를 듣고 보위부원들이 바르바라 쪽으로 모여들었지. 별일은 없겠지, 아무 일도 없겠지, 나는 기도했다네. 그리고 며칠이 지났을까, 우리가 억류돼 있던 내무서의 유치장으로 원산에서 끌려온 수녀님들이 들어오셨지. 그분들에게서 바르바라의 소식을 전해들을 수 있었다네. 수녀원을 접수하러 온 자들에게 완강하게 맞서던 바르바라가 권총의 탄환에 쓰러져 숨을 거뒀다고. 그 밤, 수도원과 함께 나의 나약한 영혼도 완전히 폐쇄돼버렸다네.

"응, 우리도 할아버지한테 들었어. 여쭤보니 모두 말씀하시네. 북에서 잃어버린 막내 여동생이라고."

할아버지의 증언을 떠올리는데, 엄마가 말했다.

"막내 고모가 있었다는 건, 게다가 그분이 수녀 청원중이었다는 사실은 이번에 처음 들었어. 왜 지금에야 그 말씀을 하시는 것인지 당황스럽기는 하더라만."

아버지가 말했다.

"그때 돌아가셨으니까……"

내가 말했다.

"그래, 내 짐작에도 그렇다. 돌아가셨으니까 더이상 남에게 얘기하지 않고 혼자서 평생 가슴에 묻고 계셨던 것 같아."

우리가 얘기하는 동안 병실 티브이에서는 "중국의 후베이성에서 원인을 알 수 없는 폐렴이 퍼지고 있습니다. 제2의 사스가 될수 있다는 관측이 나오면서 우리 질병관리본부가 검역을 강화하기로 했습니다"라는 앵커의 말이 흘러나오고 있었다. 그러나 우리들 중 누구도 그 뉴스가 우리에게 이처럼 큰 영향을 끼칠 줄은 알지 못했다. 할아버지의 말대로 과거의 우리는 이토록 또렷하게 생각할 수 있는데, 왜 미래의 우리를 생각하는 건 불가능한 것일까? 그럼에도 생각해야만 한다는 것. 그리고 생각할 수 있다는 것. 그게 할아버지의 최종적인 깨달음이었다.

티브이 소리 때문인지, 아니면 우리의 말소리와 기척 때문인지 주무시던 할아버지가 깨어났다. 할아버지는 나를 알아보고는 가까이 오라고 손짓을 했다. 내가 다가가자 할아버지는 어떻게 왔느냐고 물었다. 새해라 문안인사 드리려고 왔다고 대답했다. 그러자 할아버지는 내게 책을 잘 만들고 있느냐고 물었다. 최근에는 아일랜드 여행기를 만들었다고 대답했다. 그 말에 할아버지는 무슨 여행기냐며 되물었다. 나는 할아버지 쪽으로 더 다가가 아일랜드라고, 좀더 큰 소리로 말했다. 할아버지는 눈을 감았다. 나는 할아버지의 손을 잡았다. 할아버지는 다시 눈을 떴다. 그리고 아일랜드,

라고 말하고 다시 눈을 감았다. 아일랜드라는 말이 그렇게 슬프게 들린 건 처음이었다.

그렇게 할아버지의 손을 잡고 나는 바르바라가 나오는 마지막 부분, 그러니까 거의 채록이 끝나갈 즈음의 음성을 떠올렸다. 그 부분에서 할아버지는 내가 초등학교에 들어갈 무렵, 즉 할아버지의 성격이 갑자기 바뀌었다고 아버지가 말한 무렵의 일을 회상하고 있었다.

나는 사 대째 내려오는 가톨릭 가정에서 태어났다네. 어려서부터 하느님에 대한 말을 싫도록 들었고 예수님에 대해서, 섭리에 대해서도 귀가 아프게 들었지. 하지만 전쟁을 거치며 인간에 대한 회의를 느꼈어. 그리고 그건 신에 대한 회의로까지 이어졌다네. 신학교 시절 내게 영혼 불멸에 대해 가르치셨던 루페르트 신부님은 평양의 교화소로 끌려간 뒤 칠 개월이나 설사에 시달리다가 중환자의 육신으로 세상을 떠나셨지. 그때 낡은 바지를 입힌 채 매장할 수는 없다고 해서 원장 신부님이 당신의 깨끗한 바지를 입혀드렸지. 나중에 평양이 수복된 이후 한국인 수사들이 교화소의 매장지를 파헤치며 시신들을 살펴봤을 때, 그 바지 덕분에 신부님을 금방 찾을 수 있었으니 운이 좋았다고 해야 할까? 사랑으로 충만하신 하느님 앞에서 그 정도가 우리가 기뻐해야 할 몫이라니 나는 이해할 수 없었어. 영혼은 불멸하는가? 정말 그런가? 재가 되어버린 루페르트 신부님의 책들과 마찬가지로 내 신앙적 열정은 꺼져 버렸어. 결국 나는 환속하고 말았네. 물론 환속의 이유에는 바르바라라는 더 깊은 고통이 숨어 있었지만.

하지만 이후 사십여 년에 걸친 공부를 통해 이성으로 신의 존재나 부재를 증명하는 것은 아무런 의미가 없다는 사실을 깨닫게 됐다네. 그래서 나는 신을 직접 체험한 신비주의자들, 예컨대 아빌라의 테레사, 십자가의 성 요한, 마이스터 에크하르트 등에 관한 책을 읽었지. 그리고 서서히 깨닫게 됐네. 지금 이 순간, 신은 늘 현존하고 있다는 것을. 생각이 그치면 바로 그 존재를 느낄 수 있다는 것을. 생각이란 육신에서 비롯되는 것이라 걱정과 슬픔, 외로움과 괴로움으로 이어질 뿐이지만, 그 생각이 사라질 때 비로소 정신의 삶이 시작된다는 것을. 그 정신의 삶은 시간적으로 또 공간적으로 서로 겹쳐지며 영원히 이어진다는 것을. 그럼에도 이 현상의 세계에서 살아가기 위해 나는 매 순간 육신의 삶으로 되돌아가 다시 기뻐하고 슬퍼하고 미워하고 화낼 테지만, 그렇다고 해서 겹쳐진 정신의 삶, 그 기저에 현존하는 사랑은 사라지지 않는다는 것을. 그러므로 나는 노력하기로 했지. 이 삶에 감사하기로. 타인에게 더 다정하기로. 어둠과 빛이 있다면 빛을 선택하기로. 바로 그 무렵, 나는 이십팔 년 만에 감옥에서 나온 한 남자를 우연히 만났다네.

5

할아버지는 그러고도 이 개월을 더 사셨다. 그 이 개월 동안, 중
국 우한에서 시작된 원인 불명의 폐렴 바이러스가 한국에 상륙해
1월 20일 첫 확진자가 나왔다. 그리고 한 달 뒤 대구에서 하루 확
진자가 백 명을 넘어서면서 대유행이 시작됐다. 마스크를 사기 위
해 정해진 날짜에 약국으로 가 줄을 서는 일에 익숙해졌고, 모임
은 연기되거나 취소됐으며, 퇴근하면 곧장 귀가했다. 확진자가 늘
면서 병원이 봉쇄돼 할아버지의 면회는 완전히 금지됐다. 부모님
은 간병인을 통해 할아버지의 안부를 물을 수밖에 없었다. 간병인
은 할아버지가 이제 바르바라뿐만 아니라 여러 신부님과 수사님
들과도 얘기하신다고 알려왔다. 1948년 여름에는 정부에서 포도
주 생산량을 지정해 알려오는 바람에 일이 많아, 그 여름 내내 수
도원 사람들이 포도 압착 작업과 발효 작업을 하느라 혼이 났다
고 말할 때는 이십대 청년처럼 웃으셨다고 했다. 분명, 그런 나날
에도 웃음과 기쁨은 있었으리라. 임종이 가까워지자 출입증을 목
에 단 보호자 한 명만 병실로 들어갈 수 있었다. 할아버지가 병자
성사를 원했으므로 사복을 입은 젊은 신부님이 찾아와 엄마의 보
호자 출입증을 걸고 홀로 병실로 들어갔다고 했다. 그 신부님에게
할아버지가 어떤 고해성사를 했는지는 알 수 없지만, 그렇게 희로
애락이 교차한 육신의 고단한 삶이 막을 내렸다.

코로나19 시대의 장례식장은 고요했다. 문상객을 받을 생각도 없었지만, 있었대도 받을 수 없었다. 병원으로 가는 길은 전쟁터와 같았다. 유족들도 체온 측정과 문진을 거쳐야만 장례식장으로 들어갈 수 있었다. 검은 상복에 흰 마스크를 쓰고 앉아 있으면, 전염병에 걸리는 한이 있어도 문상을 올 수밖에 없는 사람들이 이따금 찾아왔다. 그들은 마스크를 쓴 채 눈짓으로 인사를 했고, 내놓은 음식에는 손도 대지 않고 몇 마디 나누다가 서둘러 자리를 떴다. 답답한 마음에 지하의 장례식장을 빠져나오면 하얀색 방호복을 입은 사람들이 병원을 걸어다녔다. 그럴 때면 할아버지의 목소리가 환청처럼 들리곤 했다. "과거의 우리를 생각할 수 있는데, 왜 미래의 우리는 생각할 수 없을까?"

할아버지가 감옥에서 나온 그 남자를 마주친 건 1993년 서울에서 대구로 가는 새마을호 기차 안에서였다. 그때 할아버지는 옆자리에 앉은 사람들의 대화를 듣다가 그중 한 사람이 사십사 년 전 신부들을 체포하기 위해 수도원을 찾아왔던 정치보위부의 간부라는 사실을 알게 됐다. 그 몇 년 전 할아버지는 신문에서 그가 1961년 박정희를 만나 남북통일을 이루겠다며 남파됐다가 이 년 뒤 체포되어 비전향 장기수로 복역한 후 출소했다는 기사를 읽은 적이 있었다. 이름만 보고 할아버지는 단번에 그를 알아봤지만 남한에서 그를, 그것도 그렇게 가까이에서 만나리라고는 예상하지 못했다. 그 사람은 바르바라가 수도원 앞에서 발길을 돌려 떠난 뒤 할아버지에게 다가와 여동생이 수녀원에 있느냐고 물은 사람이었다. 할아버지가 그렇다고 하자, 게으르고 쓸모없는 수녀들이 인민을 위해 봉사하는 유일한 길은 수도복을 벗고 고향으로 돌아가 혼인하는 일이라고 조롱한 사람이었다. 그는 권총을 꺼내들고 "나는 도 정치보위부장이다. 너희 반국가 행위자들을 모두 체포한다"고 외쳤다. 그 이후로 할아버지는 한 번도 그 목소리를, 그 얼굴을 잊은 적이 없었다. 할아버지는 자리에서 일어나 객차와 객차 사이의 통로로 나갔다. 할아버지는 바르바라와 바르바라와…… 그리고 또다른 바르바라를 생각했다. 그렇게 한참을 서 있다가 다시 객차 안으로 들어온 할아버지는 선반 위에 올려놓은 가방에서 책을 꺼내 자리에 앉아 읽기 시작했다. 하지만 글자는 눈에 들어오지 않았고 할아버지의 온 신경은 그 남자에게 가 있었다. 손만 뻗으면 닿을 수 있는 곳에 그 남자가 있었다. 그때 할아버지는 미래의 우리를 생각했던 것이리라. 아마도 그랬으리라. 그렇게 기차는 세 시간을 달렸고, 할아버지는 대구에서 내렸다.

박혜진(문학평론가)

바람이 불어온다는 말

1. 인생은 살아볼 만한 가치가 있나요?

딱 한 번 김연수 작가를 직접 본 적이 있다. 십사 년 전 내가 대학생이었을 때, 국문과에서 마련한 특강에 김연수 작가가 초청됐다. 가까이에서 보지는 못했다. 그날 강의실에는 '김연수'를 보기 위해 몰려든 학생들로 발 디딜 틈이 없었다. 더욱이 나는 그 수업의 청강생에 불과했다. 멀리서, 그것도 옹색한 자리에 끼어 겨우 말소리를 들을 수 있었을 뿐이다. 그럼에도 그날을 또렷이 기억하는 건 대학교 특강에 초청받은 스타 작가가 보여준 예외적인 모습 때문이었다. 그는 그 시간을 위해 따로 써온 글을 읽어내려갔는데, 그날 이후 지금까지 그와 같은 장면은 본 적이 없다.

하지만 내가 그 장면을 잊을 수 없는 이유는 다른 데에 있다. 글을 읽으며 그는 자기 글 속으로 빠져들고 있었다. 강의실에서 자신이 쓴 글의 한가운데로. 여기 있지만 저기에도 있는 사람. 그날은 내가 소설가에 대한 정의를 얻은 날이기도 하다. 마음만 먹으면 순식간에 다른 세계와 사랑에 빠질 수 있는 사람. "내가 진정으로 사랑에 대해 말하고 싶었던 것은 하나뿐이었다는 것을 다시 한번 강조하고 싶다. 사랑은 '빠진 상태'라는 것이다."(「사랑의 단상 2014」, 190~191쪽) 호세 오르테가 이 가세트의 문장을 떠올린 지훈처럼 나도 김연수를 생각하면 이 문장부터 떠오른다. 나에게 김연수는 '빠진 상태'에 있는 사람이고, 김연수가 쓰는 소설도 언제나 '빠진 상태'로서의 사랑을 말하는 이야기였으니까.

이건 내가 기억하는 십사 년 전의 일이다. 하지만 그때의 나는 그날에 대한 기억을 쓰고 있는 지금, 그러니까 2022년의 가을을 기억할 수 없었다. "우리가 기억해야 하는 것은 과거가 아니라 오히려 미래"(「이토록 평범한 미래」, 29쪽)인데도 말이다. 여름방학에 '나'와 함께 동반자살을 할 거라고 말하는 지민에게 '나'의 외삼촌은 과거가 아니라 미래를 기억해야 한다고 얘기하며 그 이유를 들려준다. 외삼촌의 이야기에는 이번 소설집을 관통하는 동시에 인간이 경험하는 비극의 핵심에 가닿는 진실이 각인되어 있다. 우리는 우리의 미래를 기억하지 못해 슬퍼진다는 것. 그러므로 미래를 기억할 수 있다면 우리의 슬픔은 괜찮아질 수 있다는 것.

미래를 기억하는 사람은 세 번의 삶을 살게 된다. 과거에서 현재로 진행되는 첫번째 삶, 과거를 기억하며 거꾸로 진행되는 두번째 삶, 그리고 두번째 삶이 끝나고 다시 과거에서 현재로 진행되는 세번째 삶. 그런데 이 세번째 삶은 첫번째 삶과는 다르다. 그 안에 미래가 머물러 있기 때문이다. 십사 년 전 내가 강의실에서 멀찍이 서 있었던 건 그 수업의 청강생이기 때문만은 아니었다. 그날 내게 김연수 작가는 가고 싶지만 갈 수 없는 세계에 대한 막연한 동경과 두려움의 상징이었다. 그 무렵 나는 "희망의 방향"을 찾을 수 없어 "꽉 막힌 어둠 속에서 살아가"(「진주의 결말」, 73쪽)고 있었다. 마음속에는 글을 쓰고 싶은 열망이 가득했지만 그 열망을 어느 길로 내보내야 할지는 알 수 없던 시절. 이번 책에 수록된 여덟 편의 소설을 읽으며 나는 나의 시간이 재구성되는 걸 느낀다. 그날로부터 지금까지 십사 년, 그날로 되돌아가며 십사 년, 그날을 품고 다시 살아갈 십사 년. 어느새 십사 년의 기억은 사십이 년의 기억이 된다. 십사 년에는 비관이 들어올 틈이 있지만 사십이 년에는 비관이 설 자리가 없다.

이 소설집을 흐르는 가장 중요한 질문도 여기에 있다고 생각한다. 「진주의 결말」에서 아버지를 학대해 죽음에 이르게 한데다 방화까지 저지른 혐의로 악마화된 유진주가 범죄심리학자인 '나'에게 던진 질문을 빌려 말하자면 이런 것이다. "타인을 이해하려고 애쓸 때 우리 인생은 살아볼 만한 값어치를 가진다고 말씀하셨는데, 누군가를 이해하는 게 정말 가능하기는 할까요?"(88쪽) 이 질문에 대답하기 위해 김연수는 '빠진 상태'의 사랑에 대해 끝까지 써보기로 한 것이 아닐까. 사랑은 빠진 상태다. 그러나 어떤 사랑도 하나의 상태에 머물러 있지는 않는다. 우리는 그 변화들을 어떻게 감당하고 그럼에도 어떻게 계속 사랑할 수 있을까. 나아가 어떻게 해야 우리 인생이 살아볼 만한 가치가 있다고 말할 수 있을까. 유한한 육체의 시간 속에서 비관할 수밖에 없는 우리에게 김연수는 무한한 정신의 시간 속에서 낙관할 수 있는 "깊은 시간의 눈"(「바얀자그에서 그가 본 것」, 118쪽)에 대해 말한다. 깊은 시간의 눈 속에는 나에게 들어온 타인이 있고 나를 품은 타인이 있다. 나와 타인이 섞이며 서로를 이해하는 과정은 인생의 행과 불행에 새로운 의미가 생겨나는 시간이다. 미래를 기억하는 사람들만이 알 수 있는 아름다운 시간이라고도 할 수 있을 것이다.

2. 세번째 삶을 살아간다는 것

말년의 푸코는 '자기 배려'를 위한 주체성에 골몰했다. 1981~1982년에 콜레주드프랑스에서 한 강의를 엮은 책에서 내가 읽은 건 살아갈 의미를 찾을 수 있는 단단한 주체성의 구조를 만들어내기 위한 그의 끈질긴 사색과 집념이다.[1] 푸코는 강의 내내 '내가

'누구인지' 묻는 근대의 주체화 방식을 뒤로하고 '내가 무엇일 수 있는지' 묻는 고대의 주체화 방식으로 복귀해야 한다고 말한다. 내 안에 있는 것을 발견해야 한다고 주장하는 인식론적인 세계관보다는 내 안에 없는 나를 만들어가기 위해 스스로를 변형시켜가는 실천적인 세계관으로 살아야 한다고 여긴 푸코에게 '영성spiritualité'은 철학과 대등한 지적 체계였다. 이때의 영성은 나를 변형시키는 정신의 삶을 위해 필요한 '자기와의 관계 맺기'와 '자기 돌보기'의 핵심을 의미한다. 거대한 전환의 시대에는 자신을 아는 것보다 자신을 변형시키는 것이 더 중요할 수 있다. 아는 것은 딜레마에 빠지게 하지만 선택하는 것은 딜레마로부터 벗어나게 하기 때문이다. 이유는 알게 한다. 하지만 이해는 행동하게 한다.

푸코가 절실히 매달렸던 주체화 개념은 김연수의 이번 소설들에서 동시대적인 삶이 품고 있는 질문의 형태로 현재화된다. 미래를 기억한다는 것은 자신이 누구인지 묻지 않고 자신이 누구일 수 있는지 물으며 스스로를 변형시킨다는 말이기도 하다. 「이토록 평범한 미래」와 「다시, 2100년의 바르바라에게」는 미래를 기억하는 주체에 대한 이야기다. 「이토록 평범한 미래」는 현재 부부인 '나'와 지민이 연인이 된 1999년 어느 여름날에 대한 회상으로, 두 사람은 몇 가지 일을 경험하며 예언이란 예외적인 존재만이 할 수

1) 미셸 푸코, 「1982년 1월 6일 강의」, 『주체의 해석학』, 심세광 옮김, 동문선, 2007 참고.

있는 신비스럽고 불가사의한 말이 아니라 우리가 만들 수 있는 가장 보통의 사건임을 깨닫게 된다. 그 깨달음에 이르는 과정에서 지민과 '나'는 지민의 엄마가 쓴 소설 『재와 먼지』의 줄거리를 알게 되는데, '시간여행'에 대한 일종의 판타지 소설인 『재와 먼지』에서 한 연인은 자신들의 사랑이 끝나간다는 사실에 좌절해 동반자살을 한다. 자살 직후 임사 체험을 하게 된 두 사람은 그날을 시작으로 거꾸로 흘러가는 시간 속에서 날마다 어려진 끝에 자신들이 처음 사랑에 빠졌던 순간에 이른다. 그리고 그 시점에서 시간은 다시 원래대로 흐르고 그들 앞에는 세번째 삶이 펼쳐진다. 자신들이 함께하는 미래는 더이상 없다고 생각했던 『재와 먼지』 속 연인에게도, 훗날 자신들이 결혼하게 될 줄 몰랐던 '나'와 지민에게도, 미래는 가장 보통의 얼굴로 그들의 현재에 이미 존재하고 있었다. 이를테면 "여느 여름과 다를 바 없는 평범한 여름"(12쪽)으로. 그 시절이 무려 "기나긴 사랑의 시작으로 기억될"(같은 쪽) 찬란한 여름이었다 해도. 그러니 미래를 기억해야 한다는 말은 허황된 것일 수 없다.

「이토록 평범한 미래」가 개인의 차원에서 진행되는 세번째 삶의 의미를 보여준다면 「다시, 2100년의 바르바라에게」는 보다 광활한 시간의 흐름 속에서 세번째 삶의 의미를 이야기한다. 과거 '나'는 구순을 넘긴 할아버지가 들려주는 백 년의 지혜를 책으로 묶어 출간하려 했으나 이런저런 상황 탓에 작업이 흐지부지된 적이 있다. 그러다 할아버지의 임종이 임박해오면서 '나'는 그때의 녹취록을 다시 열어보고, 당시에는 이해하지 못했던 할아버지의 말을 이제는 이해할 수 있게 된다.

"정신의 삶은 자기 자신으로부터도 멀어지는 고독의 삶을 뜻하지. 개별성에서 멀어진 뒤에 우리가 발견하는 것은 우리의 정신은 얼마간 서로 겹쳐져 있다는 거야. 시간적으로도 겹쳐지고, 공간적으로도 겹쳐지지. 그렇기 때문에 육체의 삶이 끝나고 난 뒤에도 정신의 삶은 조금 더 지속된다네. 우리가 육체로 팔십 년을 산다면, 정신으로는 과거로 팔십 년, 미래로 팔십 년을 더 살 수 있다네. 그러므로 우리 정신의 삶은 이백사십 년에 걸쳐 이어진다고 말할 수 있지. 이백사십 년을 경험할 수 있다면 누구라도 미래를 낙관할 수밖에 없을 거야."(231쪽)

할아버지의 이야기를 들으며 각 존재가 "공통의 시원"(같은 쪽)으로 들어가는 정신의 삶이 지닌 중요성에 대해 알게 된 '나'는 할아버지가 1839년에 죽은 정하상에게서 어떤 얘기를 직접 들었다고 한 말이 어떤 의미인지도 알게 된다. 육체의 불꽃은 "시간의 폭풍"(「바얀자그에서 그가 본 것」, 118쪽)을 이기지 못하고 사위어가지만 정신의 시간 속에서 우리는 "이백 년을 경험한 사람의 시각으로"(「다시, 2100년의 바르바라에게」, 234쪽) 살아갈 수 있다는 것을 이해하자, '나'는 할아버지의 꿈에 반복적으로 나타난다는 바르바라 역시 전체를 경험한 사람의 시각으로 바라볼 수 있게 된다. 소설에는 총 세 명의 바르바라가 나온다. 이교도인 왕의 딸로 태어나 아버지의 반대를 무릅쓰고 그리스도인이 되었으나 끝내 아버지에게 참수당한 바르바라, 목숨을 버리면서까지 동정을 지킨 조선의 열여덟 살 소녀 바르바라, 그리고 할아버지의 막내 여동생 바르바라. 서로 다른 시공간 속에서 살아간 세 사람의 삶은 '바르바라'라는 이름으로 연결된다. 정신의 영역에서 세 사람은 각자의 삶을 통해 서로의 삶을, 서로의 삶을 통해 각자의 삶을 이어나간다.

이들에게 세번째 삶이란 유한한 인간이 영원을 실천하고 낙관을 확신할 수 있는 삶의 방법이다. 미래가 기준이 되어서 현재를 결정하면 자신이 원하는 대로 주체를 변형시켜나가는 정신의 삶을 살 수 있다. 실천을 중요하게 여겼던 스토아주의자들은 죽음, 질병, 고통 등과 관련된 참된 원칙들을 발견하고 그에 부합하게 행동할 수 있도록 수련하기 위해 '죽음 명상'[2]을 했다. 죽음 명상은 인간이 죽는다는 사실을 상기시키는 것이 아니라 삶 안에 죽음을 현재화하는 방식으로 이뤄진다. 이 수련의 핵심은 하루하루를 생의 마지막처럼 사는 데 있다. 세네카는 죽음 명상을 가장 많이

---

2) 미셸 푸코, 같은 책, 531~532쪽.

수행한 사람으로, 세네카가 사람들과 주고받은 서신에는 그가 미래를 살아내기 위해 연습한 죽음 명상의 구체적인 방법이 나온다. 그것은 죽음이라는 미래를 현재화해 삶을 회고할 수 있는 시선을 가짐으로써 자신이 자기 삶의 심판관이 되는 것이다. 시간을 겹쳐 보았던 그는 미래를 가져와 현재를 채우고 과거가 된 미래를 통해 전체를 봤다. 심판관의 눈을 통해 미래에 이르기 전에 먼저 미래를 사는 셈이다. 시간은 흐르지 않는다. 흐르는 건 기억이다. 우리가 할 수 있는 건 기억이 흐르는 길을 만들어내는 것뿐이지만 기억의 흐름을 만듦으로써 아직 오지 않은 시간을 살 수 있다. 그 긴 시간 속에서, 짧은 시간 속에서는 상상할 수 없었던 일을 목도하는 우리는 세상을 낙관할 수밖에 없는 것이다.

3. 기억은 시간을 필요로 하지 않는다

시간이 과거에서 현재로, 현재에서 미래로 흐른다는 근대적 시간 개념은 기억의 대상을 과거에 한정 짓는다. 하지만 시간이 다시 정의되면 기억도 다른 범주를 필요로 한다. 경험한 것만을 기억할 수 있다는 믿음은 경험하지 못한 것도 기억할 수 있다는 믿음으로 바뀌고, 기억의 쓸모는 무한히 확장된다. 내게 생길 일을 기억하는 건 모두의 일을 기억하는 것보다 더 강한 힘을 발휘할 수 있다. 내게 생길 일은 내가 기억하지 않으면 사라지고 말기 때문이다. '나'만이 지켜낼 수 있는 세계가 있을 때 우리는 절망을 모르는 사람이 될 수 있다. 절망을 모르는 마음으로 간절하게 기억하는 미래는 우리 삶을 바로 그 미래로 데리고 간다. 「다만 한 사람을 기억하네」와 「사랑의 단상 2014」는 기억이 어떻게 자신의 존재를 드러내는지, 그 방식이 어떻게 우리의 상식과 일치하지 않을 수 있는지 보여주는 작품이다.

「다만 한 사람을 기억하네」에는 두 개의 기억이 등장한다. 한 번도 만난 적 없는 희진에 대한 후쿠다 준의 선명한 기억과 한때 연인이었다가 헤어진 뒤 이제는 각자의 삶을 살고 있는 희진과 '나'의 흐릿한 기억이다. 소설은 2014년 4월, 희진이 오랜만에 '나'에게 연락을 해오며 시작된다. 희진은 일본에서 열리는 공연에 한국의 인디 가수를 대표해 참여했다가 자신을 초청한 사람이 후쿠다 준임을 알게 된다. 후쿠다 준은 십 년 전인 2004년, 일본에 방문한 '나'와 희진이 간 적 있는 카페에 들렀다 두 사람이 틀어달라고 한 시디에서 흘러나온 노래 〈하얀 무덤〉을 듣고 인생이 바뀐 사람이다. 후쿠다는 희진에게 설명한다. 죽기로 결심하고 마지막으로 커피를 마시자는 생각으로 들어간 카페에서 그 노래를 듣고 다시 살아갈 결심을 했으며, 이후 재기에 성공한 뒤 당시 카페에 남겨진 단서로 십 년 동안 희진을 기억하고 있다 초청한 것이라고. 그런데 그 카페에 대한 희진의 기억은 그야말로 흐릿하다. 그것이 수년 만에 희진이 '나'에게 연락해온 이유이기도 하다. 카페에 대한 기억 자체도 어렴풋하지만 자신이 〈하얀 무덤〉을 듣기 위해 카페 주인에게 시디를 건넸다는 것은 희진으로서는 처음 듣는 이야기다. '나' 역시 카페에 갔던 건 기억하지만 거기서 희진이 〈하얀 무덤〉을 들었던 것은 전혀 기억하지 못한다.

"그 시절의 우리를 우리조차도 기억하지 못하는"(180쪽) 일상은 조금도 특별하지 않다. 기억의 수명은 기억하려는 사람의 의지에 의해 결정되므로 의지가 없다면 기억은 사라진다. 그러므로 기억이 사라지지 않도록 붙잡는다면, 미래에 대한 기억은 우리를 둘러싼 세상을 기억이 원하는 대로 그려갈 것이다. "우리가 누군가를 기억하려고 애쓸 때, 이 우주는 조금이라도 바뀔 수 있"(181쪽)다. '단 한 사람'은 기억하고자 하는 의지의 형식이다. 한 번도 만난 적 없는 누군가를 기억하는 일은 '단 한 사람'이라는 형식을 통해 가능해진다. 단 한 사람은 '그 한 사람'이 아니라 '단 한 사람'이기 때문에 잊을 수 없는 것이고, 잊을 수 없기에 '단 한 사람'이 되는 것이다.

오지 않은 미래를 기억하는 것은 상실된 미래를 영원히 기억하는 방법이 되기도 한다. "우리에게는 아직도 지켜볼 꽃잎이 많이 남아 있다. 나는 그 꽃잎 하나하나를 벌써부터 기억하고 있다는 걸 네게 말하고 싶었던 것일 뿐."(같은 쪽) 2004년, 그 카페의 방명록에는 두 개의 메시지가 남겨져 있었다. 하나는 희진이 쓴 〈하얀 무덤〉의 노랫말이고, 다른 하나는 '나'가 쓴 것으로 2014년 4월 16일이라는 미래에 대한 내용이다. 희진이 쓴 노랫말이 후쿠다와 희진을 연결시켜줬다면 피지 않은 꽃잎 하나하나에 대한 '나'의 이른 기억은 우리의 눈앞에서 없어진 미래를 기억하는 애도의 주문이 되어준다. 미래를 품고 있는 그 과거는 사라지지 않을 과거가 된다. 기억할 수만 있다면 과거는 계속 미래의 모습으로 우리 곁에 남아 있을 수 있다.

기억은 시간을 필요로 하지 않는다. 「사랑의 단상 2014」에서 '나'는 리나와 헤어진 지 반년이 지난 시점에서 리나와의 기억을 단상의 형태로 기술하며 리나를 사랑했던 지난 시간이 사랑이 끝난 후에도 왜 사라지지 않는지, 삶의 파편 속에 어떻게 자리하고 들어가 사랑 그 자신의 생애를 지속하는지 보여준다. 서른다섯이란 앉아 있던 새들이 다 날아가고 비어버린 나무 같은 것이라고 생각했던 지훈은 이별 이후에도 계속되는 사랑을 삶의 곳곳에서 발견하면서 다음과 같은 사실을 깨닫는다. "한번 시작한 사랑은 영원히 끝나지 않는다고, 그러니 어떤 사람도 빈 나무일 수는 없다고, 다만 사람은 잊어버린다고, 다만 잊어버릴 뿐이니 기억해야만 한다고, 거기에 사랑이 있었다는 사실을 기억할 때 영원히 사랑할 수 있다고."(211쪽) 사랑은 끝나지 않는다. 그것을 기억하려는 의지만 있다면.

4. 그때 불어오는 새 바람

세번째 삶을 살 수 있다면, 단 한 사람이 있다면, 그리고 기억하겠다는 의지가 있다면, 매일의 시련과 불행 속에서도 우리는 새 바람을 맞을 수 있다. 「난주의 바다 앞에서」와 「엄마 없는 아이들」은 불행 속에서 새로운 바람이 불어오는 과정을 그린 작품이다. 「난주의 바다 앞에서」의 소설가 정현은 강연을 해달라는 초청을 받아 찾아간 남해의 한 중학교에서 대학생 때 호감을 가졌던 (지금은 이름을 바꾸고 손유미가 된) 은정을 만난다. 병으로 아이를 먼저 떠나보내고 깊은 고통을 겪던 은정은 남해에 정착한 뒤 낮에는 돌봄 센터에서 일하고 밤에는 추리소설을 쓰며 살고 있다. 삼십여 년 전 한 시절을 함께 보낸 뒤로 각자 살아오다 재회한 두 사람을 연결시켜주는 것은 '세컨드 윈드'다. 은정이 아이들과의 인터뷰에서 말한 '세컨드 윈드'는 대학 시절 정현이 알려준 것이다. 은정은 복싱 시합에서 KO패를 당한 정현에게 질 게 뻔한 일을 왜 하느냐고 물었고 그때 정현의 대답을 오래도록 기억하고 있었다.

"버티고 버티다가 넘어지긴 다 마찬가지야. 근데 넘어진다고 끝이 아니야. 그다음이 있어. 너도 KO를 당해 링 바닥에 누워 있어보면 알게 될 거야. 그렇게 넘어져 있으면 조금 전이랑 공기가 달라졌다는 사실이 온몸으로 느껴져. 세상이 뒤로 쑥 물러나면서 나를 응원하던 사람들의 실망감이 고스란히 전해지고, 이 세상에 나 혼자만 있는 것 같은 기분이 들지. 바로 그때 바람이 불어와. 나한테로."(60쪽)

세컨드 윈드, 버티고 버티다 넘어졌을 때 가만히 누워 있으면 그 위로 불어오는 새로운 바람. 은정에게도 새 바람이 불어왔다. 은정을 다시 살게 해준 남해의 이 바다는 정난주의 바다였고 정난주의 바다는 곧 은정 자신의 바다이기도 했다. 천주교 집안에서 태어난 정난주는 남편의 순교 이후 관아의 노비가 되어 갓 태어난 아들과 함께 제주도로 유배를 간다. 아들이 평생 죄인으로 살 것을 염려해 정난주는 아들을 섬 동쪽 갯바위에 내려놓고 떠난다. 여기까지가 현재 전해지는 정난주에 대한 이야기이다. 하지만 은정은 정현에게 그것과는 조금 다른 이야기를 들려준다. 정난주는 자신의 죽음이 아들의 죽음에 대한 알리바이가 되어줄 거라는 생각에 죽기로 결심하고 바다로 뛰어든다. 그때 정난주에게 하느님의 음성이 들려온다. 하느님은 자신이 죽어야 아들이 살 수 있다는 정난주의 기도를 다음과 같이 바꿔서 들려주며 그녀에게 따라 해보라고 말한다. "제가 살아야 제 아들이 살 수 있습니다."(65~66쪽)

그날 이후의 나날은 "늘 새 바람이 그녀 쪽으로 불어오는 나날"(66쪽)이었다는 말이 행복으로 가득한 날들을 뜻하지는 않을 것이다. 그러나 정난주와 은정은 인생에 KO패를 당한 이후에도 그다음이 있음을 알게 된다. 삶에 완전히 패배했다는 것은 더이상 살아갈 수 없다는 의미가 아니다. 이제 다른 방향으로 살아갈 수 있다는 뜻이다. 비로소 은정은 바람이 불어온다는 말이 왜 우리를 다시 살게 하는 말인지 이해하게 된다. 나날이 불어오는 새 바람은 시간을 바라보는 우리의 유한한 시선을 무한한 시선으로 바꾸어준다. "새로운 바람은 새로운 감각을 불러온다. 그 감각을 통해 우리의 몸과 세계는 동시에 새로 태어난다."(「바얀자그에서 *그가 본 것*」, 108쪽) 「바얀자그에서 *그가 본 것*」에서 주인공이 몽골 바얀자그에서 불어오는 '미래의 바람'을 맞으며 누대의 시간을 느낄 때, 그 바람에는 어디에서부터 불어와 어디로 가는지 모를 바람의 미래가 있다. 그 유장한 시공간의 움직임 속에서 그는 아내의 죽음이 두 사람의 이야기의 끝이 아님을, 죽음 이후에도 이야기는 계속될 수 있음을 느낀다.

「엄마 없는 아이들」 속 명준이 기억하는 혜진의 얼굴, 그러니까 엄마를 잃은 그해, 자신이 혼자가 아니라고 생각할 수 있었던 그 여름 혜진의 얼굴에도 바람의 흔적이 있었다. 기존의 연극 동아리 부원도 아닌데 클레오파트라 역할을 맡게 되어 부원들로부터 따돌림을 당했던 혜진은, 그러나 명준의 눈에는 '흐르는 얼굴'을 가진 사람이었다. "우리의 얼굴은 유동한다. 흐르는 물처럼 시간에 따라 조금씩 과거의 얼굴에서 미래의 얼굴로 바뀌어간다. 그렇게 우리의 얼굴이 바뀔 수 있다는 사실 덕분에 거기 희망이 생겨나는 것이라고 그는 생각한다. 그게 예술이 하는 일이라고도."(142쪽) 배우인 명준이 생각하는 좋은 얼굴은 좋은 삶을 바라보는 시선과도 통한다. 새 바람은 공기가 전해주는 희망의 움직임이다. 공기가 뒤섞일 때 우리는 타인과 뒤섞이고, 그 뒤섞임 속에서 또다른 삶을 계속해서 살아간다. 다른 삶을 계속 살아갈 수 있다는 사실 덕분에 희망이 생기는 것이다.

5. 이유의 세계에서 이해의 세계로

그렇다면 어떻게 대답할 수 있을까. 진주가 범죄심리학자인 '나'에게 했던 다음 질문에 대해 말이다. "타인을 이해하려고 애쓸 때 우리 인생은 살아볼 만한 값어치를 가진다고 말씀하셨는데, 누군가를 이해하는 게 정말 가능하기는 할까요?" 「진주의 결말」은 치매에 걸린 아버지를 죽인 용의자이자 방화범인 유진주가 들려주는 자신과 아버지에 대한 이야기다. 〈사건의 결말〉이라는 티브이 프로그램에서 유진주는 '전형적인 악녀'이자 능동적인 가해자로 그려지지만 범죄심리학자인 '나'는 유진주를 수동적인 피해자로 바라본다. 끝을 알 수 없는 돌봄의 고통이 낳은 피해자. 부검결과 유진주는 존속상해치사죄는 무혐의 처분을 받았고 방화죄는 심신미약 상태였던 점이 감형 사유가 되어 징역 일 년 육 개월에 집행유예 이 년을 선고받았으니 '나'의 판단은 어느 정도 타당하다고 볼 수 있을 것이다. 그러나 이것은 드러난 결말일 뿐, 진짜 결말은 다른 데에 있다.

유진주는 '나'에게 보내온 메일 속에서 자신을 가해자도 피해자도 아닌 사람으로 그린다. 유진주에 따르면 자신이 집에 불을 지른 이유는 "아빠가 죽어야만 끝나는 그 이야기에서 (……) 어떤 결말도 찾을 수가 없었"(96쪽)기 때문이었다. 그때 그녀의 머릿속에 떠오른 것이 유튜브에서 본 '나'의 말이었다. "우리가 달까지 갈 수는 없지만 갈 수 있다는 듯이 걸어갈 수는 있다"(97쪽)는. 유진주는 치매 증세가 심해져 혼돈 그 자체가 된 아버지를 사랑할 수도 미워할 수도 없었을 것이다. 사랑하자면 미워지고 미워하자면 사랑했기 때문에. 걸어가는 것의 의미는 걸어가는 데에 있다. 유진주는 달의 방향만을 생각했다. 도착지가 아니라 방향만을. 방향은 선택하는 것, 방향은 변형이 시작되기 위한 전제조건이다. 유진주는 자기 삶을 변형시킨다. 더이상 대답을 구하지 않음으로써.

"가슴이 얼마나 벅차올랐게요. 저는 비로소 자유를 얻었거든요. 그 순간 전 모든 이야기로부터 자유로워진 거예요."(같은 쪽) 설명할 수 없는 세계로 스스로를 던져버린 행동에는 도무지 이해할 수 없는 세상처럼 살아보기로 한 유진주의 선택이 있었을 뿐이다. 유진주는 치매에 걸려 우연히 떠오른 생각을 그대로 믿어버리는 아빠의 마음을, 사전 경고도 없이 사람들의 운명을 바꾸는 신의 마음을 이해한 사람처럼 살아보기로 한다. 그리고, 혹은 그래서 불을 지른다. 그러므로 우리는 영영 그녀가 불을 지른 의미를 알 수 없을 것이다. 애초에 이유를 알 수 없다는 데에서 비롯된 선택이기 때문이다. 그녀는 자신에게 주어진 삶에서 불행에 대한 이유를 찾지 못했고, 세상은 그녀가 선택한 결말에서 방화에 대한 납득할 만한 이유를 찾지 못했다. 그러나 한 가지 추측할 수 있는 것은 있다. 유진주가 자신의 집을 불태웠을 때 전소된 건 이유로 둘러싼 인식의 세계라는 것이다. 그로 인해 자유를 느끼며 유진주가 얻은 건 '아빠가 죽는 결말'과 '아빠가 죽지 않는 결말' 사이에서 딜레마에 빠지게 했던 인식의 통로가 아니었을까. 이유의 통로가 없어졌으므로 이제 그녀는 이해의 통로를 걸어야 한다. 그러므로 대답은 이미 그녀의 질문 안에 있었다. 타인을 이해하려고 애쓸 때만 우리 인생은 살아볼 만한 값어치를 가진다는 것. 이유를 알아내기 위한 시도는 헛될 수 있지만 이해하려고 애쓰는 마음에는 패배한 이후에도 새로운 바람이 불어오기 때문이다.

미래가 없어 동반자살한 어느 연인처럼, 십 년 동안 얼굴도 이름도 모르는 한 사람을 기억한 후쿠다 준처럼, 죽을 마음으로 뛰어내린 바다에서 살기 위한 마음을 만난 난주처럼, 타인과 연결되는 정신의 삶 속에서 겹겹의 시간을 살며 차가운 마음에 온기를 만들어나간 할아버지처럼, 멀리서 불어오는 바람 속에서 이제 더는 만날 수 없는 아내의 존재를 느끼는 한 사람처럼, 요컨대 삶에 패배한 적 있는 그들처럼 진주에게도 세번째 삶이 시작되었으면 좋겠다. 희생적인 아버지와 함께했던 유년의 삶, 치매와 함께 시작된 혼돈과 혼돈의 한가운데서 지켜보았던 아버지의 과거, 그 모든 기억들을 품고 시작되는 세번째 삶. 이 순간 나는 진정한 마음으로, 진주에게 불어올 새 바람을 기다린다. 마치 나의 삶인 것처럼, 다른 방향에서 불어오는 새 바람을 기다린다. 정신의 삶에서 세 명의 바르바라가 겹쳐진 시간을 함께 살았던 것처럼 진주의 삶과 나의 삶도 중첩될 수 있다고 믿는다. 깊은 시간의 눈으로 미래를 기억할 수 있다면 진주의 슬픔도 나의 슬픔도 새 바람 속에서 조금씩 괜찮아질 것이다. 바람이, 새 바람이 분다.

작가의 말

메리 올리버의 시를 읽다가 "아, 좋다"라는 말이 나도 모르게 흘러나왔다. 「죽음이 찾아오면」이라는 시의, "삶이 끝날 때 나는 말하고 싶어, 평생/나는 경이와 결혼한 신부였노라고"라는 구절을 읽을 때였다.

눈은 점점 침침해져 '삶이 끝날 때 나는 말하고 싶어' 다음이 쉼표인지 마침표인지도 분간되지 않지만, 이런 시를 읽으면 용기가 생긴다. 잘 보이지 않는다면 안경을 벗고 눈을 좀더 책 가까이 가져가면 된다. 예전에는 하지 않아도 될 불편한 행동이지만, 몸은 불편해도 더이상 거기에 마음을 쓰지 않는다.

대신 가슴을 뛰게 하는 일들이 더 많이 눈에 들어온다. 올해 내게 생긴 새로운 변화다. 아직 경이와 결혼한 신부라고는 말할 수 없지만, 이제 나는 확실하게 안다. 세상에는 경이로움이 있다는 사실을. 그리고 그 경이는 의외로 단순하게 다가온다는 사실을.

메리 올리버의 언어는 정확하다. 이어서 "세상을 품에 안은 신랑"이라고 쓸 때, 실제로 그는 세상을 품에 안는 일에 대해 말하고 있다. '세상은 경이로워'라고 말하는 것과 '세상은 품에 안을 때 경이로워'라고 말하는 건 다르다. 세상은 품에 안을 때 경이롭다는 말은 경이로움이 내게 달린 문제라는 뜻이다. 그러니까 세상을 안을 수 있느냐, 없느냐의 문제.

한동안 괴로운 마음에서 좀체 벗어나지 못했다. 마음의 괴로움 앞에서 내가 무기력했던 이유는 그게 두번째 화살이기 때문이었다. 붓다는 세상에서 겪는 고통을 첫번째 화살에 비유했다. 그리고 첫번째 화살을 뽑을 생각을 하지 않고 그 화살이 어디서 날아왔는지, 누가 쏘았는지, 왜 내가 이런 대접을 당해야만 하는지 따지다가 다시 맞는 화살을 두번째 화살이라고 말했다. 두번째 화살은 뽑고 난 뒤에도 고통이 사라지지 않는다. 거기 여전히 첫번째 화살이 있으니까. 뭔가를 했는데도 고통이 사라지지 않으니 두번째 화살 앞에서 사람은 점차 무기력해진다.

그와 달리 첫번째 화살을 뽑고 나면 즉각적으로 기쁨이 찾아온다. 그건 고통이 사라지기 때문에 찾아오는 기쁨, 단순한 기쁨이다. 두번째 화살을 맞지 않기 위해서는 만족스럽지 않고 때로는 고통스러울지라도 지금 이 순간의 세상을 품에 안아야 한다. 그게

272

바로 첫번째 화살을 뽑는 일이다. 몸은 힘들겠지만 고통과 불만족을 겪어내면 이윽고 단순한 기쁨이 찾아온다. 가을이 되면 가을이 제일 좋다고 말하는 사람이고 싶다. 여기에 단순한 기쁨이 있다. 물론 겨울과 봄과 여름에도 단순한 기쁨은 있다.

오랫동안 단편소설을 쓰지 않았다. 쓰고 싶은 게 없을 때는 쓸 수 없다. 그러다가 2020년이 되어 코로나19 바이러스가 세상을 휩쓸고 나자 뭔가 쓰고 싶다는 마음이 생겼다. 어떤 이야기가 쓰고 싶었느냐고 묻는다면 메리 올리버의 다른 시 「골든로드」의 한 구절을 들려줘야겠다. 그는 "빛으로 가득 찬 이 몸들보다 나은 곳이 있을까?"라고 썼다. 이 경이로운 문장 이전에 무슨 일이 있었는지 이제 나는 잘 알게 됐다. 직전의 시구는 다음과 같다. "우리의 삶이라는 힘든 노동은/어두운 시간들로 가득하지 않아?"

'어두운 시간'이 '빛으로 가득 찬 이 몸'을 만든다. 지금 내가 쓰고 싶은 이야기도 이런 것이다. 그리고 이 이야기들은 언젠가 우리의 삶이 될 것이다.

2022년 가을
김연수

| 수록 작품 발표 지면 |

이토록 평범한 미래 ······『백조』2022년 여름호

난주의 바다 앞에서 ······『릿터』2022년 8/9월호

진주의 결말 ······『문학동네』2022년 여름호

바얀자그에서 그가 본 것 ······ 문장 웹진 2022년 3월호

엄마 없는 아이들 ······『흰소설전 2021』(소전서림)

다만 한 사람을 기억하네 ······『문학동네』2014년 겨울호

사랑의 단상 2014 ······ 다음 스토리볼 2014년 12월

다시, 2100년의 바르바라에게 ······『현대문학』2020년 11월호

문학동네 소설집
이토록 평범한 미래
ⓒ김연수 2022

1판 1쇄 2022년 10월 7일
1판 15쇄 2024년 4월 19일

지은이 김연수
책임편집 김내리 | 편집 서유선 이상술 염현숙
디자인 엄자영 유현아 | 저작권 박지영 형소진 최은진 서연주 오서영
마케팅 정민호 서지화 한민아 이민경 안남영 왕지경 정경주 김수인 김혜원 김하연 김예진
브랜딩 함유지 함근아 고보미 박민재 김희숙 박다솔 조다현 정승민 배진성
제작 강신은 김동욱 이순호 | 제작처 천광인쇄사

펴낸곳 (주)문학동네 | 펴낸이 김소영
출판등록 1993년 10월 22일 제2003-000045호
주소 10881 경기도 파주시 회동길 210
전자우편 editor@munhak.com | 대표전화 031) 955-8888 | 팩스 031) 955-8855
문의전화 031) 955-2696(마케팅) 031) 955-8864(편집)
문학동네카페 http://cafe.naver.com/mhdn
인스타그램 @munhakdongne | 트위터 @munhakdongne
북클럽문학동네 http://bookclubmunhak.com

ISBN 978-89-546-8000-4 03810

잘못된 책은 구입하신 서점에서 교환해드립니다.
기타 교환 문의: 031) 955-2661, 3580

www.munhak.com